佐渡流人行

松本清张
短经典系列

〔日〕松本清张 著

朱田云 译

人民文学出版社

著作权合同登记号　图字01-2024-1344

Original Japanese title: SADO RUNINKOU Kessaku Tanpenshuu Vol. 4 by Seicho Matsumoto
Copyright © 1965 Yoichi Matsumoto
Original Japanese edition published by Shinchosha Publishing Co., Ltd.
Simplified Chinese translation rights arranged with Shinchosha Publishing Co., Ltd.
through The English Agency (Japan) Ltd.

图书在版编目(CIP)数据

佐渡流人行 /(日)松本清张著; 朱田云译.
北京：人民文学出版社, 2025. -- (松本清张短经典系列). -- ISBN 978-7-02-019000-3
I. I313.45
中国国家版本馆CIP数据核字第20240EF129号

责任编辑	朱卫净　陶媛媛
装帧设计	钱　珺
出版发行	人民文学出版社
社　　址	北京市朝内大街166号
邮政编码	100705
印　　制	安徽新华印刷股份有限公司
经　　销	全国新华书店等
字　　数	225千字
开　　本	889毫米×1194毫米　1/32
印　　张	11.625
版　　次	2018年8月北京第1版
印　　次	2025年1月第1次印刷
书　　号	978-7-02-019000-3
定　　价	69.00元

如有印装质量问题，请与本社图书销售中心调换。电话：010-65233595

目 录

腹中敌
1

秀赖遁迹
29

战国谋略
51

一介武将
69

鼾声
117

阴谋将军
145

佐渡流人行
177

甲府在番
227

流人骚
269

左腕
315

惧内之棺
341

腹中敌

一

天正[①]二年元旦，织田信长在岐阜城接受诸将恭贺。

酒宴开始，众人兴致正高，信长突然开口："诸位，今日备有佳肴，请君享用。"正当大家期待将有何等饕餮大餐送上桌时，却见信长令人送上来的是三枚盐腌的项上人头。虽然容貌已经有所变化，但还是一眼就能认出这正是朝仓义景、浅井久政与浅井长政的首级。

"诸位意下如何？是否亦觉此乃稀世珍肴？"信长饶有兴味地看了一眼众人。

不知是谁开口应了一句："实乃极品！"随后是众人如雷的掌声与欢呼声。

自从三年前金崎退兵以来，信长一直对浅井等人的倒戈耿耿于怀。去年秋天，信长终于成功讨伐浅井与朝仓，加上枭雄信玄病死，将军义昭出走，佐佐木、三好

---

① 日本年号，一说为1573年7月28日，日本改元为天正元年。

之徒纷纷灭亡……去年对信长而言可谓喜事连连,有望于今年一统天下。

所以这一年的正月对信长而言实可谓佳节良日。整个日本就数他最高兴,心中满是难捺的激动与期待。他站起身,稍稍有些醉酒踉跄,走到前面打开扇子,开始舞起他最擅长的《敦盛》——"人间五十年,相较于天界①,如梦亦似幻。"这本来就是信长最常舞的曲目。此刻,众将领意气昂然,非比寻常,盛赞主公今年必夺取天下的豪情。

信长舞罢落座后,柴田胜家满脸通红地上前开口说:"攻下浅井之小城,简直易如反掌。"边说边胡乱起舞,逗得众人大笑喝彩。

接着,明智光秀站起身来,依旧是平日里那副装模作样的表情,优雅地舞起一首流行小曲:"天下一统,国家安定,我军战车……"一曲终了,众人连声叫好。

---

① 此处译作"天界"的原句有两个版本,一是日文"化天"(读音 KETEN,出自《敦盛》),即中文的"化乐天"(六欲界第五层天,一昼夜等于人世间八百年,是帝释天所在之处);二是日文的"下天"(读音 GETEN,出自《信长公记》),即中文的"四天王天"(六欲界最下层天,一昼夜等于人间五十年,住在此天内寿命五百岁)。而松本清张此处使用的是日文"化転"(读音 KETEN)一词,为佛教用语,指"教化众生、转恶为善"。综上所述,译者将此处译作"天界"。

这时，年轻的羽柴藤吉郎①摇摇晃晃地走到众人面前，毕恭毕敬地鞠了一躬，边唱边舞："人终有一死，欲有所作为，令世代传颂。"这也是信长常常哼唱的小曲。羽柴唱得荒腔走板，动作扭捏，却因为模样滑稽有趣，逗得大家捧腹大笑。

酒量较差的丹羽五郎左卫门长秀百无聊赖地笑看众人越来越热烈的气氛，突然觉得有人在拽自己左手的袖子。他转头一看，发现是坐在自己身旁的泷川将监一益②凑了过来，一脸嘲笑的表情："将军看见没？藤吉那厮猴样，贼胆模仿主公，狗奴才见缝插针献殷勤。"一益看着长秀的脸，边说边露出一口白牙。

长秀苦笑着点点头。他明白一益的心思。最近异常受宠、连连晋升的藤吉郎对一益而言是个威胁。一益原非织田谱系的家臣，他生于近江甲贺郡，一直四处漂泊，在清洲落脚后才跟了信长，因擅长使火枪而得到信长的厚爱，打拼至今日，终居重臣之列。他这种出人头地的模式与藤吉郎有几分相似，因此反感后来居上且势头正劲的藤吉郎，同时也感到了危机。此外，一益向来

---

① 即日后的丰臣秀吉。
② 泷川一益的官位为左近将监，是六卫府制中左近卫府的三等官。

自称是伴大纳言善男的后裔，因而对平民出身的藤吉郎非常不屑。

不过长秀觉得，作为前辈，对于后辈的加官进爵应该放宽心，泰然处之。

这时信长突然开口："将监，你也歌舞一曲！"

一益听到信长主动点将，马上显出美滋滋的笑意，对长秀欠身说了声："失陪。"

然后站起身来唱道："酌有道理，饮亦有理。今日之人，明日之魂。功垂千秋，名将武士……"

一益的一曲《幸若》，歌声优美，舞姿卓然，长秀觉得他是在故意反衬藤吉郎的滑稽。长秀若有所思，视线追逐着一益的一举一动，没意识到自己的眼神里已满是寂寞。

二

丹羽长秀第一次知道藤吉郎的名字，是在清洲城墙倒塌后与信长说起修墙工程的时候。

"他人二十日未必完工，这厮翌日办妥。"信长对长秀惊叹道。长秀就是在这个时候记住了藤吉郎的名字。令长秀印象非常深刻的不仅是他的平民出身，还有他从给人提鞋的下人变为小兵、再到有人服侍级别的晋升之路。

长秀曾在城中遇见过藤吉郎，当时只觉得他皮肤黝黑，一脸穷酸相，毫无风采可言。而藤吉郎见到长秀时则恭敬地鞠躬行礼，眼神中充满对长秀的敬畏。长秀感觉到藤吉郎对自己的态度，觉得他对自己毫无敌意。

现如今，藤吉郎虽已今非昔比，却依然对长秀尊敬有加，见面就是"丹羽大人、丹羽大人"地叫个不停。虽说这是藤吉郎惯有的阿谀之态，却让长秀恨不起来。

"丹羽大人乃军中第一。"有人告诉长秀，藤吉郎曾经说过这种话。说话的那个人对藤吉郎并无好感，所以说的时候还特意加了句"那厮无视信长主公，尽说胡话"，但在长秀听来，这话却很入耳。

自那以后，长秀一直关注藤吉郎。

永禄四年，信长进军美浓，队列中出现此前未曾出现过的旗帜。信长问："何人之旗？"

手下禀报："木下藤吉郎之旗。"

信长大怒："谁许其擅自竖旗？！"然后令人将藤吉郎的旗杆折断。即便如此，藤吉郎依然不嗔不躁，一脸平静，足见其内心异常强大。

众将评议时，他也经常胡乱插嘴，被柴田胜家等当场呵斥"好事之徒"后，他只是不以为然地耸耸肩，没过一会儿又再次插嘴。

面对信长，藤吉郎亦是如此，甚至信口建议把城池移至比清洲更小的小牧山去。

即使被呵斥"住嘴"，他也依然我行我素，总是想到什么就脱口而出。

长秀对此惊叹不已，自认没有这种本事。无论别人说什么，藤吉郎都可以勇往直前，像随风摇曳、宛如嬉笑的杂草，内在的意志其实坚韧无比。

长秀非常赏识这样的藤吉郎。对于不断上位的藤吉郎，别人都视其为眼中钉，长秀却带着善意旁观。

甚至当信长提出"藤吉郎那厮尤敬重你，望得一姓氏，中有一字与你相同"时，长秀并无不悦。相反，长秀觉得自己对藤吉郎的好感能以这样的形式表现出来，让自己很有满足感。毋庸置疑，这种满足感是源自前辈对于后辈晋升的一种宽容与善意。然而长秀觉得……

一益与我不同。

因擅长使火枪而得到重用的泷川一益因为藤吉郎的不断上位而感到非常狼狈，他觉得步步高升的藤吉郎已经威胁到自己的地位，而以前的一益绝不屑抱怨藤吉郎的不是。

长秀很理解一益的焦躁，但有些不可思议的是，他对一益并无太多同情，因为他自己对那些靠实力不断晋升的人一直有所倾心。

长秀一方面作为前辈对藤吉郎的跃进赞赏有加，但另一方面，也开始越来越不想看到藤吉郎继续晋升，希望他能适可而止。这才是长秀内心道不明却最为真实的想法。当然，这种想法并非出于对一益的同情，而是希望自己目前对藤吉郎的那份宽容与满足能一直平静地持续下去。

不过那已然不是先前退一步静观后辈的鹰扬之眼。

三

天正二年元旦，信长将浅井、朝仓的盐腌首级当作佳肴助兴酒席，众人歌舞尽兴。这一日的庆祝就像讨了个好口彩，之后的信长势如破竹，捷报频传。

这一年，信长攻下伊势长岛；天正三年，拿下长筱的武田胜赖，镇压了越前一向宗的起义；天正四年，在安土城安营扎寨，之后进入京都，十一月变身为内大臣；天正五年，攻下叛贼松永久秀所在的大和新规山城，攻入播磨后晋升为右大臣。之后的两年内，信长大军又陆续拿下丹波、北陆与山阴。没过多久，信长如愿成为一统天下之人。

与此同时，羽柴秀吉也日益强大。无论是长筱合战还是攻打纪伊杂贺，他都立下赫赫战功。他还攻下播磨，拿下上月城，夺取三木城，灭了别所长治；之后又攻入因幡伯耆，占领鸟取城，逼得吉川经家切腹自尽。

就这样，随着秀吉的地位日益上升，长秀宽容、平静的内心渐起波澜，其内心的自负不允许他视秀吉为自己的竞争对手，但事实上，势头迅猛、实力超群、后来居上的秀吉已经无可避免地成为了长秀的对手。意识到这一点的长秀越来越感受到一种压迫。

为对阵吉川元春与伯耆马山，秀吉在山阴路与众人暂别，后经淡路穿过由良城后回到安土。

天正九年岁末，信长与特地前来问候的秀吉紧握双手："筑前①，久违了。酷暑与严寒，因幡与伯耆，辛苦你长途劳顿。曾恐你苍老憔悴，不想今日相见，反觉更血气方刚。"说完，两人把酒言欢。第二天，秀吉再次造访。长秀听手下说，秀吉带来了大量岁末贺年礼，信

---

① 信长赐给秀吉的官位"筑前守"。

长高兴地说："陈列之。"奉行①受命将秀吉带来的礼物一件件摆放出来，从安土城门前一直摆到城山之下，远远看去就像一条铺展开的长布。信长从城中放眼望去，不由得开怀大笑："众将且看，筑前不一般，此乃为大事之人！"一旁的侍卫感叹道："小的首次见识如此送礼排场。"

"简直闻所未闻。未曾想贺礼之多竟从山下摆至山上。那厮乃天下无双真汉子，必为大事。倘若令其立刻攻打唐天竺②，那厮必不拒之。"信长摸着脑袋笑着说。

秀吉献上的礼品中，有久国长刀③、千枚银子、百套小袖④、十匹宝马、两百张上等皮革、千条明石产的干鲷等众多播州名产。当时，秀吉敬献的礼物多到大厅里都放不下，连院子里也摆满，甫庵⑤曾对此记述道："众人见状皆瞠目哗然。"信长自然满意不已。

信长将秀吉请至六张榻榻米大小的房间里一起用

---

① 武将的一种职务。

② 指当时的中国和印度。

③ 粟田口久国，制刀名家。

④ 现代和服的原形。

⑤ 小濑甫庵，《太阁记》《信长记》的作者。

膳，屋里装饰着万岁草①画幅与大海茶具②等。长谷川丹波守、医师三道与丹羽长秀也一同被叫去作陪。

长秀被秀吉这次的献礼阵势彻底击倒，完全没了以往作为前辈的游刃有余。他也变得与泷川一益一样，对这个后生心生畏惧。

然而，长秀依然坚持说服自己……

一益与我不同。

长秀的祖先是武藏的儿玉党，迁至尾张后，代代侍奉武衡家。武衡是斯波氏的别称，织田家与丹羽家本为同格。长秀从十五岁起就开始侍奉信长，当时幼名为"万千代"，早在元龟三年就成为佐和山的城主。世人都知道，丹羽与柴田是织田阵营中无人可及的宿将重臣。现在，信长赐名长秀"镇西之名家惟住"，并打算待他日攻下九州后正式册封。

我在秀吉之上，切不可与一益为伍。

长秀如此自我安慰。于是乎，再看毕恭毕敬、双手捧着信长赐茶的秀吉那黝黑的侧脸时，长秀觉得自己可以坦然视之。

---

① 卷柏的别称。

② 茶具的一种，因开口大而得名，多为瓶口较大、颈部较短的扁平型茶罐。

然而，长秀亲眼看到信长让秀吉坐到自己身边，甚至将亡父信秀的遗物国次短刀相赠于秀吉，并拍着秀吉的肩膀说"宝刀配勇士"时，心里非常不是滋味。

若一益听闻今日事，不知会作何感想？

此时，长秀的脑海里突然浮现出正在关东与北条势对阵的泷川将监的面容。

四

天正四年，为讨伐长曾我部，长秀受信长之命，作为侍大将跟随三七信孝踏上前往四国的征途，同年五月末抵达摄津大坂①。

信长遇害的"本能寺之变"发生在这一年的六月二日拂晓时分，没到中午，急报已经送达大坂。

"如何是好？"信孝无助地看着长秀，一副狼狈模样。

此时，织田系的兵力四散全国——柴田胜家率领前田利家，佐佐成政在越中对战上杉景胜，信长次子信雄人在伊势，泷川一益在上州厩桥与敌对阵，羽柴秀吉为

---

① 今大阪。最早称小坂、尾坂；战国时代（十五世纪末）称大坂；江户后期大阪与大坂混用，但称大坂较多；明治二十年左右统称为大阪。

讨伐毛利正在围攻中国[①]高松城。而信长的盟友德川家康当时正与数名侍从在堺港游玩，突闻信长死讯，手无寸兵，只能匆忙取道小路逃回老家三河。

对于信孝的求助，长秀有两个想法，内心纠结不已：一是率领现有兵力，与附近细川、高山、中川、池田的各个大名[②]联手上京[③]，对抗明智光秀；二是等秀吉回来。

如果选第一种方案，长秀觉得贸然对抗强敌明智，过于冒险，胜算很少；如果选第二种方案，虽然相对安全，但长秀担心正在与毛利势力对战的秀吉无法迅速返师。

"待胜家越中归来后，共击京都明智，如何？"信孝一脸狡黠地说道。

长秀大惊，自己竟然完全忘了柴田的存在。他心有不甘……

未承想自己已认可秀吉至这般地步。

不过，他依然觉得比起胜家，迅敏的秀吉能更快赶到。虽然心有不甘，但他还是选择相信秀吉。于是长秀

---

① 日本的中国地区，现在的冈山县冈山市北区高松。
② 封建制度时期日本对各地领主的称呼。
③ 指京都。

对信孝只说了一句："哦。"脸上的表情让人捉摸不定，以至于信孝非常困惑，不置可否。

此后，长秀的预感变成现实，而且秀吉回师的速度之快，令他错愕不已。

秀吉听闻本能寺之变后，当即与毛利讲和，于八日半夜接连吹响一番、二番、三番号角，九日黎明开始日夜兼程，于十一日早上到达尼崎——简直如摩力支天[①]瞬间转移。

秀吉于十三日午时到达淀川——原本就长着一张黑脸的秀吉因为连续日晒变得更加黝黑。他先与从大坂赶来的信孝见面，然后一见到长秀就马上跪地请命："丹羽大人！请准在下为主公报仇。请大人下令！"长秀从这一跪礼中看到了秀吉对前辈满满的诚意。

长秀见状喜上心头，没想到已手握重兵的秀吉居然如此尊崇自己，这让长秀觉得非常欣慰，情不自禁地字字如掷地有声般地说道："快快请起！今日起，复仇之战全交给你。"

秀吉径直上前，双手紧紧握住长秀的手："在下感激不尽，大恩大德此生不忘。请大人代替已故右府大人

---

① 摩力支天菩萨，梵语中意为威光、阳光，具有广大功德之力。

（信长），且看在下如何沙场点兵。"

秀吉在奔赴战场的途中经过禅寺，剃发励志，誓为主公报仇。看着低下光头、流下热泪的秀吉，长秀再次感到无比欣慰。

山崎之战于十三日傍晚分出胜负，光秀在逃走途中死于暴民之手。

尚在远征途中的胜家与一益，都未能赶上复仇之战。

一益作为关东管领，前往上州厩桥，六月七日晚刚刚接到报信，得知本能寺之变。他将上州诸将的人质返还后，又与北条势打了一仗，回到伊势长岛时已是七月朔日。

时隔多日，一益与长秀在清洲城内再度相见。在此，由柴田胜家提议，诸将参会，确定信长的继承人。

"丹羽大人山崎一战，居功至伟。"没能赶上讨伐明智一战的一益见到长秀，有些酸溜溜地寒暄道。

"此言差矣。你远征他乡劳苦功高，主公若地下有知，定会心悦。"长秀安慰说。

一益对此充耳不闻，盯着长秀的脸："未料丹羽大人竟也听命秀吉之流。"扔下这句，挥袖离开。

五

柴田胜家在与会前一天召集各个大名，预告众人："明日登城，商定主公之后。"

在史称"清洲会议"上，柴田首先发话："将军大人不予钦定，望各位直抒己见，确立主公继位之人，而后，一如既往效忠将军。"

诸大名听罢，纷纷点头称是，却你看看我，我看看你，无人先开口发言。

胜家见状，自信地提议："我看三七大人（信孝）最为合适。论年纪，论本领，皆无可非议。"

胜家是织田家的股肱重臣，其威望与强硬的作风让与会的众人感到一种无形的威严。

信长共有三子。长子信忠在本能寺之变中与父共亡。现有二男信雄与三男信孝。信孝的性格比信雄更为积极，所以与会的众人都觉得胜家说得很有道理。

整个会场鸦雀无声，都觉得没理由反驳胜家，所有人都默认表示赞成，觉得这就是众望所归。会场上萦绕着一种马上就要一致通过的气氛。

突然，有人开口："柴田大人，在下有话要说。"众人闻声望去，发现说话者正是坐在末席的羽柴秀吉。秀吉看到众人的视线集中在自己的身上，便眨了眨凹陷的眼睛，稍稍动了动膝盖，说："柴田大人所言极是。然，在下觉得，嫡子继位方为正道。故应立信忠大人长子，三法师少主为后。"

胜家怒视秀吉，秀吉却视而不见，继续发言："三法师少主现虽年少，但若柴田大人带领众将齐心辅助，必能顺风顺水。在下以为应按礼数，立三法师为后。"

秀吉提出直系继位。

胜家憋着一口气，沉默不语。众大名也纷纷缄口。所有人都看出，胜家正在强忍内心的不满与怒气。

会场上继续一片沉默，所有人都如坐针毡，没人赞成或反对秀吉。

秀吉的成长令长秀非常惊异。秀吉比其他任何人都早一步回师灭了明智光秀，足见其实力斐然，而刚才那番与元老柴田胜家正面交锋的发言也足以见其信心十足。据说山崎合战之后，秀吉曾坐在轿上使唤中川濑兵卫说："濑兵卫，使劲儿！使劲儿！"濑兵卫心有怒气——"莫非这厮以为已得天下？"虽然秀吉的气焰越发嚣张，但他确已具备足够的实力与自信。

长秀明白，现在的秀吉已凌驾于自己之上。长秀的内心有所动摇，他希望胜家能压制住秀吉，甚至暗自期许有哪个大名能跳出来反驳秀吉。他深知，若此时无人压制住秀吉，他日将无人可与之匹敌。长秀真心希望能阻止秀吉势力的继续壮大。

然而，长秀的期待最终落了空。所有的大名依然保持沉默，彼此面面相觑，但就是缄口不语。这种压抑的沉默让在场的众人都感到时间漫长，难熬难耐。

胜家忍不住打破僵局，用嘶哑的声音问："丹羽大人意下如何？"很明显，胜家希望拉拢长秀，反对秀吉。

"哦。"长秀应了一声，感到所有人的视线都集中到自己身上。

其中，还有来自秀吉的灼热目光。

六

长秀从秀吉如针刺般的盯视中感受到一种求助与请愿的表情。就在这一瞬间，长秀的内心大为吃惊。

自己该如何是好？

说实话，长秀很想反对秀吉，站队胜家。

此乃嫉妒秀吉，与一益无异。

秀吉自始至终对长秀尊崇不已，人前人后都尊称他为"丹羽大人"。对于如此爱戴自己的后辈，长秀觉得若为一己私欲提出反对，定会沦为卑劣之人。

长秀一想到这里，颇为自己感到羞耻，于是大声说道："柴田大人，诸位大人，且听在下细细道来。吾以为筑前守所言极是。选立后主理应出自嫡系，若信忠大人并无子嗣，则另当别论。然，现有两岁少主，理应继位。筑前所述，言之有理。"

话音刚落，会场里顿时风云突变。

长秀说完，立刻后悔，自认刚才那番话并非出自真心。他非常懊恼自己没有反对秀吉，内心一瞬间的虚荣让他说出了言不由衷的话，这不过是假装公平的伪善。

长秀追悔莫及，恨自己不该那么说。就算卑鄙也好，丑陋也好，自己都应该反对秀吉。应该提出反对，内心才能平静。

长秀内心波澜四起，见大名之中有多人点头赞同自己所言后，更加后悔……

唉，为何如此！

如此一来，秀吉必更加得势，将自己踩于足下！

长秀越想越怕，脸色发白。

不希望看到秀吉继续得势的其实并非长秀一人。柴田胜家与泷川一益都是如此，而胜家表现得更加直白。

在清洲会议上，秀吉因为长秀的支持，实现了自己的主张，三法师丸被定为织田家的后嗣。秀吉则自荐辅佐，并由此掌握全军实权。

此时连胜家都开始畏惧："如此下去，不知那厮会有何举。"于是秘密召集一益、佐久间盛政等人，密谋于继位第三天庆祝日，在二之丸①内逼秀吉切腹。

有人将此事密报长秀。

杀死对手——这是最彻底的手段。若要阻止秀吉的不断壮大，只有将其彻底消灭才能让人安心。

长秀刚听闻此事时，长舒一口气，觉得从此可以安心。但转念一想，立刻感到坐立不安，而且越想，自己内心的天平就越失衡。

一想到胜家欲以下黑手的方式除掉秀吉，长秀就不能释怀。他尽力说服自己……

无需为此烦恼，此乃柴田等人所为，与己无关。

然而，长秀心头的疙瘩越变越大。他讨厌秀吉的发迹，但并没有恨到想将其杀死的程度。而且，他觉得下黑手把秀吉叫至城中逼其切腹的手段太过卑劣。

长秀觉得，让事先知情的自己眼睁睁地看着敬重、依仗自己这个长辈的秀吉去死，实在太不人道。

---

① 丸为圆，日式城堡内被石墙、土垒等包围，分割成一块块区域，称为丸。从防御中心天守阁所在的本丸向外，依次为二之丸、三之丸等。

究竟该如何是好？

长秀内心矛盾不已，不知自己到底想救秀吉还是希望他死，就这样一直纠结到晚上。

然而，长秀心里明白，秀吉对自己在清洲会议上对他的支持感激备至。而且在秀吉的眼中，自己如佛般高圣，他不想背叛秀吉的这份感恩。

长秀思来想去，夜深时分，突然起身大喊："来人！"他匆忙连夜外出，并喃喃自语道："罢了，只当是丹羽五郎左卫门怕了秀吉。然，见死不救实乃于心不忍。"其实，这是他的虚张声势，给自己找的借口。

书中对长秀这一夜的行动如此记载：长秀抵达时，秀吉已然入寝。长秀令家臣唤醒秀吉，两人会于书院，旁无他者，密谈私语。语毕，长秀离去，秀吉双手合十，拜谢长秀背影。秀吉于当晚黎明前出发返乡。

长秀放走了秀吉。危难关头，是长秀帮助秀吉逃出死亡之地。

然而，长秀的内心也因此彻底沉沦。他很清楚，如此一来，这个非凡的后辈注定会超越自己。虽然对自己的行为毫无悔意，却有一种暗黑的绝望感击打着他的内心。

当秀吉对自己双手合十拜谢时，长秀觉得心里很舒坦，但其实他非常痛恨自己的这种老好人性情。

七

之后，长秀一直跟随秀吉左右。秀吉将长秀视为恩人，一如既往地尊崇备至。没读过什么书的秀吉为人确有其天生的魅力。长秀心中虽有不服，却终究没能离开秀吉。

秀吉与胜家决裂后，长秀听说泷川一益跟了胜家占据伊势长岛，对一益付诸行动的反抗羡慕不已。长秀的眼前仿佛出现了一益面对一直以来嫉妒、憎恨不已的宿敌秀吉跃起举刀的身影。长秀对这股热血羡慕不已。

天正十一年四月，胜家挟江州柳濑附近天险，与秀吉对阵，但秀吉为了攻打岐阜的信孝而中途转赴美浓。

趁秀吉不在，胜家的外甥佐久间盛政突袭秀吉位于贱岳的秀吉城砦，守城的中川濑兵卫因此战死，相邻城池的高山右近不战而逃。

此时，丹羽长秀正在琵琶湖上向江北进发，突闻余吾湖方面传来喊杀声，定睛望去，却见浓烟四起。

长秀立刻下令："柴田趁秀吉不在，偷袭城池，我等速速前去一战。"

有老臣提出，现在人少兵缺、太过危险，应折回坂本守城，但长秀对此充耳不闻："若敌方听闻五郎左卫门长秀相助秀吉，前来保卫贱岳之砦，必以为我方兵力强大。"这是长秀作为武将的自负。只有在战场上，他的内心才能得到救赎。只有这时，他才能没有烦闷苦恼。

当长秀到达贱岳砦时，守城的将士们正因为害怕中川砦的攻击而打算弃城逃亡。幸好长秀及时赶到，守住了这一带的地盘。

正是多亏了长秀的这次救城行动，之后，秀吉才得以如飞鸟般从岐阜折返，并将佐久间盛政一网打尽，取得大捷。

秀吉一见到长秀，立刻下马，双手紧握住长秀的手："此番胜战，多亏丹羽大人，此恩世代难忘。"秀吉那双总是让人心生怜悯的双眼，此刻让长秀觉得特别感动。

长秀笑着送上祝贺："你我同胜，别无他求。"心里却越发积郁，对言不由衷地奉承着秀吉的自己很是气恼，觉得自己太没有骨气。

眼看着秀吉率领六万大军朝位于新绿萌芽的江北山野的胜家本城北之庄进发时的飒爽英姿，长秀满心郁闷。

秀吉掌握天下实权后对长秀说："在下能有今日，全仗大人。"秀吉将若狭、近江、越前一国、加贺二郡全都赠予长秀，共计七十万石[①]（也有说百万石）领土。

此时秀吉方才后知后觉地说："丹羽大人位高于我，今日能相赠领地，实乃秀吉冥福至极。"

长秀对此只是简短地说了句："不敢当。"内心却如山崩石塌。两人今日的地位已经完全颠倒。赠予领土！这已然不是前辈与后辈的关系，而是君与臣的关系。

长秀心中满是难言的愤懑，却不知这口气该向谁出。要怪只能怪自己太软弱、脾气太好、太没出息。

长秀怀着难言的郁闷心情接过秀吉加封给自己的墨印——"越前国并加贺国江沼郡，能美郡信知相违无事。"他真想当着秀吉的面，痛快地把这张落款字迹丑陋的册封书撕个粉碎。一想到这里，长秀更加觉得感天谢地般接过册封的自己实在没用。

天正十二年，秀吉荣升从三位权大纳言[②]；天正十三年，升为内大臣。

---

① 面积单位，1 石约为 1000 平方米。

② 大纳言的副职。"从三位"位于正三位之下、正四位之上；"权官"为编外官职；"大纳言"相当于太政官体系中四等官的次官。

八

天正十三年的春天，北国之雪终于融化，位于北之庄的丹羽长秀城门前出现一位落魄僧侣。

"贫僧乃越前守（长秀）旧相识，有劳予以禀报。"僧侣对守城士兵说。

"来者何人？"守卫问。

"将监是也。"僧侣如是回答，却并未报上姓名。

长秀得知后大吃一惊，亲自前去迎接。

泷川一益早先投靠柴田胜家对抗秀吉，却以兵败而终。秀吉看在一益曾是信长重臣的分上免其一死，还赠其五千石并令其归隐近江农村。天正十二年，秀吉与家康对抗。一益为收复原有领地，改为投靠秀吉，曾一度攻下家康的伊势蟹江城。然而，不久后却被家康包围，最终弃城逃遁。

世人对一益弃城逃遁的行为甚为鄙视，觉得他有辱武士身份。长秀此前只知道一益隐居于京都妙心寺，未承想今日他会以乞丐般的模样出现在自己的面前。

此时的一益已经瘦得不成人形。长秀做梦都没想到，眼前之人就是信长生前曾重用过的"进亦泷川、退亦泷川"的一益。

"贫僧自知无颜与大人相见，然碰巧路过城下，奈何心中思念，故厚颜求见。"一益低着头，时不时地抬眼看看长秀。以前的一益绝不会这般卑微地说话。长秀心中感慨，没想到落魄的一益竟会变得如此卑屈，他说碰巧，估计只是借口，其实是因为揭不开锅而来乞食。

"切莫多礼，且安心住下。"长秀说完，不知是不是自己的错觉，他仿佛在一益的脸上看到松了一口气的表情。

一益赶忙连声道谢。

从这日起，直至日后再次流浪，一益一直寄居于长秀的城中。

长秀从未鄙视过一益。他明白一益之所以舍弃蟹江城，是因为一益觉得不值得为秀吉尽忠送命，觉得为秀吉卖命实在太过愚蠢。对一益而言，秀吉是多年的心头大恨，眼看着后来居上的秀吉不断飞黄腾达，一益无力阻止，只能嫉妒、憎恨。而投靠秀吉，只是一益为了收回领地的权宜之计。他没傻到愿意死守秀吉的城池。

无论是一开始投靠胜家与秀吉为敌，还是之后哪怕被世人唾弃认为其不配做武士也要选择弃城，一益始终没变。弃城本身也是对秀吉的强烈反抗。

一想到这里，长秀就悔恨不已。自己始终在被秀吉利用。相比自己，还是勇于将抵抗、付诸行动的一益更有男儿气概。

长秀对秀吉称病，一直留在越前不肯出山。

秀吉见长秀始终不肯进京，便派蜂须贺彦右卫门前来相劝，还令其带来一封起誓书信，信中这般写道："秀吉今日能得天下，全仗大人所赐，故欲与大人分享天下。若大人上京，秀吉愿侍奉大人左右。举国无人再觊觎天下。"

长秀在病床上读完此信，觉得这是秀吉一贯的花言巧语。事实上，这封信的字里行间充满了秀吉想让长秀进京臣服自己的强烈意志。

"老夫心存感激，然重病缠身，恐无力以报。"长秀淡淡地回复使者。

此后又过了六十天，长秀在病床上切开了自己的腹腔。

长秀得的是结石病，在当时属于绝症，犹如今日的癌症。长秀自知无法治愈："夺我性命之敌在此也。不讨此敌，焉能赴死！"说着，他掏出肠子，发现其中有一块血肉模糊、形若鹰嘴的异物。

"正是这厮！"长秀举起切腹之刀砍向异物。虽然他嘴上没说，但心里觉得此物就是秀吉。长秀颤抖着握刀之手，将其"敌"秀吉斩成碎块。

秀赖遁迹

七月二十七日

（儒略历。旧历为元和元年闰六月十二日。）

据报，秀赖殿下已逃至萨摩或琉球，然，我疑其真伪。

八月十三日

半夜，伊顿自京都抵达平户，称秀赖殿下至今仍与五六名重臣共存于世，正居于萨摩。

十月二十六日

认同伊顿所收信件，相信秀赖殿下确存于萨摩，并备有多艘船只。

——英国东印度商会平户商馆长
理查德·考克斯日记

一

元和元年夏。家康再度进军大坂，开战的理由之一就是大坂招募了众多浪人。

史书记载，庆长十九年与元和元年两年间，大坂城内共拥入浪人十万余。

关原之战后，大部分浪人聚集到了大坂城。

山上顺助就是其中一人。关原之战中幸存下来的浪人个个英勇好战，相比之下，处于攻城地位的关东大军则消极怠战。不过顺助的怠战程度毫不逊于关东大军。

顺助的兄长本是投靠石田方却战败的大名家臣，因关原之战的失利，心灰意冷后将胞弟送来此处。此时，顺助兄长已身患重病。

顺助今年二十二岁，心不甘情不愿地来到大坂城内后，毫无战斗欲望。他既不像兄长那般对丰臣家感恩戴德，也对德川家毫无恨意。

顺助觉得，若战事尚有胜算，也许还会起劲一搏，但攻城军不断施压,守城军大多表现出一种明知败北却反而兴奋的状态。也许任何人面对步步紧逼的死亡时都会回光返照般地亢奋激昂。这让守城军们个个自杀式地勇于搏命。顺助见状,更是心生怯意。

顺助不想替兄长和这些疯子一起送死。从城内的兵器库向下望去,从天王寺口到冈山口,处处扬着马烟,黑压压的,全是敌军,就像移动的森林朝城池步步逼近。从始至终,顺助一直都在想如何逃走。

城中着火时,正是夏日西落的申时。

见城内着火,敌军更是一鼓作气跨过城墙外围的木栅,到处点火,顿时硝烟四起。

此时此刻,城中已无人指挥防守。随着敌军的火枪声不绝于耳,城内的混乱更为严重。

秀赖与母亲淀夫人、大野修理等人躲入米仓后便不见踪影。

顺助所在七手组的郡主马[①]在大岩石上切腹自尽。城内秩序彻底崩溃。女人们尖叫着连连乱窜乱逃,顺助与众多逃跑者一起成功出逃。混乱中反而易于逃出。

---

① 丰臣秀吉与秀赖的家臣武将,本名郡宗保(1546—1615),通称主马,别名良列、十右卫门。

好似被烧焦的太阳终于落下，凉风吹过原野。精疲力尽的顺助倒在草丛里。突然，他听到一阵脚步声，赶紧起身张望，生怕是关东军的追兵。

却见一个女人慌慌张张地走了过来。

被烧毁的城池与街道的余烬继续燃烧，照亮夜空的一角。朦胧间，顺助见女子的半个身子好似融在红光之中，身穿帷子①，腰上扎着一根细腰带。一眼就可以看出，这也是一个从城里逃出来的女人。

顺助站起身。

女子见到草丛里突然冒出来的男人，吓了一跳，立刻大叫起来，朝后退了好几步。见顺助并无动作，这才停下脚步，像个小动物似的看着顺助。

"阁下乃攻城军？"女子开口问。顺助没能看清她的脸，但听声音觉得她很年轻。

为了让女子安心，顺助本想用大坂方言回答，但听女子的发问语气觉得可能她反而期待自己是攻城的敌军，于是脱口而出："在下属细川军。"

听罢，女子微微点头，然后惴惴地朝顺助走近两三步，全身上下都表现出企图接近敌军的媚态与惊惶。

---

① 夏天的麻制和服。

"阁下若为细川军,必知晓藤堂家之阵地所在,可否为小女子带路?小小薄礼,不成敬意。"女子说着,从怀里掏出一支细细的短棒。顺助随手接过,发现比想象中要沉很多。昏暗中,顺助看到该短棒闪出光亮。不消说,此物正是竹流金条①。

"足有七两二分。"女子稍显自信地说着。

二

"藤堂军中可有熟识?"顺助开口问。

"恕难相告。只求阁下带至兵营近旁。"女子回答道,言语间带着平日里惯有的贵族语调,听着有些刺耳。

"随我来。"顺助走在前头。

虽已迈步,但顺助并无自信该走向何方。昏暗的天边一角依然被火光染成红色。顺助朝火光相反的方向前进,故意选择远离敌营的方向。夏草丛生,已高至腰间。

一直跟在他后面的女人突然停下脚步。

"此路前往何处?"女子质问,声音有些颤抖。

"藤堂兵营。"顺助回答。

---

① 室町时代末期至安土桃山时代的一种货币。

"一派诳语。此去鸥野①方向。前方有河，绝非攻城军营。欺诈也。"女子颤抖的声音里充满了愤怒，还因被顺助骗去了竹流金而懊恼不已。

顺助此时也刚好对这个将自己的最后一线生机引向敌军的狡猾女人气不打一处来，于是突然变脸说道："一支竹流怎够带路？再来一支，方可带汝至藤堂军中。"

"罢了！"女子的语气中明显带着轻蔑，说完转身朝原路返回。顺助这才发现女子背上斜背着一个小包袱。

自觉被羞辱的顺助跨出几大步一把抓住女子。女子大叫，一个趔趄跌入顺助怀中。

顺助趁势伸手进女子胸前，女子用双手奋力反抗。

顺助从女子怀里掏出一件硬物。这次不是竹流金，而是一件较大的圆形物。借着远处的火光，顺助看到自己手里拿着的是一面镜子，背面刻着桐纹。刚看到这里，女子快速伸手将镜子夺回。

"主公所赠之物岂容擅取。"女子紧紧护住镜子。

"莫非你是右大臣家（秀赖）爱妾？"顺助瞪大了眼睛问。

女子一下泄了气似的大哭起来。

---

① 位于大坂城东北。

顺助询问道:"右大臣现身处何方?"

女子听罢,更加哭个不停,哽咽间道出:"主公已于米仓自尽。"

天空中的红色变得更加深邃,不知何处又燃起新火。顺助的眼前浮现出火光下敌军将整座城池变成地狱的情景。

仔细看去,女子面容姣好,在昏暗之中尽显朦胧之美,薄衫细腰的身姿也让顺助怦然心动。

"即刻带你前往藤堂军中。"顺助信誓旦旦。

"此话当真?"女子的声音里交杂着疑惑与希望。顺助一把抓起女子的手,接着又伸手去拿女子背上的包袱。他实在很在意里面究竟装了什么。

"万万不可。"女子抓住顺助想要抢走包袱的那只手,"此乃主公所赠小袖。值钱之物唯有方才已赠竹流金。待抵达藤堂兵营后,所得之物必悉数相赠。唯此主公所赠之物,请切莫动手。"女子哭着拜托顺助。

顺助心头突然升起一个残忍的念头,在女子耳边说道:"谁能保证你至藤堂兵营后如约相赠?我现在就要。"

女子没有答话,但她越发急促的呼吸已经给出了回复。女子愤恨地瞪着顺助的侧脸,然后无言地站起身,先行走到及腰的草丛间,仰面躺下。

顺助靠近后，女子依然没有动弹。顺助凑近一看，只见女子将衣袖挡在脸上。顺助躺下后将女子的白色衣角掀起，女子却依旧纹丝不动。顺助明白，女子为守住秀赖所赠之物，甘愿献出身体。

此时此刻只有女人倒错的虚荣与顺助物欲的自我。

顺助进入女子体内，女子依旧不作任何反应，纹丝不动。完事后，顺助的手贪婪地伸向女人的包袱。

女子意识到顺助食言，立刻怒火中烧，发疯似的与顺助抢夺起来。顺助一把推倒突然力大如武士的女子，仓皇逃走，手里紧紧地拽着女子的包袱。包袱里除了刚才见过的那枚桐纹镜，还有一套桐纹小袖以及一把金粉桐纹的七寸五分黑鞘短刀。

三

从大坂城逃出来的浪人不计其数。通往关东的路上都设了路障，警戒森严。对浪人的审核非常严格，很多人因此被捕。但成功逃出的人也很多，山上顺助就是幸运儿之一。

一开始，他在摄津一个富农的仓库里躲了十几天。出去找食物时，偶然遇到这家的主人，正好对方非常怜悯浪人。

每天，他都躲在几乎照不到阳光的地方，下人会给他送食物来。

这天，一个看起来最多三十岁的女人代替下人给顺助送来午饭。

"请恕在下冒昧相求，可否赏小酒些许？"

蜡烛的微光下，顺助看到这个女人莞尔一笑。

"招呼不周，多有失礼，即刻为君奉上小酒。"女人答应得很爽快。

顺助以前喝个一升、两升都不是问题，但他已经好久没沾酒了，所以特别想喝。

没过多久，女人端着一壶小酒走了过来。酒水润过喉咙，顺助感觉就像干涸的沙土在饥渴地吸水。

顺助仔细端详着今日送餐的女人，觉得她模样可人，举止端庄，不像下人。顺助问她是何人，女人迟疑片刻，遮遮掩掩地回答说："大当家之妾也。"在当时，妻妾住同一屋檐下乃平常之事。

之后，这个女人隔三岔五地来为顺助送餐，而且每次都会带酒来。

这天中午，顺助一把抓过坐在他身前的女人的手。女人顺势倒向顺助，未作任何挣扎，还自行把蜡烛吹灭。

从这以后,女人更为频繁地来仓库给顺助送餐。

然而,纸终究包不住火。这一天,蜡烛刚灭,大当家就带人闯了进来,手里提着灯笼,照亮了衣衫不整的两个人。

"可恶!"白发斑斑的大当家勃然大怒。

顺助并不以为耻,但还是双手撑地,反复道歉,然后打开之前抢来的包袱,从里面拿出小袖和短刀,接着小心翼翼地展开小袖,拿出藏在里面的竹流金。

"承蒙大人收留,在下愿以此棒三分之一相赠,以谢厚待。"

顺助觉得,若八两竹流金被要去一半实在有些划不来,所以提出三分之一的"报恩价"。

然而,大当家的眼睛却盯着别处——小袖上的桐纹和短刀上同样的金粉桐纹。

大当家看着这个不成体统的年轻人的脸,表情变得有些复杂:"莫非阁下是……"他的瞳孔中交织着敬畏与惊恐。顺助一下子就看出了大当家的误会,心中笃定:这次又可以成功脱逃了。于是他保持低头不语,因为无需多言解释。只见大当家在顺助面前双膝跪地。

瑟缩在一旁的小妾吃惊地看着大当家。

四

当时，大坂城内有很多朝鲜人，一些是秀吉攻打朝鲜后带回来的，另一些则是自己从朝鲜过来投奔的。这些人都随着大坂城亡而四处逃亡，因为没法直接回朝鲜，所以只能四处藏身。

大当家派了三个朝鲜人陪同顺助离开。

"三人欲回本国，供君差遣，可相随至九州。"

顺助从未自报家门，大当家却误以为他是秀赖。

在此期间，坊间有两种传言，一种说秀赖已与城共亡，另一种则说秀赖已成功出逃。

大当家开口问："殿下欲往何处？"他特地摆出美酒佳肴盛情款待，但没让小妾出来。

"萨摩。"顺助回答。一方面因为萨摩距离此地最远，另一方面也因为这个地方从关原之战开始对丰臣家颇为友善，所以顺助觉得这个回答最像样。

大当家听罢果然频频点头，然后叫来朝鲜人介绍给顺助。

顺助原本担心自己的真实身份会被朝鲜人识破，但等他们一来，才发现是自己多虑。朝鲜人对顺助行了最高级别的大礼，看样子，这些人也不认得秀赖。

其实顺助本人也未曾近距离见过秀赖。

只有过一次,大坂城沦陷日的早上,顺助曾远远地望见过秀赖的身影。当时秀赖为了最后的决战曾来到樱门,只见这位贵公子身穿梨子地①绯色铠甲,举着父亲太阁传下的帜和暗红色的幡,手持玳瑁千本长枪,牵着一匹身披梨子地马鞍、名为太平乐的黑马。

然而,秀赖并未在军中坐镇太久,虽已作好最后一战的准备,但听说前线将士溃不成军,他立刻调转方向逃回城内。

之后,顺助再没见过秀赖,记忆中依稀只有仓皇逃回城内时秀赖身上所穿铠甲的绯色。

也难怪这几个朝鲜人不认得秀赖。

他们都以为顺助是秀赖。顺助觉得这对自己有利。

古书上曾有记载,说秀赖带着三个朝鲜人经过九州中部,在丰前、丰后、筑后地区都能找到他们曾经来过的证据。

元和元年九月末,顺助从备后鞆②的码头乘船到达周防中关,又经过丰后日出藩之后,登陆上岸。

---

① 一种表面如梨皮的织物。
② 今广岛县福山市鞆町后地。

从这里到山国川，再向北行来到丰后森。时至秋日，山峡间枫叶正红，美不胜收。

"美景思饮，有酒吗？"顺助假扮的秀赖喃喃自语。一路上，他无酒不欢，女色亦不能少。因此那支竹流金早已用完，现在靠三个朝鲜人怀里揣着的路费生活。

朝鲜人早就觉得这个嗜酒好色的贵公子令人咋舌，但还是识大体，重礼数，不作声地一路相随。

其中一人有礼地回答道："无酒。"

顺助一脸不高兴地走着，突然抬眼指着一旁的山间："彼方有寺，必有土酒。"

朝鲜人顺着顺助指的方向看去，杉木林中露出一个茅草大屋顶。再看顺助，早已急不可待地跑向寺庙。

寺庙的住持见到这个突然登门的武士模样的年轻人，非常讶异。

"和尚！有酒吗？土酒也行，速速送来。"顺助恬不知耻地大放厥词，"我等乃有身份之人，切勿怠慢。"

这时，三个朝鲜人也追了过来。虽然他们的打扮与日本人并无两样，但一说日语马上就会露相，三人之间则以朝鲜语沟通。

顺助一直觉得他们说朝鲜语的时候一定在说自己的坏话，于是气不打一处来："尔等又在说我坏话！"朝鲜人一脸无辜地回答道："绝无此事。"并深深行礼。不过说不定事实上他们就是在说坏话，反正无人可证。

顺助一口气喝完住持拿出来的半升酒后，鼾声阵阵地打起盹儿来。

醒来后，他从怀里掏出用小布包着的短刀，将刀鞘部分拿给住持看——当然是有金粉桐纹的部分。

而那件小袖早已被他贴身穿着。

顺助问和尚："此寺何名？"

"禀殿下，此乃丰前仲间存明圆寺。"

"明圆寺？已记下，待他日荣华重返，必以万石相赠。"顺助说话的时候满嘴酒气。

住持听了，呆若木鸡。

第二天晚上，他们在筑后田主丸的来迎寺投宿一晚。名叫田主丸的这个地方，前方流淌着一条筑后川，这一夜，雾很重。顺助在这里也喝得酩酊大醉，夜深了才入寝，却在半夜不见了踪影。

不一会儿，村里一阵骚动，顺助见势不妙，赶紧逃了回来。第二天早上，村里的年轻人说，昨晚有人为非作歹，可惜被那人趁着夜雾逃走了。

顺助在这里也曾亮出桐纹，也曾答应日后封赏这座寺庙一万石。

五

虽然时至十月末,但太阳依然炙烈,照得步行的顺助等人不停地冒汗。从农家的墙内探出未曾见过的植物的枝头,山野间一片初秋的青绿。

"至鹿儿岛还有多远?"进入萨摩领域后,顺助不知问了多少次同样的问题。

他已经精疲力尽,更重要的是,在丰后日田与朝鲜人道别时,朝鲜人留给他的银子已经所剩无几。

现在已经无酒可饮,甚至连吃的都所剩无几。与朝鲜人同路的时候,总能靠着他们美酒佳肴。和现在相比,当时简直是奢侈度日。

顺助指望进入鹿儿岛后得到丰臣家余党的保护。其实他自己一点儿都没想过要冒充秀赖,他只想作为大坂落难之人,下等武士也罢,穷苦百姓也好,只要有人肯收留,能活下去就好。他觉得鹿儿岛的岛津家是他唯一的希望。

然而,这里离鹿儿岛路途遥远。为了节约盘缠,他一路省吃俭用。营养不足,加上长途跋涉,严重的疲劳已经让他的身体形同病患。好几次,他干脆在路边倒地不起。

身心疲惫，他自己也不知道何时才能走到鹿儿岛。他觉得这时候如果能喝点儿小酒也许就能有力气，不过他兜里的盘缠甚至不够他一日三餐，更别说买酒喝。

然而，他再也忍不住，走在山道上，刚看到一户人家，就不由分说地闯了进去。

"行行好！行行好！"无论他怎么呼唤都没人应答。主人许是有事外出，空荡荡的外间，只有一头牛探出脑袋。顺助又绕到后门，也没有看到人影。从明亮的屋外一下子进入屋内，他的眼前顿时觉得如黑夜般昏暗。

顺助进入屋内翻箱倒柜找酒喝。"乒乒乓乓"捣鼓了好一阵子，终于被他翻出一瓶手工酿造的浊酒，酒劲十足。顺助忘我地豪饮一通，很快就醉醺醺地倒地睡去。他自己也不知道睡了多久，醒来时只觉得浑身发麻，筋骨酸痛，定眼一看，十二三个男人正围着自己，一旁还有两三个女人。完全清醒过来，他才发现自己的双手已被人用绳子绑在身后。

顺助一下子明白过来，一定是他睡着的时候，这家主人回到家，然后叫来了部落里的男人们。他觉得首先得道歉，于是赶紧开口说："请饶小的一命。"

然而，一个个蓄着胡子、犹如熊袭①后裔的男人都对顺助怒目而视，看上去毫无原谅的余地。他们骂骂咧咧的土话在顺助听起来简直像是外语。

被这些野蛮人暴力相向，顺助觉得很气恼，而被绳子捆起来倒地不起的自己的惨样也让他怒不可遏。于是，他忍不住大叫起来："你们竟敢如此妄为！我是秀赖。今时如此羞辱我，他日必追悔莫及。"话音刚落，顺助就后悔把"秀赖"的名字脱口而出。

然而，顺助的叫喊对这些男人根本不起作用。雨点般的拳脚落在顺助身上，顺助很快晕了过去。穿在他身上的桐纹小袖被踩踏得满是脏土，敞开来，不成体统。接着，他怀里掉出一把短刀，这时，才终于有人注意到上面的桐纹。

男人们将顺助交给当地衙门。

"阁下可是丰臣家人？"衙门的人发问时很是殷勤。

顺助一言不发，他觉得不回答就是默认，而且这样更有威严。而且，现在不回答，日后可以随便说。

---

① 古日本九州岛西南部的原住民之一。

衙门的人自顾频频点头，然后立刻派人快马赶赴鹿儿岛。

顺助暂时被安排在当地村长家，得到足以温饱的待遇。现在的他，地位处于罪人与贵客之间。

"拿酒来。"顺助提出要求。时隔多日，他终于畅饮美酒。三天后，顺助被送往鹿儿岛。

到达鹿儿岛后，一名高官彬彬有礼地问道："有请阁下报上姓名。"

顺助觉得如果此时不说自己是"秀赖"反而不能心安。如果不回答自己就是"秀赖"，不但眼前这位彬彬有礼的高官，连他身后看不见的众多尊贵之人都会感到失望。如果这时回答其他名字，连他自己都觉得无法释怀。

"秀赖。"顺助喃喃地说完名字，马上闭嘴。这个回答让他很有安心感。

高官听到这个答案，脸上露出满意的表情，很明显，这是他最想听到的答案，然后对顺助投去敬意的目光。

顺助被关了起来，而且配备最森严的警卫，但人身完全没有不自由，美酒佳肴任其享用。事到如今，他觉得已不枉此生，平凡度日只会无趣无味，就算在此地被杀也毫无怨言。冥冥之中，不知何时惹上身的"秀赖"命运已产生出一股强大的力量，将顺助牢牢束缚。

桐纹小袖与短刀被人从萨摩藩急速送至江户幕府。

经鉴定,这些都是真品,那把短刀是吉光名刀。

幕府指示萨摩藩:"狂人之事,无过问之理。不必上报,任由尔等处置。"

此后,便再也无人知晓顺助是何时被斩首的。

*

宽永年末。

在丰后日田隈町开火锅店的惣兵卫在从大坂到京都的船上和一名武士聊天。武士自称肥前平户藩生人,他听说惣兵卫是日田的人,追问道:"日田可有大川与辽原?"

惣兵卫回答说有条大河叫隈川,辽阔的原野是筑后平野。

于是武士说起自己祖父的故事。

秀赖到达萨摩前,有三个朝鲜人相伴其左右。到达丰后的日田时,渡过一条大河。到达拥有辽阔原野的今市后,秀赖与三人分别,朝萨摩方向而去。

三个朝鲜人中有两人从平户坐船回到祖国,另一人则因在祖国无牵无挂而选择留在了平户。

这个朝鲜人听说秀赖在萨摩遇难后，在日田的今市原野上放声大哭。

武士的祖父经常向他提及此事，当武士得知惣兵卫是日田人，觉得特别亲切。

上述文字摘自《龟山抄》。在此引用，意在强调本文的真实性。该书中还有关于秀赖在丰前下毛郡山国谷仲间村的明圆寺吃完午饭、用筷子夹起鲷鱼赏赐住持的逸话以及秀赖在筑后田主丸的来迎寺投宿一晚的记述。

说到底，这是一个骗子走过丰前、丰后、筑后，最后不知去向的故事。岁月将他那些嗜酒、好色、吝啬的丑事一并埋葬，然后在上面筑起一座浪漫的梦冢。

战国谋略

一、未承想会杀众多之生命。一切皆为因果报应。对于尔等，吾衷心抱歉。若元就未死之时报应先到，亦无话可说。

二、元就二十岁时与兄长死别，距今已四十年有余。其间，世间风云突变，身为武士，大多命运多舛。唯元就独善其身，有幸见今日之昌隆，实属不可思议。智慧与才能并非多人一倍，亦非特别仁善而得神佛加护，毫无特别之处却连过难关，实可谓奇妙也。

——毛利元就家训（大意）

一

毛利元就来自艺州吉田，据说领土仅有三百贯[1]或曰千贯。总之，起先就是个不值一提的乡下诸侯。

永正、大永年间，大内义隆负责周防、长门、石见；出云则归尼子晴久所有。大内与尼子属于敌对关系。

元就起先从属大内，之后改从尼子，最后又回归大内。在强国间求生存的小领主，只能见风使舵。

在大内领地内担任下等官的元就屡建战功，数次击败尼子，得以不断扩张领地，在大内家的地位也日益升高。然而，这时的元就已年过五十，迈入老年。

天文二十年秋，大内义隆的家臣陶晴贤起兵造反，在山口杀死了义隆。

元就并未为义隆向陶报仇，反而投靠陶家，为其效力，因当时陶家的实力更为强大。然而，元就不断攻克

---

[1] 土地面积单位，并无定量，根据作为租税的大米折算成金钱后，予以衡量。

尼子领地，自身实力逐渐增强，不可能一直屈于陶之下。分手的时刻终究来到。

元就的家臣中有人担心："若与陶开战，恐遭尼子与陶夹击。"

"非也。尼子与陶为敌，绝无握手言和之日。莫非尔等惧陶？数年来，尔等家臣皆徒享诗歌茶饮，无人心系强武。与陶开战，吾将亲征。"元就的这番话，令自己与陶家彻底敌对。

元就有三个儿子：长子隆元、次子吉川元春与小儿子小早川隆景。次子与小儿子因为过继给别人做养子，所以姓氏不同。而长子隆元之后也战死沙场，所以其孙辉元成为继承人。

对三个儿子，元就经常教导他们要同心合力。开篇家训其实就是写给三人的遗训中的一节。三人皆智勇双全，大有作为，一直为元就效力。

元就与陶晴贤断交，时五十八岁，人生已近夕阳。

天文二十三年，从夏至秋，毛利出兵周防与安艺，频频抢夺陶家领地。金山、樱尾、草津诸城也都投降毛利。

陶晴贤发怒出兵，但每次都败阵而归。然而，就整体而言，陶家势力依然占优。相比陶家的两万兵力，毛利只有三千左右。陶家想要尽快收拾小贼般的毛利,毛利则想尽办法缩小与陶家的兵力差距。

特别是当毛利军在艺州折敷畷合战取得胜利以后,双方的想法都变得越来越迫切。

这年秋天,陶晴贤在山口的府邸里开会议事。

晴贤身材肥硕,体重超过二十贯①。走路的时候他总是步履稳健,坐着的时候却经常坐不住,时不时地要更换姿势,而且大部分时候坐姿难看。

晴贤剃过头的脑袋已经半秃,单腿伸直,侧坐着看看左右:"谁能将元就斩草除根?"

二

老臣们众说纷纭,大多支持用强兵正面进攻。席间只有一位名为江良丹后守的宿将一直沉默。

"丹后意下如何?"

听晴贤点名,丹后守这才抬起头开口说:"众将所言皆有理。然元就非凡夫俗子,之前小战中已多次领教,故在下以为应施计克敌,方不损我军兵力。"

---

① 重量单位,1贯等于千枚钱币的重量,约为3.75公斤。

"此话怎讲？"

"所谓良将善谋略。可先遣细作入毛利方，再令其听任我方摆布。在下以为此乃良策。"

"妙哉妙哉。所言甚是。"晴贤非常高兴，接着追问道，"细作必才智非凡，能言善辩。丹后可有人选？"

"天野庆庵可胜任。"

"庆庵？甚好！速速唤其来。"

天野庆庵被叫至晴贤跟前。他本是被称作右卫门的家臣，出家后号庆庵，善随机应变，巧舌如簧。

"敢问主公何事？"

"有事相托。欲派你为细作，前往元就处。"

"愿闻其详。"

"折敷畑一战，元就得胜，你可借机近之。待取其信任后，将其战略、人数、部署等予以详报。继而取巧欺之，令他对你言听计从。你聪慧过人，不必悉数相教。"

庆庵听完晴贤的一番话，鞠躬行礼表示接受任务，具体部署听从江良丹后守吩咐。

庆庵换上褴褛衣衫，一副穷酸落魄相，从山口城下消失，再次出现的时候，已身在艺州吉田城下。

庆庵来到平佐源七郎的府邸，此人乃毛利家臣，与庆庵是旧识。

"我因敬元就殿下而遭陶家疏远，甚至蒙冤，沦落至此。本想自行了断，然心有不甘，故忍辱前来投靠。"庆庵一边流泪一边对平佐说。

平佐深感同情，于是将庆庵带入城内，引荐给主公元就。

"阔别多日，怎会如此？"元就眯起眼开口问。他头上的白发日益增多，眉宇、眼角、鼻唇间尽是皱纹。任何人看到，都会觉得他是个慈眉善目的老者。

庆庵把对平佐说过的话又说了一遍，流着泪说晴贤让他心灰意冷。

"罢了，罢了。"元就安慰庆庵，脸上露出更加和善的微笑，"你不忘常年交好，投奔我军，实乃可喜。若你忠信于我，必为你取回所失。陶军现状如何？可否详细道来？"

庆庵暗自高兴，觉得元就已经中了自己的第一个计谋。瞒天过海取得对方信任，是最难也是最重要的一环，第一步已经成功，这让庆庵心中落下一块大石。

庆庵觉得时不我待，于是将早就准备好的"故事"搬了出来。说得非常投入，连他自己都差点儿信了。

元就频频点头。

庆庵接着说："大致如此。若主公立刻出兵，必胜无疑。加之……"庆庵继续详细叙述陶军的进攻路线。

元就听罢，显得非常感动，将庆庵更加拉近自己："所言极是，老夫也想尽快出兵。然，须待陶军江良丹后守之密报。"

庆庵大吃一惊，甚至怀疑自己的耳朵："此话怎讲？"

"江良丹后于周防一国立下誓约，为我军密报。得丹后密报后，我将立刻出兵。折敷畑之战亦是如此，丹后见我军迟迟不出兵，曾恐密报之行已遭败露。庆庵老弟，且看此书。"说着，元就拿出一份重要文书——江良丹后守兴房署名画押的誓约书。

庆庵一看，顿时傻眼，却依然努力克制着不让惊愕之情流于言表。

三

庆庵强掩内心的震动，不动声色地问道："如此说来，丹后守非敌乃友，灭陶指日可待？"

"甚是。况乎丹后派你来此，如虎添翼，乃我军武运强盛之据。然，我有事相托。"元就言辞恳切，眼神沉着，似在闪光。

"在所不辞。"

"此事颇易。望你即刻前往岩国江良丹后处，与之相谈，诈出陶晴贤，施计诛之。另，陶军若登严岛，或断我海上运送，我军恐损失惨重，可否献策阻止？"

"若陶军登严岛，则于主公不利？"

"如刀架于咽喉，毫无胜算，可怕。"

"在下遵命。即刻前往岩国，拜见江良殿下，共商良策。"

"有劳庆庵老弟。"

天野庆庵欲言又止，却还是无言退下。

庆庵走后，元就对身旁的隆元笑着说："庆庵那厮必不往岩国，而是赴山口全姜（晴贤）处，禀报丹后乃我军细作。哈哈哈哈。"

"莫非庆庵乃陶军细作？"

"那厮装模作样泣诉全姜时，老夫早已将其识破，故施反间计，示其江良丹后伪誓书。可悲江良，刚勇善战，陶军顶梁大将，乃我军灭陶之最大障碍。如此一来，可借陶之手除丹后。"

"儿臣受教。父亲方才所言惧怕陶军登严岛，莫非也是一计？"

"哦。陶军两万，我军不足三千，若平地作战，焉能取胜？严岛长二里半，宽一里，且有高山，名曰弥山。"

老夫意在歼陶大军于此小岛。不久,全姜必登严岛。"

元就眯起眼,依旧是平和、温柔的表情。

没过多久,江良丹后守兴房与其长子彦三郎在岩国琥珀院遭遇陶晴贤手下埋伏,不幸被杀。

"丹后悲矣。"元就说,"陶军不久将登严岛。"

元就在严岛北岸的宫尾修筑城池,屯兵五百。之后万般追悔,在众将与会时忍不住痛心疾首地大声叹息:"大错特错,实不该于此筑城。万一陶军登岛,夺下该城,修缮加固之,则我军无法行舟运送粮草,更陷不利之势,武运恐止。谁能阻止陶军登岛?"

其实元就军中有人心在陶军。很快,元就的那番懊悔发言就传到了陶晴贤的耳中。

前有天野庆庵的密报,现在又收到这番情报,晴贤就此判断登严岛是对毛利的致命一击,故下令登岛。

弘治元年九月下旬,陶晴贤率四国两万兵力、数百艘战船登陆严岛。

接报后,元就乐得连连拍手:"全姜老贼,中我计也,如此一来,我军必胜。"之前还是慈眉善目的老者面相,此刻变成冷若冰霜的武士之容。

十月末的这天夜里,元就从严岛对岸的地御前发船。无月黑夜,毛利军熄灭船火,隐秘划行。虽然一开始有暴风雨，但行至中途，就变得风平浪静。

元就军到达严岛以西的鼓浦后，登陆岛上，所乘船只悉数划回对岸。

众将皆抱必死之心。

此时，下起雨来。

兵将默默登山。接头暗号为"胜否"，答曰："必胜！"众将士一边登山，一边互报暗号，暗号声越来越响，渐渐变成呐喊声。

元就虽年事已高，却步履矫健，与众将士一起在雨中登山。

山的另一面就是陶晴贤主将所在的塔冈，此刻的晴贤正在熟睡。

"必胜！"

"必胜！"

漆黑一片的山路上，登山的士兵们齐声呼喊着咒语般的口号。

四

元就将陶晴贤的大军强兵围困于狭小的严岛之中，将全军歼灭并令晴贤自刎之后，原本属于大内领地的周防与长门两国自然落入元就囊中。

至此,强敌只剩出云国的尼子晴久。虽说毛利曾投靠过尼子,但当时他只是个仅七百贯、不到千贯的弱小乡下领主。而今,元就势力大增,除了原有的安艺,还统治着周防与长门,作为这两国的领主,注定要与尼子一决雌雄。与腐败的大内军或陶军有所不同,尼子的兵力皆为精锐部队,元就不能轻举妄动。

元就认为尼子之所以强大,是因为有新宫党。

新宫党的首领尼子国久是晴久的叔父,膝下有五子,全家同心。

只要有新宫党,尼子的江山便稳如磐石。

元就开始思索如何除掉新宫党。他眉头紧锁,沉思数日,一副完全陶醉于冥想计谋的表情。刚想到一招,觉得不妥,立刻推翻;马上又心生一计,接着将计与计相结合……与其说是费脑劳神,不如说好似游戏享乐。对元就而言,这是一场巨大的赌博,充满了乐趣。

终于,他想到一计。然而付诸行动的时候,之前的乐趣骤然减半,因为实施起来实在太过劳苦。

他将平日部署在各地的密探全都召集起来,神情严峻地下令道:"尔等潜入出云领内,散播谣言,说新宫党心系毛利,令晴久起疑,信其反叛。"

密探们受命离开，各自伪装成不同职业、不同身份后，潜入出云国。

几个月后，出云境内谣言四起，说新宫党有叛心。这些谣言最终传到尼子晴久的耳朵里。晴久一笑了之："坊间传谣，一派胡言。"然而说这话的时候，晴久眉宇间已现疑云，心中暗想：无论坊间如何传言，他自信新宫党绝无二心。但现在谣言四起，实在有些可疑。

元就虽然没有直接让晴久误信新宫党反叛，却在其心头埋下了一根刺。

这天，元就对家臣说："近日作奸犯科者中，可有判死刑之人？"

家臣说有。

元就追问："罪名是什么？"

家臣禀报："男，四十二岁，罪名为杀父。"

"速唤隆景来。"

小儿子小早川隆景被叫至元就跟前。这一年，隆景正值三十五六岁的壮年。

"牢中有死刑犯，令其穿上观礼衣裳，怀揣文书。"

"遵命。"

"伪作新宫党人与你密通之文，令死囚前往出云送此书，对其曰：事成之后可免其死罪。再遣二三武士密随其后,见其入出云后,斩之,弃之。"

五

出云国一山路旁的杂草丛中,一名身穿观礼华服、血肉模糊的男子倒在血泊之中,一看即知是被武功高强之人一刀毙命。

当地人发现尸体后一阵骚乱,将尸体送往衙门。经调查,发现其身上携带文书。展开一看,衙门里的人顿时大惊失色。赶紧派人向上禀报。

尼子晴久打开密文,信中写道:

"我等互通合意,同心诛灭尼子,事成之后,定如所望,奉上云伯①。"

这封文书的收件人是新宫党中的一人。尼子晴久读完后判断是毛利方的密探进入出云后意外身亡,自己才偶然读到这封密件。

晴久勃然大怒:"人心不可测。世间所传并非虚言,绝不可掉以轻心。"

然而,元就的计谋并非到此结束,而是一鼓作气。

---

① 出云国(岛根县东部)与伯耆国(鸟取县西部)的并称。

尼子的总城为富田城，是一座固若金汤的堡垒。就在这富田城内，而且是在一般人不易到达的地方，有人捡到一封文书。

捡到的人一开始以为只是一封普通情书，仔细一读才发现事关重大，赶紧呈交上级。

信上如是说：

"我因效忠毛利，恐此后性命不保，惜难再相见，此情此意，笔难书尽。"

信上没有落款也没有日期。根据信中内容，尼子判断这是毛利的内应写给情人的书信，表达惜别之意，不小心被人捡到。

至此，晴久对新宫党的叛心深信不疑，认为刻不容缓，必须立即采取行动。

晴久将心腹家臣招至富田城，经过讨论，决定诛灭新宫党首尼子国久。然而，国久家中男丁众多，且个个强健难敌，如正面冲突，未必有胜算。于是，晴久决定将国久骗至富田城后再将其杀死。

晴久传口谕给国久："明日乱舞祭[①]，请叔父登城观看。"

[①] 日本古代的一种表演形式，广义上属于猿乐的一种。

国久得令后，欣然答应。

天文二十三年十一月朔日，国久仅带着几名随从来到富田城。

国久与晴久虽为叔侄关系，但也是主从关系。晴久见国久如约而至，心情很好。

从京都请来的乱舞表演让国久看得赏心悦目，晴久时不时地为国久斟酒，而此时，三四名武士正手持兵器躲在暗处，伺机待命。

表演结束后，晴久与国久共处一室，对坐交杯，房间里只有负责倒酒的一名侍从与另一名随从。没什么外人的时候，两人并非主从，而是内亲，无拘无束地把酒言欢。

"近日坊间盛传，家中有人密通毛利，叔父可知此事？"晴久若其事地开口问道。

"略有所闻。一派胡言，不足为信。"国久虽年过五十，仍精干强健。

"有传闻曰，新宫党中有叛臣贼子。"

"无知妄言，可笑至极！必为毛利细作所为。"国久悠然地举杯饮酒，表情没有丝毫变化。

一旁的晴久却神情紧张，盯着国久。然后，晴久使了个眼色给一旁的侍从。侍从心领神会地假装倒酒，却突然将酒瓶扔向国久。

"你干什么？"国久大惊，却见晴久持刀立于身前。紧接着，数名武将从一旁冲出，将国久擒住。

"叛臣贼子！"

国久被武将用长枪戳穿腹部，并举起翻转，最后被砍去首级。

"乱臣必诛。"手持长刀的晴久最后说道。

此事发生于朔日半夜。

两天后的早上，晴久率重兵攻打新宫党，将其一网打尽。国久之子诚久、丰久、敬久、又四郎及氏久，无人幸免。

在这场屠杀中，只有国久之孙孙四郎在奶妈的怀中逃过一劫，这名幼儿就是日后在山中鹿之助等人拥护下抗击毛利的尼子胜久。

得知晴久亲自血刃如同左膀右臂般的新宫党后，元就喜不自禁，满是皱纹的眼睛眯成细线，从喉咙深处发出笑声。

永禄九年十一月，元就攻打出云国，围攻富田城。尼子晴久束手就擒。

一介武将

一

佐佐木与左卫门是这样第一次知道前田孙四郎这个名字的：

曾受信长关照的小童中，有个名叫十阿弥的杂役偷了孙四郎的发髻，孙四郎一气之下跑到主公信长面前："求惩十阿弥。"信长听罢，不以为然地说："屈屈小童，何必计较。"

所有人都以为此事已了，没想到这天傍晚，十阿弥倒在血泊中，下手的正是孙四郎。

信长大怒，扬言不会放过孙四郎。幸得柴田权六相助，孙四郎才保住性命，却自此从织田家消失。

与左卫门的兄长盛政告诉与左卫门此事后说："孙四郎与你同岁，十九岁少年，强者也。"

与左卫门觉得兄长的语气里充满了对与自己同岁的孙四郎的溢美之情，很不是滋味。就是从这时起，与左卫门在心里将孙四郎视为自己毕生的对手。因为年纪相同，与左卫门对孙四郎产生了一种近乎偏执的意识，久久不能释怀，以至于三年后，听到前田孙四郎的名字，与左卫门顿时大惊失色。

永禄三年五月，信长在桶狭间成功突袭今川义元。战中，孙四郎曾出现在信长面前，手里提着敌方三枚人头。

"主公请看。"

信长瞥了一眼，不以为然，继续指挥作战。

孙四郎见状脸色大变，当场扔掉人头，重返沙场，再次归来时，手里提着今川军名将的首级。

信长依旧一言不发，但眼神中已经流露出原谅孙四郎的表情。

上述逸事是与左卫门听其兄长友人所说："孙四郎虽相貌平平，却骁勇善战，非等闲之辈。"兄长友人大声佩服道。此时，屋外下着雨，屋内如傍晚般昏暗，这位友人是来悼念在桶狭间一战中战死的与左卫门的兄长。

"你与孙四郎同岁？"

"然也。"与左卫门不愿多言，内心如波涛汹涌。

"你是盛政兄继位者，切莫败于孙四郎。"

目送着在雨中归去的兄长友人，与左卫门觉得心中燃起熊熊斗志。

与左卫门第一次与孙四郎相见是在信长面前。

"盛政过世，实为可惜。"信长首先悼念与左卫门的兄长，然后发问："今年多大？"

"禀报主公，在下今年二十二岁。"

"与孙四郎同岁也。孙四郎，速上前来。"信长对着一排家臣说道。只见其中一人低着头，面容年少。

"此乃孙四郎。你知道他吗？桶狭间时立下赫赫战功，与你同岁。你应奋起，莫输给他。"信长说完，赐酒给与左卫门，继续说："孙四郎乃菅家末流，你是佐佐木源后裔，出身同格，可平起平坐。期待尔等共勉互励。"信长说话的时候很是高兴。

信长走后，孙四郎站起身走到与左卫门跟前："在下前田孙四郎，请多指教。"虽然年少，却态度沉稳，感觉比实际年龄成熟许多。先发制人前来寒暄，足见其自信满满，深谙交际之道，这让与左卫门有些狼狈无措。

"承让。"与左卫门虽然嘴上这么说，但脸上已经藏不住羞耻感。他为自己这种莫名的羞耻感到愤怒。事后想来，他越发觉得孙四郎老成的表情与态度中藏着一种压制自己的优越感。

与左卫门心有不甘，暗自发誓：决不可输给此人。虽然这只是两人第一次相见，却在与左卫门脑海中烙下了深刻的印痕，并燃起内心的反抗与竞争的火焰。

与左卫门对孙四郎的任何消息都非常关注，任何细枝末节都不愿错过。

此后没过多久，与左卫门听说前田孙四郎改名为又左卫门利家，便改名为佐佐内藏介成政。

二

之后，又经过了几番小战役。永禄五年五月，信长在美浓国贺留美与齐藤义兴作战时，内藏介成政终于在战场上证明了自己的实力。

连日大雨使洲俣川河水泛滥，田间水量骤增，犹如大河。因为敌军位于田地对面的高地上，所以织田大军必须涉水渡过。

天色渐暗，云间现出一轮弯月，淡淡地映照着满溢的积水。

心急的信长下令前进。织田军溅起阵阵水沫，强渡漫溢积水的田地。

如敌军所料，因泥水高至膝盖，前行非常不易。织田军队乱不成形，好不容易爬上对岸的士兵也被敌军轻易击溃。织田军因此陷入苦战。

当大部分织田军爬上岸后，两军开始混战。因为是夜战，混乱程度加剧。没过多久，就传来十九条城的守将织田勘解由左卫门战死的消息。

内藏介在黑压压的敌军中挥舞长枪杀红了眼。这时，在周围激烈的叫喊声中，他听到嘶哑的、发号施令的声音，那并非恐怖之中的怒吼，而是非常有秩序的号令。

内藏介举枪直冲向发号施令的大将，黑压压的敌军被冲得左右散开，终于，内藏介与敌军大将正面交锋。

黑暗中，双方瞬间过招两三回合，内藏介忘我地举枪进攻，对方很快败下阵来，最终无力地扑倒在内藏介的枪尖下。自此，美浓军兵退如潮，渐渐陷入弱势。

此时的内藏介尚不明所以，天亮后，经信长确认，才知自己打败的正是美浓军大将稻叶又右卫门。

"此战表现甚佳，望日后再立战功。"信长的眼光放得很长远。

内藏介的前途，如北美浓的重重山岳，需要历经一次又一次的艰苦战斗才能有所成就。与此同时，内藏介成政的自信也与日俱增，之后的一次次战斗让他成为织田军中公认的猛将。

然而，与此同时，前田又左卫门所取得的成就也绝不在内藏介之下。众人一直将这二人相提并论。

而且奇怪的是，不知是信长故意而为，还是纯属巧合，之后的所有战役，这两人都会被分在一组共同执行任务。内藏介越来越感到前田又左卫门已与自己对立了起来。

对内藏介而言，战场上的敌人反而比较单纯，而前田这个"敌人"则不断地刺激着内藏介的神经，令其内心始终如受针扎。

没过多久，两人便分出高下。

永禄十年，信长欲从家臣中挑选二十名悍将，分别组成赤黑母衣①战队。结果却没能凑到符合要求的人数，正当准备放弃时，有老臣进言："万事俱备者自古稀有，不如先选有一二长处者。"

于是，织田选出包括毛利新左卫门尉、河尻肥前守、生驹胜介等在内的公认武功高强的十九人，其中也有内藏介与又左卫门。

而且，内藏介被选为十人组成的黑母衣之首，又左卫门则是九人组成的赤母衣之长。原定二十人，结果仅十九人入选，没有硬凑数，足见选定之严，寄望之高。

此后，风驰在战场上的赤、黑母衣武士成为织田军中一道亮眼的标志性色彩。

---

① 日本武士的装备之一，在盔甲上扎上布，靠风吹鼓起，可防身后箭或石头攻击，是盔甲上的辅助武具。

无论是身背黑母衣的内藏介还是身背赤母衣的又左卫门，表面上看似一团和气，遇见时也会互打招呼，谈笑风生。然而，不经意间，两人的内心都已燃起竞争之火。特别是平日里看起来温文尔雅的又左卫门，早已被内藏介挑衅得怒火中烧。

在信长的战事安排中，两人总被捆绑在一起，甚至可以说，这两人就像信长战车上的两匹战马。

出征美浓时，两人共同守住了第三战线。

在征讨朝仓的越前手筒山包围战中，两人是听命于柴田胜家的先锋。

元龟元年，在天满森的退阵中，两人与柴田一起成为殿军。

天正元年，歼灭朝仓时，也是这两人作为先头部队，予以追击。

天正三年，长筱之战中，两人负责火枪队。

无论是哪场战役，内藏介与又左卫门都像不可分的一对，总是在同一地点执行同一任务。每次，两人之间都有着看不见硝烟的战争，而且两人在每次战事中的表现都各有千秋，因而竞争愈演愈烈。

天满森之战就是如此。

信长围攻摄津野田城时，正当秋季，田中熟稻一片金黄。守城方为获取兵粮，派出五六千人割稻收米。

驻守河口对岸的内藏介将此事报告信长后，心急的信长立刻赶到。内藏介远远地看到信长军旗后，立刻下令渡河。

敌军三千挺火枪一并开火。内藏介军一下子却步。

内藏介冲在最前面："怯则中火枪，速速随我骑马冲锋。"内藏介边喊边带领十名骑兵冲入敌阵，纵横砍杀，己方军队随后大举进攻。

然而，敌军击败织田军中名为野村越中守的一员大将后，士气大涨。随后，敌军一反之前的颓势，展开激烈反攻。相反，织田军则开始动摇，差点儿溃不成军。

内藏介不知不觉间身上已多处受伤，手中长枪在强势的敌军面前渐渐失去威力，他甚至准备好战死沙场。

就在这时，他的耳边突然听到："前田来也。"

出于本能，内藏介朝声音传来的方向看去，原来是又左卫门利家一边自报家门一边冲入敌军。不一会儿，利家与其身后的一众将士就将敌军的反扑压制下去。

在这一日的战斗中，两军可谓势均力敌。如果没有前田又左卫门，织田军必败无疑。于是，又左卫门理所当然地得到信长及众人的赞扬。而内藏介在战斗初期英勇的冲锋陷阵完全无人提及。

内藏介憋着一肚子火,心想:来日方长,此仇必报!

三

第二年,信长进入近江,攻打浅井长政。

在名为高月的地方与敌军对峙时,信长对军中各个阵营说:"近江今夜或退散,切莫掉以轻心。"诸将虽嘴上答应,但大部分人都认为浅井军不可能撤退。

信长不眠不休地注视着近江兵所在的田边山方向。子时,山后方突然升起火焰染红天空,原来是敌军开始火烧军营。

"敌军正退,速速鸣螺①牵马!"信长大声叫喊,骑上战马,一骑绝尘地冲了出去。五六十骑兵紧随其后。

信长跑出五町远,黑暗中发现眼前有一团骑兵,耳边可以听到马具摩擦的声响与马蹄的声音。

"前方何人?"信长问。

"户田半右卫门是也。"黑暗中,对方传来回复。

"下方左近何人?"

"佐佐内藏介是也。"内藏介在马背上大声回复。因

---

① 此处应为古日本战争中使用的号角。

为听从主公不得掉以轻心的命令，他不眠不休地一直待命，现在终于能有所表现，所以内心激动无比。

"冈田助右卫门是也。"

"浅汤甚助是也。"

"赤座七郎右卫门是也。"

夜色中，接二连三地传来振奋人心的自报姓名的声音。内藏介最在意的是又左卫门此刻身在何处。没过多久，就像被嘲笑似的，他立刻听到了那个熟悉的声音："前田又左卫门是也。"

内藏介心中同时升起憎恨与斗志，心想一定不能输给前田。

信长高兴地说笑道："原以为今夜我打头阵，未料众将已抢先一步。"

一说到抢先一步，内藏介又想到了又左卫门。对他而言，又左卫门与其说是竞争对手，不如说已经成为敌人。

之后的一年间，信长在伊势与大和忙于战事；翌年五月，为与武田胜赖作战，信长前往长筱。

这时，火枪开始成为主力武器。为了攻破甲州军的骑兵军团，信长制定了挖壕架栅、以火枪战敌的策略。虽说作战方案已定，但实战起来困难重重。

因为火枪组的表现将决定战事胜败，所以信长将此重任交给军中最强的佐佐内藏介与前田又左卫门。

内藏介得知搭档又是又左卫门，斗志变得异常昂扬。

然而，天正五月二十一日的这场战役，胜负比预想得简单很多。吹响号角大举进攻的甲州军在五千挺火枪面前，一个个滑稽可笑地倒下。

名将山县、马场、甘利、真田、迹部等不断率军进攻，却不断在栅栏前留下半数以上的士兵尸体后选择撤退。几番攻防之后，敌军人数骤减。武田军的赤母衣武者与黑母衣武者也都在火枪枪口前纷纷落马，如碎石滚落在地。

内藏介向信长禀报："时机已至。"

信长看看眼前的战况，点点头，下令发动总攻。

战斗结束后，除了负责火枪的内藏介与又左卫门，信长还对野野村三十郎和福岛平左卫门表示慰劳与感谢。换言之，在此战役中，信长并没有觉得内藏介的表现有何突出，更不承认其战功超过又左卫门。

当作为联合军的德川家康来到信长大本营祝贺胜利时，信长将正好站在身边的内藏介介绍给家康："此乃今日火枪奉行，佐佐是也。"

长着一张圆润白脸和一双圆眼的家康笑容满面地对内藏介说："今日一战甚为骁勇！"

内藏介听后心中大喜，但一想到如果又左卫门也在场，家康估计也会说同样的话，所以这并不能成为一种独占的喜悦。又左卫门的存在始终是内藏介的心头大患，如阴云难散。

信长在长筱之战结束后击败越前的一向宗门徒，接着开始部署北陆方面的战事。信长派柴田胜家前往北庄，并赠其越前八郡；又各赠二郡，命佐佐内藏介、前田又左卫门与不破彦三跟随柴田。

如此一来，内藏介又和又左卫门分在一组。内藏介觉得自己与又左卫门之间仿佛前世有约。

其间，信长传来书信，说越前交给柴田，希望众人听其吩咐，文末写道："望尔等互相切磋琢磨。"这里的"互相"指的就是佐佐内藏介、前田又左卫门与不破河内守三人。

但在内藏介听来——自己与不破另当别论——信长意在命令自己与又左卫门多多竞争。

四

之后又过了三年，信长将越中交给内藏介，内藏介击败近敌后在富山筑城。

与此同时，就像和内藏介比拼一样，信长将能登赐予之前身处越前的前田又左卫门，前田因此迁至能登，而能登与越中又是近邻。

没想到自己与前田居然邻国而居，内藏介觉得自己与又左卫门已经被一根看不见的宿命之绳牢牢捆绑在一起。对他而言，邻国的能登难称友国，称其为敌国反而更加贴切。

始于天正十年五月的信长与上杉的对战是内藏介最后一次与又左卫门在同一战壕浴血奋战。

内藏介、柴田、前田、金森等北国大名因参加信长的阅军典礼而前往京都，上杉景虎趁机侵入，上杉军就此占据越中东部的鱼津城和松仓城。

北国大名听闻此讯，纷纷快马加鞭赶回越中。

柴田胜家担任总将军。攻打鱼津、松仓两城时，内藏介与又左卫门都只是受胜家命令行事，并无他念。

然而，上杉景虎突然接报，得知其大本营所在的春日山城危在旦夕，立刻返回越后。天正十年六月二日，原本极为难攻的鱼津城轻而易举地被柴田军攻下。

正当胜家与织田方众将士觉得可以庆祝胜利时，天正十年六月四日，突然传来急报——信长横死。

众人皆仰天惊呼。平日里骁勇善战的柴田胜家突然像变了个人似的，前一天还斗志昂扬大声说着："追击上杉，进兵越后！"此时却脸色苍白，身心憔悴。

众人一筹莫展，不知该何去何从，于是召开军会，胜家首先开口："本应即刻上京讨伐明智，然，上杉军若闻我等上京，必卷土重来。众将可有妙计？"

一旁的不破、原、金森等诸将皆一言不发。又左卫门缓缓开口道："大人所忧极是，故末将以为宜稍待时日再上京。"

内藏介对又左卫门不痛不痒的言辞非常不悦，不由得负气说道："所言非也。末将以为事不宜迟，大人应即刻上京。上杉若返攻此地，由我等迎战之。"内藏介逞强地说完，将原本看向胜家的视线转向又左卫门，并牢牢盯住。又左卫门一脸无所谓的表情，看也不看内藏介一眼，似乎完全没把内藏介当回事。

胜家思索片刻后说："内藏介所言极是。我等明早动身赴京，此地交于诸位。"

于是，五日一早，胜家率兵赶往京都。内藏介看着胜家老迈的身形稍稍前倾，在马上摇来晃去，渐渐消失在北陆街道的西方。那是内藏介最后一次见胜家。

胜家离开后，众将见上杉并无动作，便纷纷返回各自领地。天下大乱时，大家都选择固守自己的领地，静观其变。

然而，回到富山的内藏介成政却得到消息，明智光秀被羽柴藤吉郎所灭，且胜家未能赶上复仇之战。

"藤吉郎！"内藏介惊得再也说不出别的话来。虽然内藏介并非没有注意到这个出人头地速度奇快的藤吉郎秀吉，但之前对他只有轻蔑之意。包括内藏介在内的大多织田家宿将，自从秀吉还是小兵的时候就已经认识了他，觉得他不过是个急功近利、趋炎附势的肤浅之辈。虽然信长很看重秀吉的所谓才华，但内藏介对秀吉的态度则是日益蔑视。

"小人得志！"内藏介喃喃自语，"必当抑之。"

内藏介心想：自己看不起秀吉的主要原因在于其下贱的出身，无论秀吉现在如何平步青云，自己始终觉得秀吉之辈根本不入流。而且秀吉与前田交情不浅，这也让自己感觉很不是滋味，也许这才是自己讨厌秀吉的最大理由。没想到自己之前如此不屑的藤吉郎居然第一个灭掉光秀。估计柴田胜家肯定不会善罢甘休，必会起兵对抗秀吉，而这也正合己意。他甚至想立刻进言柴田起兵对战秀吉，同时也作好准备，只要胜家开口，必出手相助。不能再像之前那样任由秀吉肆意扩张势力。自己恨不得现在就狠揍秀吉那张可恨的猴子脸。

但内藏介又突然转念一想：且慢。又左卫门将怎么做？毕竟那厮与秀吉的关系甚为亲近。

五

胜家果然来联系了。

天正十一年三月，未待雪融，胜家就决定南下与秀吉决战。然而，胜家对内藏介提出："秀吉与上杉相通，望你于国内防御上杉。"

因此，内藏介没有直接参与战斗，只能心急如焚地等待胜家与秀吉之战的结果。

战报传来——北国军在江州柳濑附近败于秀吉军，佐久间盛信被擒，柴田胜家兵败逃走，秀吉乘胜追击，直捣胜家老巢北之庄。

这样的结果令内藏介难以想象。他完全没想到"猴子"秀吉竟然能击败胜家。

"又左卫门现今如何？"内藏介赶紧追问探子，这才是他最为关心的事。他之前听说前田跟随胜家出战，在内藏介的脑海中，正欣然描绘着被秀吉打得落花流水、一副惨状的又左卫门利家。

"前田又左卫门今为柴羽军先锋，正进军北之庄。"

"非为柴田军出阵？"

"曾随柴田公至柳濑。"

"现为秀吉先锋？"

"是的。"

内藏介有些不明所以，探子继续详细报告："前田于柳濑战时常居府内，未出一战。柴田公兵败归途中曾前往前田府，获膳食与马。然，追兵秀吉至前田府时，前田迎其入城，自荐为征讨柴田军之先锋。"

内藏介终于理顺事情的前因后果，看透了两面派前田："又左这厮，与秀吉相通，背叛柴田公。"这才是又左卫门一系列奇怪举动的真正原因。内藏介一想到这里，怒火中烧。"无耻之徒！"内藏介满腔愤恨，声音颤抖地说道。他一边得意地蔑视又左卫门的不忠，一边对其恨之入骨。

之后，内藏介又陆续接到战报。

"北之庄城陷。"

"胜家公自刎。"

"羽柴大人前往加贺，入尾山城。"

"前田大人跟随羽柴大人入加贺国。"

接到这些战报后，内藏介辗转反侧，夜不能寐，愤恨如火团灼烧于胸。然而，不仅有恨，还有恐惧，叠加在一起令他摇摆不已。他在害怕秀吉的报复。他这才意识到，秀吉已经强大到令人难以置信的程度。

这天夜里亥时，正在休息的内藏介听到脚步声，原来是老臣佐佐平左卫门前来求见。

"主公有何打算？"平左卫门来到内藏介近旁，烛光照亮其满是皱纹的侧脸。

"一战！无他。"内藏介有些破罐子破摔似的回答说。

"战亦可。"平左卫门对主公冲动的话语淡然一笑，静静回复道，"然，在下以为为时尚早，当静待佳期。"

"何为佳期？"

"不久。先与羽柴大人交好为妙。"

"我曾从柴田，秀吉焉能饶我？且又左现从秀吉，难料那厮会作甚。"

"此事且交由老臣处之，由为臣任使者前往羽柴府。事不宜迟，明早出发。"

内藏介没有立刻答复，两人陷入一段长时间的沉默。

"平左！"内藏介首先打破沉默，"虽与愿违，明日携人质志保姬一同往之。"

内藏介膝下有两女，大女儿十五岁，被送去秀吉处当人质的志保姬是小女儿，这年刚刚十岁。

平左卫门不语，叩首领命。

第二天早上,佐佐平左卫门率领三十骑兵从富山城出发。骑兵队的中间有一顶轿子。晨光如正午骄阳,暑热难当,承载着小小人质的轿子在强光下闪闪发光,渐行渐远。

内藏介目送着出城的这一行队伍,内心翻涌着从未有过的屈辱。他在心中默默发誓,日后必报此仇。内藏介眼前不由得浮现出秀吉与前田又左卫门相视而笑、迎接这支送人质求和队伍的光景。

五天后,平左卫门从秀吉处归来,报告说秀吉接受了内藏介的归顺,越中一国因此得到暂时的安全。

此时的内藏介依然惦记着前田的近况。

"前田受封佐久间之旧领加贺二郡,现居尾山城。"

六

第二年春天,家康受织田信雄所托,与秀吉对立。

内藏介觉得机会来了,心想秀吉必败,此时正是攻打又左为门领地、能登与加贺的最佳时机。内藏介觉得长久以来笼罩在北国上空的阴云突然得以一扫而空。

他像吐唾沫一样,恨恨地吐出一句:"让他们看看我的威风。"毋庸赘言,这话中的"他们"就是指秀吉与前田。

内藏介叫来佐佐平左卫门："去年今日，你说时机未到，而今佳期已至。我军与浜松（家康）呼应，攻又左，取加贺、能登二州。"

平左卫门并没有内藏介那么高昂的斗志，只见其微微侧了一下脑袋："前田非等闲之辈，不易胜之。纵使主公取胜，必伤亡惨重。若为日后着想，少一敌不如多一友。不知主公可有妙计？"

"有。"内藏介对平左卫门的慎重考虑很是满意，"可将又左次子利政招为奈津姬之婿，并允诺其日后相赠越中一国。"

"然后呢？"

"又左必同意。而后，吾等千方百计拖延婚期，趁其不备攻其城池。"

平左卫门面露难色，觉得此计甚危，却没有反驳。因为他深知自己的主公对又左卫门利家已经恨之入骨，就算谏言劝阻，也不会听取。

之后，双方开始交涉儿女婚约。内藏介主动向又左卫门提出："内藏介今年四十有五，已然无望得子。欲招大人次子利政为婿。若亲事结成，内藏介愿从此归隐。"

前田又左卫门欣然表示接受："无异议。"

内藏介听后，高兴地笑了起来，他很久没有笑得如此开怀了。

之后，佐佐平左卫门受命前往尾山城（金泽）下聘，回来后报告说："一切顺利。"

"又左当真否？"

"他欣然回应：昔日疏远之两家今能结为亲家，实在可喜至极。"

"正合我意。那厮必期望不费吹灰之力而获越中一国。"内藏介想想就觉得好笑，他打从心底里瞧不起本性见利眼开的又左卫门。

当前田方派重臣村井又兵卫送来谢礼时，内藏介表面上以礼相待，始终保持微笑。

之后，前田方面多次催促婚礼日程。

佐佐方面按照既定计划，百般拖延，不是这天不方便，就是那天并非黄道吉日。在此期间，反复密谋进攻加贺的战略。

时至八月。

"前田方或已察觉，正积极备军。"

接到探子报告后，内藏介觉得箭在弦上，容不得再耽搁，于是下令出兵："佐佐平卫门与前野小兵卫先发，于朝日山筑城建垒。"

朝日山位于加贺与越中边境线上。内藏介信心满满地目送五千大军出征朝日山。

谁知没过多久就接到前方急报："前田军之村井又兵卫已于两日前于朝日山上筑城以备。"

内藏介倒吸一口冷气，没想到又左再一次占得先机。

"村井人数多少？"

"难知其详，约千五百人。"

"敌方人数甚少。命我军兵分两路进攻朝日山，今日之内必取之。"内藏介的军令如子弹上膛，急速送至前方战场。

然而，攻山之战因天气突变而受到阻挠。自未时起，天降大雨，且伴有强风，顷刻间雨如水烟，眼前一片迷蒙不可见，四周如暮色般昏暗。没过多时，狂风大作，暴风雨肆意施虐。

至此，佐佐军只能放弃攻打朝日山，返回富山。这次因变天气而导致的无功而返像一种暗示，之后所有的战斗中，佐佐军皆无好运。

内藏介心有不甘，将目标锁定能州末森城："末森城界于能登与加贺，若夺此城，又左如身首异处。"

八月早晨，佐佐军从富山城出发，并不断增兵向能州进发。傍晚时分，先锋军逼近末森城以南一里之远的吾妻野与天神林。内藏介则与主力军在其后的坪井山麓等待机会。

内藏介下令："又左或从尾山城自后出兵阻击。神保于途中抗之。"

神保受命在北川尻的沙丘上安营扎寨，以防前田从尾山城赶来增援。

这天夜里，佐佐军大放篝火，以此向末森城示威。秋高气爽的夜空中挂着一轮半月。

九日天刚亮，佐佐军就开始攻击。

八千大军齐声呐喊，分别从南面和东面攻城。远远望去，如大群黑蚁漫过山城，战况呈一边倒的局势。

"三之丸已攻下。"战斗开始才两个时辰就传来捷报。

"二之丸也已攻下。"又过了两个时辰再传佳报。

内藏介听闻，激动地踱步："兵营前移至三之丸！"

佐佐军来到主城脚下，只见光秃秃的主城孤零零地立于高处。城中守兵零星地朝外开着火枪。

然而，佐佐军却始终没能攻下这小小的"本丸"主城。就像危急关头竖起全身硬刺的小动物，这座主城让佐佐军无从下手。之前占尽优势的佐佐军在主城前遭遇最顽强的抵抗。

"城将何人也？"内藏介问手下。

"奥村助右卫门。城内兵少势弱,未料其如此负隅顽抗。"平左卫门一边看着主城一边感叹。

内藏介下令,若到傍晚都攻不下此城,就彻夜继续进攻。甚至第二天白天和晚上,佐佐军都不曾懈怠,持续进攻。

事实上,城中守军之所以如此奋战,都要归功于守将奥村永福的妻子。奥村之妻手持长刀,不分昼夜地与将士同守主城,时不时地摇醒困顿的士兵,鼓励道:"已接报,援军自金泽来。危苦守城,难免困顿。然,再忍片刻即可。"奥村妻还亲自煮大锅粥和热酒水犒劳将士,原本处在崩溃边缘的守军将士因此大受鼓舞。

奥村之妻所说的金泽援兵并非虚言。这天夜里,前田又左卫门利家只带了两千五六百人,从尾山城疾行进入津幡城后,加速前进。

又左卫门策马加鞭,高声大喊:"我与内藏介自幼相识,然其经百战,却从未胜我。今必令其知,若与利家为敌,绝无善终。"

七

十一日天刚亮,佐佐军突然听到从今浜方向传来的呐喊声。就在前一晚，佐佐军接到消息说，利家从尾山城出发，刚刚到达津幡城。但他没想到前田军这么快就出现在自己的身后，已呈合围之势。

从山上往下看，前田军从成圈状围攻末森城的佐佐军背后渐渐向内突破，而且前田军派出的是以精锐闻名的村井又兵卫的队伍。

只见佐佐军的围攻之圈渐渐被前田军蚕食，已不成圈。随着前田军的不断侵入，包围之势荡然无存。

刀枪的碰击声、击鼓声、螺号声和士兵们的叫喊声在阳光下响成一片，同一片秋日阳光还将四散在地面且不断增加的人肉鲜血照得炫目晃眼。

佐佐军因加贺军的奇袭而变得混乱不已，狼狈不堪，完全丢失了之前围城的优势。而前田军则与冲出城的士兵里应外合，将佐佐军一网打尽。

在距离该战场一里半之外的坪井山上，内藏介在大本营里远远地看到了此番战况，面色惨白如纸。

"佐佐新左卫门与敌方村井又兵卫单挑时被斩杀。"

"野也村主水战死。"

前方接二连三地传来类似的战报。

内藏介内心滴血，激愤难平："平左卫门为先锋，我即刻前去会又左。"说完，带八千主力冲下坪井山。

前田闻讯,拍拍马鞍:"来得正好,今日即取内藏介首级。头阵村井,随后奥村,三番不破,四番利长,我随后亲自上阵。"

两军间的距离越缩越短,冲突一触即发。

就在这时,突发奇事。

之前一直向前挺进的佐佐军到达某一条线时戛然而止。内藏介成政死死地盯着前方的前田军,前田军则整装待发。

内藏介之前还犹如火烧的眼中此刻射出如冰般冷然目光、充满疑惑的神色以及虽然微弱却确实存在的胆怯之情。这是人们在作出重大决定前一般都会产生的犹豫与不安。

在内藏介看来,眼前的前田军突然变成一道铜墙铁壁,若贸然冲上前,必粉身碎骨。他觉得自己已被诱至悬崖边,感到无比恐怖,于是赶紧勒马,停止继续进军。

内藏介满脸不安,失去了应有的判断力,无意识间大声下令撤退。于是佐佐军沿着津幡街道一路撤退。

而此时,前田方面也意外地选择了静观其退。当然,前田军中也有人提出应当乘胜追击,但又左卫门利家予以制止:"你看到他们撤退了吗?内藏介乃信长公赏识之辈,绝不会轻易现出破绽。若贸然追击,恐遭不测，不追亦无妨。"

内藏介回到富山，等待他的是秀吉与家康的最新消息——两人于小牧山握手言和，各自相安。

天正十二年岁末，大雪已融，得知家康、信雄与秀吉和解，内藏介惊愕不已，心中暗骂家康。对内藏介而言，家康是唯一可以击败秀吉的人，曾是内藏介的希望所在。而今，家康与秀吉联手，那剩下的自己又算什么？内藏介觉得自己被家康与信雄耍得好苦，内心焦躁难安，输给又左卫门与秀吉的结果也让他难堪。

陷入绝境的内藏介拼命思考。他不想输，不能输。突然，他的脑子里冒出一个念头：只有劝家康回心转意，自己才有活路。他决定说服家康重新与秀吉为敌，这是他最后的希望。

内藏介心想：现在为时不晚，应该立刻开始行动。光写信肯定没用。就算派出使者也不够有说服力。别无他法，只能亲自前往。只有带着诚意亲自前往，家康才有可能会被说动，不！家康一定会被说服。

"必诱家康！"内藏介的心中燃起了希望，这给了他莫大的勇气。之前惨白的面容终于开始有了血色，开始觉得前途一片光明，说话时的语调也铿锵有力了。

佐佐平左卫门静静地听内藏介说完，反问道："择何路前往浜松？"

想从越中去浜松，自东可从越后前往信浓再进入远州，自西可从加贺路经美浓前往。但加贺有前田，越后有上杉，飞弹是秀吉的。选择任何一条路，都必须经过敌方领地。

结论是——除非插翅，然根本无法到达浜松。平卫门的反问其实是一种否定。

"前往浜松，未必要经越后或加贺。"内藏介看穿了平左卫门的心思。

"此话怎讲？"

"可越立山入信州。"

"啊？！"平左卫门惊得说不出话来，怔怔地看着自己的主公，觉得内藏介已走火入魔。

八

内藏介对任何人的谏言都充耳不闻，必会家康、劝其起兵的决心之火在他心中熊熊燃烧。事实上，与其说是决心，不如说已然变成一种偏执。内藏介决定马上启程，翻越如今的日本阿尔比斯山脉，前往信州，而且还是在深冬。

他当然害怕冬季的雪山，但他更怕若得知自己外出，前田又左卫门会乘虚而入。

他如此计划——从自己出发到又左卫门闻讯，需十日左右。又左肯定不会立刻相信，而辨别消息真伪需再花五日左右。之后，若又左决定攻入越中，则另需五日左右进行准备。共计二十日左右，足够自己往返。

内藏介自信可以达成，但其实心焦似火，令其根本无法理性思考。

内藏介家中有一禅僧，名曰龟谷吉郎兵卫，深谙北国地理，熟知小路间道。内藏介一直养着他，就是为了有备无患。

内藏介叫来吉郎兵卫，问他从立山前往信州可有近道。吉郎兵卫回答说："在下曾一度取间道至下诹访。然，路途艰险，罕有人迹，山重连天，夏日亦有积雪。去时七月，寒风宛若深冬，手足皆冻不能动。山上无路，唯四肢攀爬，若打滑失足，必坠入烟雾升腾似地狱之深谷。在下行遍诸国，翻越如此可怖山岳实数首次，至今想起，仍心有余悸。"

"还记得路吗？"

"依稀记得。"吉郎兵卫的脸上露出不安的神色。

内藏介不由分说地开口："近日启程，由你带路，经你所言之道前往信州。"

吉郎兵卫听完仰天失色:"万万不可!夏日尚且艰苦难行,更何况现今深冬,实难想象当如何越过雪山。诚望主公三思……"

内藏介不等吉郎兵卫说完,就大声呵斥:"养你至今,是为了什么?今日你若拒绝,则当不忠拒命者论处,就地正法。"

吉郎兵卫下跪磕头,只能选择受命。

内藏介花了十天时间秘密准备,主要是雪地中的粮食与装备。特别是粮食,非常费事。内藏介命人将饼、干粮、饭团、味噌和盐装满袋子,每个人携带三四个袋子。

五天前,内藏介开始对外称病,并吩咐膳房,在他回来之前,像平常一样送饭进房。

十一月二十三日,内藏介神不知鬼不觉地带领家臣悄然离开了富山城。

内藏介之立山行,即深冬翻越现在的日本阿尔比斯山脉,就是史上著名的内藏介成政之翻越佐良岭[①]。对此,史书上的记载有三种版本。

[①] 现在的立山佐良岭。立山位于日本富山县,属于飞驒山脉(北阿尔比斯山脉)。

其一为:"自越中三日市边之上野出发,取道信州松本。高山有水流向越后方,此乃姬川源头,上有桥,渡之至美浓。此路径由土人口口相传。然,真立山实乃高山,有河流入东海道,地势至险,六、七月尚难越过。"(选自《贺邦录》)

其二为:"信州大町以西有高濑川,此川出于五六岳,于北方会野口入水。天正中,越中佐佐成政曾涉险至此,亦曰佐佐越。"(选自《信浓地名考》)

此外,还有一说。加贺藩臣有泽永贞如此描述道:"此山绝险,唯有一道。彼时,新宫为岩仓,至此皆为平地。由此三里地皆险途,至中宫,彼时称芦岾。至此地,马可通行。由此距立山九里有余。途中需涉激流,渡险阻,踏岩登峰。所到之处皆万难。至险五里,上至不动堂,左向立山北,右越佐良岭。无人知其末,全无寻常路。忽下深谷,忽上高坡。遇风雨时进退维谷。入夜无处可宿,无屋,唯憩于洞穴。至山家名曰信州野口村,自芦岾十一里许。由此往松本,雇人马,行木曾路或伊奈通,至远州或尾州。"

当时的"佐良岭"位于如今的立山连峰之中,净土山之南,五色原之北,海拔二三五三米。而当年内藏介所走的山路,以现在的地理位置而言,应该始于粟巢,路经立山温泉、汤川谷、佐良岭、割安岭、平之小屋、针木谷、笼川溪谷、泷之小屋，最终抵达大町市。

九

无论昨日还是今时，内藏介一行在山上的每一天都在暴风雪中度过。风雪卷成旋涡，呼啸声无比刺耳，眼前连一棵树都看不见，视野之内全无他物。

内藏介与随从分成几路小队，蜗在雪洞中。若迈出洞口一步，就可能被无休无止的暴风雪卷走。眼前只看得见似白烟四起的风雪。

"今夜也只能野宿。众人相依而寝，切莫独自入睡。纵使寒冷，必动身体。"内藏介下令道。所有人的脸都已经冻成暗紫色。内藏介下令的时候，自己的嘴唇也冻得完全变了颜色。

这天早上，已经冻死一人。昨天来到这里的途中，有一人坠入溪谷。

耳边的暴风雪声宛如魔咒，所有人都神情暗淡，惶恐不安，不知死神何时降临。望着暴风雪肆虐的雪山，所有人都在心里思量，不知能否活着翻过雪山。

"吉郎兵卫，走完一半没？"内藏介问。

"在下以前越山，时值七月，而今山相全变。皑皑白雪，恐难定论。然依所忆，未见山谷冒烟处，故在下以为，尚未走完三分之一。"吉郎兵卫艰难地蠕动着肿胀的嘴唇回答道。说这话的时候，他脸上全无自信。

第二天早上，暴风雪终于停止。脚下却积雪难行，头顶着晴空万里，放眼望去，白色的山顶连成一片。众人出雪洞，继续前进，此时的雪已坚硬胜冰。

"留心足下！失足必丢性命。"

话音未落，黑影突现，从白色斜面急速落下。顷刻间，浓雾骤然从下方升起，如云翳遮日，天昏地暗，所有人顿时陷入无垠的浓雾之中，可视范围仅眼前一寸。

"危险。切莫失散！紧盯前面的人！"众人不断互相呼喊，在冰冻的风雪中每走一步，都仿佛发出山崩地裂之声。

"此刻太危险，需待雾散。姑且驻足，切莫妄动。"

然而，一旦停下脚步，所有人都冻得唇齿打颤，痛如刺骨，手指和脚趾也都好像失去了知觉。

"别停。如感到昏睡，必互相拍打。"

浓雾渐渐散开，这才终于又可以迈步朝东前行。

突然，地上传来可怕的声响，比雷鸣更为低沉、压抑，且带有令人不安的混响。内藏介发问，吉郎兵卫回答说:"是雪崩。"

众人继续前进,视野依旧狭小。众人在白茫茫的雪山中忽上忽下,反反复复,无休无止,似乎完全失了目标,但无奈也只能跟着吉郎兵卫走。

这天,众人累得感觉好似走了十里地,然而,到达的雪洞却让人记忆犹新。众人见状全都失望无比,在雪雾中走了整整一天,却还是回到原处,疲劳感顿时一发不可收拾。

内藏介突然预感,这场徒劳的行为与自己的境遇颇为相似——出于对又左卫门与秀吉的恨之火而采取的行动,正如今日的雪中行,到头来可能只是一场空。内藏介时不时地会有瞬时的自我暗示,感叹自己茫然的命运——难道又要败给又左?他用力摇摇脑袋,企图将妄念挥去。他告诉自己,只要说服家康,自己就仍有胜算。

云涌雪降,风又再起,雪如坚硬的碎冰打在脸上,让人根本无法呼吸。

这一夜,众人又只能待在雪洞中祈祷第二天能有好天气。

深夜,突然听到野兽嘶吼,内藏介问吉郎兵卫,后者回答说:"是豺狼。"

所带粮食已所剩无几,冻伤之人也越来越多,为越二里山岭，已足足耗费了一整日……看着眼前白茫浩渺的山岳与溪谷，众人唯有茫然与惊恐。

十

拼命翻山越岭的第六日，终于见到不少羚羊和山鼬的足迹。第七天，则来到了留有樵夫脚印的地方。

十二月二日，内藏介终于来到信州高岛。

减去死亡者与安置在途中野口村的冻伤者，平安来到此地的只有区区十二人。

内藏介在高岛城，由诹访赖忠通知浜松方面。

到达骏河府中后，家康派使臣带着马匹前来迎接。

该使臣名为本多作左卫门，非常热情地接待了内藏介一行。见作左卫门笑脸相迎，内藏介以为这就是家康的表态，还暗自高兴，心想：事必成。于是欣然前往骏府之城。

家康热情地迎接内藏介，处处以礼相待，那张圆润的脸上始终挂着温柔的微笑。

"越立山至此地，可谓惊天地之举。只有你强如鬼神，别人可做不到。"家康表示无比感叹，像个孩子似的，不停地问内藏介走了哪条路，遇到过什么困难。

然而，当内藏介言归正传，开始陈述讨伐秀吉的建议时，家康便一言不发，脸上也没了刚才的热情。

家康耐着性子听内藏介说完。向来擅长不得罪人的家康并没有当场拒绝，始终彬彬有礼，但这只是出于基本的待客礼仪。

"先前大人助北畠公（信雄）以慰先主，海内皆为之赞叹。然，突闻大人与秀吉和睦，诚感憾之。今日至此，诚邀大人起兵伐秀吉。在下曾受故主厚恩，誓与大人共举战旗，夹击秀吉贼党。"

内藏介反复劝诱，期待能说服家康，毕竟自己是靠着家康同意起兵的信念才不顾生死越过冬季雪山。见家康厚实的嘴唇开始蠕动，内藏介心里"咯噔"一下。

"你不远万里，越过雪山至此议事，实在可称为奇事。"家康说这番话的时候，和十年前长筱一战之后两人初次见面时褒奖内藏介的神情如出一辙。

"然……"家康继续说，"我与秀吉本无恩怨。之前乃受信雄公所托，且顾及已故右府殿之恩义，故以命相助。然，信雄公擅与秀吉议和，致我与秀吉形同敌对。此非实情也。"家康说着浅浅一笑，"我没有理由举旗战秀吉。然，倘若你有意，我必出力相助。"

说话的时候，家康脸上始终挂着亲切的笑意，而他的所言却轻若羽毛，毫无分量。

事后，内藏介才发现，自己之所以没能当场识破，是被家康的老练蒙骗。

当时的内藏介只有一腔热血，对家康的敷衍毫无察觉，自顾激动地继续开口："大人所言，不胜感激。想当年，故主手握数国，若谦信与信玄合力自北陆道与中山道攻下，想必故主必败。而今，大人有信玄分国、骏甲信三州，我有谦信分国、越中。若我等携手，必如信玄与谦信合力克敌，胜利犹如囊中之物。"

"是的，是的。"家康频频点头，微笑不绝。

内藏介将信长所赐宝刀赠与家康后，从浜松出发赶往岐阜，去见旧主之子信雄。

然而，就在他策马赶往岐阜的路上，内藏介仔细一想，发现家康并未给出任何实质性的许诺。于是，他将家康说过的话一句一句反复推敲，这才意识到自己是竹篮打水一场空。

家康只说会"相助"，但同时强调其与秀吉并无恩怨，换言之，就是不会主动起兵。既然无心起兵，又怎会真心"相助"？家康所言全都只是客套话，毫无实际意义，那种不可能兑现的许诺与空气无异，到头来什么都不会有。

内藏介万分懊恼，居然还将自己与家康比作信玄与谦信，实在可笑至极。只怪自己当时被热血冲昏头脑，根本没察觉到家康的本意，一厢情愿地滔滔不绝。现如今，只剩一腔虚无。

在家康面前可笑空谈之后的后悔与寂寞，犹如寒风袭上内藏介的心头。

到达岐阜与信雄见面的结果则让内藏介心里更加添堵。内藏介提出："若促德川起兵战大坂，我自北国共攻之，必退秀吉一党。"无论内藏介如何劝说，已被秀吉笼络的信雄就是不予回应。最后，内藏介告退前只说了一句："待到开春，再求商议。"但这就像一句随便说说的寒暄话，因为他很清楚信雄根本无心开战。

事到如今，内藏介成政发现自己已成孤家寡人。世间早已变了天，只有自己孤独地被留在小小的缝隙之中，而秀吉早晚会来填平自己栖身的缝隙。他的眼前仿佛出现了举兵攻打北国的秀吉大军，冲在最前锋的无疑就是前田。

内藏介情不自禁地独自感慨："莫非天要亡我？"但一想到又左卫门，满腔的憎恶又让内藏介重燃斗志。

为了回到越中，内藏介不得不再一次踏上漫漫雪山路。

十一

第二年，天正十三年八月初，内藏介接到消息，秀吉为讨伐自己，已从大坂出发。

消息称："美浓、尾张、伊势、丹波、若狭、因幡、越前、能登、加贺之势、细川、丹羽、金森、蜂屋、池田、宫部、森、稻叶、蒲生、木村、堀尾、山内、九鬼、加藤、中村，前田之军共约十万。"

十万！

内藏介努力想弄明白这个向自己日益逼近的数字的实体。然而，数字太过庞大，令其一时间毫无实感。

这一年间，自从末森城攻防战以来，内藏介与前田在边境上打过几次小仗，出兵人数最多也就一万左右。内藏介难以想象"十万"这个数字到底有多少人，甚至觉得这并非现实。

而且内藏介也难以接受秀吉已上升至足以号令十万大军这个事实。这年三月，秀吉升为内大臣，七月受封关白。内藏介实在无法理解，世道为何会变成如此不合理？

对于秀吉不合理的平步青云，内藏介始终无法释怀。他觉得一定是有人犯了大错。他真心希望有谁能给他一个合理的解释。

"北畠公也成了秀吉手下。"接到这个消息后,内藏介百思不得其解——这不合理。自己一心只想为信雄尽忠,甚至不顾性命,冬雪中翻越佐良岭、远赴骏河与家康相见。时至今日,信长旧臣尽失,只有自己还想着信雄——这曾是内藏介仅剩的自负。

内藏介怎么也想不通,信雄为何会选择与秀吉一起攻打自己。他开始准备防御。无论自己如何想不通,秀吉的十万大军都已经日益逼近。

富山城北与西有神通川,东有鼬川。以这两条河为天然屏障,内藏介不断加固城池。

二十日,内藏介收到战报,秀吉已经越过俱利加罗岭。二十四日,秀吉攻入内藏介在八幡岭临时搭建的城池。

"又左在哪里?"内藏介最想知道前田的消息。

"前田军正于安养坊布阵。"

然而,与以往不同,这一次,内藏介并没有立刻心生敌意或憎恶之情。当眼前所有事情看上去都非常不合理时,自己之前憎恶至极的又左卫门的存在也变成一种扭曲之象——内藏介已经处在崩溃边缘。

二十四日,天降大雨。

二十五日、二十六日,雨始终没停,而且天色一直昏黑,大雨倾盆。这场雨足足下了七天。

秀吉军中几千兵营虽全都已铺上稻草挡雨,但雨水被大风吹得斜向灌入,以至于兵营到处漏水,无处可寝。柴火也被淋湿,没法做饭,将士们连口热茶都喝不上。军中的马匹被雨水打得犹如泥中湿鼠,艰苦至极。

持续大雨令神通川河水大涨,加上山谷上倾泻而下的泥水,形成一股赤流,奔涌而至,破堤泛滥。

因为这场连日的大雨,攻军与守军无法开战。

佐佐平卫门来到内藏介跟前说:"大雨瓢泼。"

"雨大如斯,敌难涉水开战。"

"一旦雨止水退,敌必始攻。主公可见山与丘上敌军遍布?敌军十万,我军一万五千。战,则九死未必有一生。主公有何打算?"

"什么意思?"

"何不姑且降于秀吉?此战必败,毫无胜算,为求安身,可尽忠秀吉,再待他日佳机。"

内藏介没有回答,雨天阴沉的光线映照得他更加面无血色。

他对着平左卫门看了又看,心想——这个男人难道是真心劝降?绝不可能!他多半在期待自己拒绝投降,主动提出破釜沉舟与秀吉大军决一死战。

内藏介突然意识到，不只是眼前的平左卫门，所有人——包括秀吉、前田又左卫门、家康和信雄，以及其他大名小名、将士、百姓——全都认为佐佐内藏介与秀吉决一死战是天经地义，理所当然。这才是陷入绝境时的武将该有的作为。

然而，内藏介决定反其道而为之——反正这个世道本来就全是不合理，没必要只有自己按常理行事，所以这一次要出其不意。本来，要说最不合理的，就是秀吉的夺权，自己对此一直愤懑难平，没理由别人可以胡乱妄为，而自己只能安分认命。

内藏介想到这里，作出决定："我意已决。"

平左卫门抬起头来，静候内藏介的决定。

"如你所言，降于秀吉。"内藏介刚说完，脑海里就闪过一个念头——世人知其不战而降后，必定耻笑，但他已经作好准备，去承受这种侮辱。

秀吉方提出要内藏介削发、身穿墨染之衣前去投降。

内藏介心想，自己随便什么模样都无所谓。他已无所畏惧。

内藏介刚来到吴羽山上秀吉麾下的军营，就听到众人哄笑不已。一开始，他还没太在意，后来才发现，自己来到的正是前田军的阵前。有人故意大声地鼓掌耻笑:"臭和尚!为我军进贡来也。"

内藏介在这些耻笑自己的前田军面前,步履不急不缓,顶着一头新剃的光头,淡然笑之,在耻辱的泥潭中大步向前。

"又左在吗?若在,何不一见?看看我今日模样!"

十二

北畠信雄代表秀吉接受了佐佐内藏介的降服。

秀吉闻讯后,对一旁的又左卫门利家说:"本想逼其切腹,然北畠公已受其降,无法无端拒之。然,若又左有意诛之,则另当别论。"

利家听完,轻轻地低下头:"在下与内藏介近两年间多次交战,从未令其有所得。我与他自幼相识,共奉信长公,然他从未胜我。今日内藏介降,我已心满意足。主公不必劳心。"

"听见没?此乃大将风范,文武双全。"秀吉接着说,"内藏介多大?"

"与在下同年,今年四十有七。"利家回答说。

"居然同龄!只以为你们年龄相仿,未承想竟是同岁。他本来骁勇,如今却舍武士应死之法,苟且求生,龌龊难堪。众将可有同感？"

对于秀吉的这番话，在场的丹羽、细川、池田、蒲生、堀尾、加藤等武将纷纷点头表示赞同。

"这厮……"

"本为右府殿遗臣中最骁勇者，现如今……"一个个都对内藏介辱骂鄙视。

"好了。"秀吉打断众人，"北畠公已受其降，且其曾为已故信长公家臣，姑且饶他一命。越中国内只留新川一郡予其，又左意下如何？"

利家毕恭毕敬地表示没有异议。

而内藏介这一边，家臣中的新丁自然不用说，连老臣也都纷纷选择离开。

两年后的天正十五年，秀吉征战九州后，将肥后一国赐给佐佐内藏介成政。

成政上任前，秀吉叮嘱说，当地有五十二个旧时领主，自己已授予这些人朱印状，让内藏介暂时不用管他们，三年内不要对其进行"检地"[①]。

成政虽进驻隈本城，但心高气傲的肥后国人始终不愿听命于这个新领主。

[①] 检查土地收获量并测量土地面积。

成政心想：秀吉虽下令不要检地，但如果连自己的地盘都无法检地，岂非笑话？于是他强行下令检地。肥后国人因此群起造反。一开始，先是菊池郡的隈部亲永拒不听命，于是成政派三千骑兵前去镇压，此后，肥后国人的起义之火便以燎原之势迅速兴起。

天正十五年，在反反复复的起义与镇压中来到岁末，秀吉命令邻国的诸大名前去镇压。秀吉将成政视为这场大骚乱的罪魁祸首。

在摄津尼崎，等待成政的是处死令。地点选在名曰法华寺的一座小寺庙里。

五月十四日，闷热难当，即使脱下衣服露出上半身，仍然汗如雨下。

藤堂高虎从怀里掏出令书，开始阅读长长的罪状。

成政根本无心听什么罪状，他仍想不通，当年那个给人提鞋的秀吉如今居然可以对自己下处死令。

高虎读完罪状，开始发表个人意见。

成政听着那番话，突然意识到，打从一开始，秀吉派自己治理肥后国就是个陷阱。

有人在成政面前放下一把小刀。

成政怅然若失，只觉得这一天其实早该到来。兜兜转转，终究还是走到了这一步。

軒　声

一

上州无宿小幡的仙太下棋时与人发生争执，失手杀死对方，因而被捕。从这一天起，他人无法想象的异常恐怖开始令他饱受折磨。

仙太乃六尺男儿，相貌堂堂，今年二十八岁，正当壮年，孔武有力，有胆有量。下棋赌钱只是为了生计。作为一个大男人，他并不害怕受罚。而且像他这种罪名，不至于被判死刑，最多只会被发配孤岛。但这个男人究竟在害怕什么？

他怕的是自己的鼾声。

仙太的鼾声比正常人响一倍！十七八岁之前还没事，一过二十就开始打鼾。而且随着年龄的增长，他的鼾声也越来越响，到了二十四五岁的时候，次次都是如雷震耳。

"兄台鼾声甚高，我等昨夜一宿不得眠。"每次一有人和他同屋，第二天早上都会眼中布满血丝地提出抗议。

"抱歉,抱歉,万分抱歉。"一开始,仙太还次次都愧疚致歉。但无论自己如何不情愿,打鼾是一种生理本能,自己根本无法控制。每当进入熟睡状态,他的鼾声就会像活物一样自己跑出来放肆响起。好几次,他甚至被自己的鼾声吵醒。

一旦意识到自己拿这种鼾声没办法,他就干脆不管不顾地任性地打起鼾来。他心想:反正老子就是会打鼾,觉得吵的一边儿去。

每次下完棋和大家一起睡大通铺的时候,他也会事先如此告知。然而,他的鼾声却让连睡在与他一扇纸门相隔的人都苦恼不已。

"可恶至极!岂可一人熟睡,独享惬意。"

一整晚,被仙太的鼾声吵到完全无法入睡的人们满肚子的难受与不平。

某天,一个曾吃过几年牢饭的男人被仙太的鼾声惊得说不出话来。等仙太醒来后,他对仙太说:"汝之鼾声于此世间尚且安泰,若是入狱,必无善终。"

"莫非打鼾者延迟三年出狱?"

这人看仙太吊儿郎当的模样,觉得他迟早会进班房,所以好心将自己的见闻告诉仙太,让他作好心理准备。

一间牢房里一般会关七十名左右的囚犯,有时候可能更多，全都挤在长四间、宽三间[①]的地方。囚犯里也有阶层之分，从高到低分别是名主[②]、一番[③]、二番[④]、角隐居[⑤]、诘隐居[⑥]、穴隐居[⑦]、三番[⑧]、四番[⑨]、五番[⑩]、数头[⑪]等，这些囚犯算是牢内的官囚，可以待在相对宽敞的地方。而平民囚犯则只能全都挤在剩下的小地方里，特别是晚上睡觉的时候，手脚都无处伸展。

白天醒着的时候，平民囚犯都会畏惧官囚，根本不敢擅自妄为，只有吃饭和睡觉是他们唯一的乐事。特别是睡着的时候，能够暂时忘却被拘禁的束缚，畅游于梦境，仿佛回至娑婆世界。

---

① 一间为六尺、约等于1.8米，四间乘三间，约等于40平方米。
② 老大。
③ 仅次于名主。
④ 占位门口，负责囚犯进出。
⑤ 负责仲裁牢内纠纷。
⑥ 把守前往厕所的过道。
⑦ 入狱时携重金打点各方的囚犯。
⑧ 负责为病人取药。
⑨ 负责检查衣服有无拿错。
⑩ 负责盛饭。
⑪ 负责每天报数清点囚犯人数。

因此，如果有人妨碍到他们这种极乐的睡眠，一定会被他们恨之入骨。而妨碍睡眠的，无非就是呻吟的病人和打鼾的囚犯。

病囚若是病重至极，则会被转移到浅草或品川；如果病得不是太厉害，则会留在牢房里。病人痛苦，就会呻吟，半夜求水喝。对于好不容易入睡做梦的其他囚犯，这种病囚就是多余的人，是麻烦。因此病囚常常在半夜里神不知鬼不觉地死于同室囚犯之手。哪怕只减少一个人，剩下的人也有了更多空间舒展手脚。

第二天狱卒来巡房时，只要报告说是昨天夜里突然病死的，狱卒大多会睁一只眼闭一只眼，不会多问，也不会进行调查。被抬走的尸体一般会被扔到千住一带。

"鼾声甚高者亦是如此。传闻某男只因一晚鼾声恼人，翌朝即成尸首。你且好自为之。"

仙太听完，当场笑骂对方吓唬自己。但自此，仙太开始对自己的鼾声产生了畏惧。他开始暗下苦功想要治好自己的打鼾，但始终徒劳。那个男人说得没错，一旦进入三尺四方的牢房，七八十人同囚一室，若自己打起鼾来，光是想想都觉得可怕。

然而，怕什么来什么，进牢房的时间比预想得还要早。因为一场无聊的下棋博弈，自己居然失手杀了人。

被捕头抓住后，仙太被送进衙门。官老爷对其问话，仙太乖乖地从实招来。他根本无所谓罪状轻重，只求能在牢房里平安度过。

二

仙太被判流放至三宅岛。

这本来就在仙太的预料之内。一听到会被发配到远方小岛，仙太反而觉得很开心。因为是远离江户的孤岛，不用和一群人挤在一间大牢里，只要安分地为当地渔夫或百姓当帮手、做苦工，就能住进小屋。虽然不可能是单间，但肯定不会拥挤到因打鼾而被人暗中除掉。只要勤劳苦干，找个女人也不会太难。

然而，虽说被判发配孤岛，却不可能马上出发。

一年之内，只有春秋各一次有船登岛。即使已经被判流放孤岛，在确定何月何日出发之前，仙太只能等在牢房里。

仙太一开始还很庆幸自己可以去岛上，但一听到要先被关在大牢里，马上吓得面色惨白。也不知何时能够发船，发船前可能要在大牢里待上几个月。如此一来，六十天、八十天都一样，如雷大鼾不可能让自己平安无事。

"敢问大人。"仙太问差人,"小的何时赴岛?"

差人稍作思量回答说:"最迟九月半。"

"多谢大人。"

仙太是真心感谢——因为现在已是八月末,如果只是一个月,他觉得自己应该可以忍受。越早发船,自己必须忍住不打鼾的日子就会越短。如果只是一个月,只要自己忍住不熟睡,假寐浅睡,就不会发出响鼾。虽然会很难,但只要咬牙坚持,一直保持紧张状态,就有可能忍住打鼾。

下此决心后,之前担惊受怕的仙太觉得又有了精神。

这天傍晚,仙太被送入传马町的大牢。

一般而言,一间大牢里规定关押七十名囚犯,但人数会因实际情况有所增减。仙太入狱的时候,牢内已有将近百人。因为之前刚发生过一起大案,涉案人员众多,因此牢房里人满为患。

但无论一间牢房里关多少人,被称为官囚——即有头衔的囚犯的活动空间都不会因此缩小。名主可以一个人独享一整张席子,之后依次是三四个人挤在一张席子上,五六个人一张席子,新来的囚犯与平民囚犯则是七八个人坐在一张席子上。囚犯越多,挤在一张席子上的人就越多,而官囚依旧地盘充裕,居高临下地看着眼前的拥挤不堪。

仙太刚迈步进入大牢,就被人揪住衣领,用木板打得感觉骨头都快断了。

"新人!速来拜见牢内名主角役大人。"一个官囚吼道,"所犯何事?如此大汉,定非因夜盗、放火、割裂松明等小事入狱。如实招来!"

"回大人,"仙道趴在地上回答说,"小的失手杀死一人。"

"杀人?莫非因与人博弈喧哗所致?"

"正是。"

仙太按照之前朋友教他的那样,从袖子里掏出之前藏好的一枚二朱金[①]。

对方一把夺了过去。

"来!"

仙太被揪着衣领带到大牢的一角,一下子闻到一股刺鼻的臭气。

"世间称其厕或圊,然牢内更其名为诘之神。内设本番、助番二役,日间三度、夜间二度,须勤扫之。穴纵

---

① 日本著名的手工打制金币,江户时期的古货币之一。金币每枚重量在1.7克左右,四周为星点框,正面上为皇室桐叶纹,下为阳文"二朱";背面上为阳文"光次",下为古铸花押。

八寸，横四寸，前有挡，周有缘，粪与小便都有。当以你的衣服擦拭。听从二役差遣。若擅自妄为，必遭惩戒。"

之后又是一阵拳打脚踢——六尺男儿仙太被打得在地上打滚叫疼。

"狱中禁忌，须细闻之。无论你此番入狱是否首次，牢内席位早已确定。你所在名曰户前口，亦曰狱屋门。牢内惩戒之法甚多。违规者，镣铐、枷锁、群殴，应有尽有，切莫以身试法。安分守己者至少一日有二餐。"

其实牢内的私刑还有死刑，但肯定不会当众明说。

三

十个人挤在一张席子上，根本没法伸展手脚，一个个抱着膝盖，背挤背地坐着休息。这一晚，仙太一宿没睡。身体很累，却也没办法，但也正因为没睡着，才得以没有打鼾。

天刚亮，不安与睡意向仙太袭来，但因为只能一直坐着、挤着，他只是稍稍打了会儿瞌睡。就算是这时候，他的神经也高度紧绷着。

第二天早上，之前的官囚又一次拽住仙太的衣领，另一只手里拿着一根带子。

"报上名来！狱外，带曰带、布条曰布条，狱中则另有其名。带曰长物、布条曰细物，两者皆可取邻座囚人性命。身在狱中，必贴身携此二物以防万一。"

对仙太来说，只要开往孤岛的船如期出发，过不了多久，就能离开这间大牢。再过二十天，最多三十天，就能离开这间大牢房。而他必须熬过这段日子，千万不能打鼾。

第二晚，仙太一心只想着不要打鼾。

所幸不能躺下，不能熟睡，只能抱膝与其他囚犯一起人挤人地坐着，所以就算昏昏沉沉，也只能闭眼假寐。

好几次差点要睡着的时候，仙太自己都吓了一跳，赶紧睁开眼，惴惴不安地朝四周窥探，确认自己刚才是否打鼾吵到别人。所幸，大家都睡得很沉。有人坐着都能熟睡。在这样的牢房里，无论姿势如何，睡觉的本能总会战胜一切。虽然仙太自己没有打鼾，百号人睡觉的呼吸声却形成一种令人作呕的强音，充斥整间牢房。

仙太不由得朝名主看去。高高在上的名主在独占的大席上正睡成大字形。一番、二番等所有官囚也都有充裕的空间，可以按自己喜欢的姿势睡觉，还能时不时舒服地翻个身。

仙太对自己说，再忍几天就可以熬过去，只要被送去岛上，想怎么睡就能怎么睡。

然而，每天都有新的囚犯被关进来，以至于牢房内越来越拥挤。一般而言，刚进来的新人还不能马上坐到席子上，第一晚要睡在泥地上。

之前拽仙太领子的官囚说："你昨夜睡的地方名曰大牢落间[1]。其他人十日、二十日、五十日、上百日未必能坐。狱中尊卑皆按先来后到。有下座牢人与五器口[2]牢人，入狱前威风不已，入狱后反复相求，今朝又求角役[3]大人，方才得以坐于席端。即日起，你当听命于本番[4]、助番[5]，切记勤劳苦干。莫使狱外性子，若与同座口角喧哗，必惩不待。"

此后，又有新囚不断进入牢中，不到五天，仙太已经从之前的末席大幅晋升。

这天傍晚，牢房里进来一个精神十足的年轻人，二十三四岁的模样。官囚照旧打了他几板子，问他为何入狱。年轻人大言不惭地说自己得知相好的女人有了情

---

[1] 比主室低一截的房间。

[2] 负责食物。

[3] 与二番同守牢门口，负责囚犯进出。

[4] 负责运送食物。

[5] 负责清洗餐具。

人，一怒之下将女人和她情人打成重伤。

"首度入狱？"官囚问道。

"不。"年轻人转了转眼珠回答说，"三回了。"说话的时候，年轻人一副习以为常的态度。"今日牢内怎如此拥挤？"年轻人大摇大摆地坐到落间处，随意找人搭话，感觉不像是进监狱，而是进了澡堂。

没人搭理他。他一进牢门时那副自以为是的模样，已经让比他先进来的前辈囚犯们心生厌恶。

这天夜里，刚过五宵①，牢房内的大多数人就已进入梦乡。年轻人的睡相让所有人大吃一惊。第一次进监狱的人一般都会因为心慌害怕而睡不着觉，但这个年轻人却没心没肺似的，眼睛一闭，脑袋搭在隔壁囚犯的肩膀上，一下子睡得又香又沉。很快，牢房里传出忽高忽低的呜咽声，此后，声音越来越响，这时大家才意识到，是那个新来的年轻人在打鼾。

先是睡在年轻人身边的人被他吵醒，恨恨地瞪着他的脸，但他的鼾声完全没有因此减弱。

仙太也被吵得很心烦。一方面，有人和自己一样打鼾让他觉得安心。但与此同时，那个肆无忌惮地打响

---

① 江户时代计时方法，五宵约为晚八点。

鼾的年轻人又让他觉得很窝火。此外，他还有一种好奇心，想知道这打响鼾的年轻人究竟会有怎样的下场。

四

年轻人入狱的第三晚，仙太亲眼看到他被四五个囚犯动手"解决"掉了。

在此之前，有人曾好言相劝，有人曾动怒大骂，但都没用。那个年轻人打鼾的时候，即使被人踹一脚或被人捏住鼻子，也只会歇停一小会儿，之后马上又继续鼾声如雷，而且就像是要补回刚才歇停了一小会儿时间那样，之后的鼾声会远响于之前，这让周围的囚犯更加厌恶。

所有人都因为没法睡觉而变得焦躁不已，觉得每晚被他这么吵得睡不着，身体会撑不住，甚至发疯。

"诛之！"

"必诛之。"

几番窃窃私语之后，众人达成一致。作为牢中唯一的享受的睡眠一旦被人剥夺，囚犯们一个个变成暴徒。

这天半夜，共有九人参与行动。一个人先抱住年轻人将其向后慢慢推倒，此时，年轻人睡得正香，被人朝后缓缓推倒，反而让他睡得更舒服。

接着，由第二个人拿着好几张蘸饱水的半纸[1]，捂住仰天睡的年轻人的鼻子。吸足水分的半纸，将年轻人的口鼻完全封住。

鼾声因此戛然而止。紧接着，第三个人以骑马姿势坐在年轻人身上，用手从上往下使劲按住蒙着纸的年轻人的口鼻。年轻人动手动脚地进行挣扎，但另外四五个人就像镇石一样，将其牢牢按住。

负责压半纸的囚犯也会越来越使劲。口鼻完全被封住，年轻人连半句救命都叫不出来，只见他面颊通红，表情痛苦狰狞，拼命地想要举手抬脚。而压着他的那几个人也都使出全力。最终，年轻人通红的脸色渐渐变紫，手脚也没了动静，没过多久就出现痉挛。但即使如此，骑在他身上的囚犯和压着他手脚的囚犯们也都完全没有松手。

一切都发生在悄无声息之间。睡在大席上的牢中名主和抱膝挤作一堆的囚犯们大多对此毫无察觉。

仙太屏住呼吸看着眼前发生的一切。

之后，六个人将尸体扔在角落。因为少了一个人，

---

[1] 古代用于写信等用途的日本纸，宽24—26厘米、长32.5—35厘米。

剩下的人似乎一下子觉得宽松很多,一个个安心入睡。此时,再也听不到扰人的鼾声。

这一夜,仙太心惊胆战了一整晚。

秋天前往孤岛的船不可能晚于九月中旬出发,不过按流程而言,由南北町、寺社、勘定等各地衙门定完罪的囚犯需要集中到一起,先被送至御舟手的衙门。

九月初,仙太终于如愿坐上了从御舟手衙门所在的灵岸岛出发、押送囚犯前往孤岛的船只。此时,江户已是刮起冷风的季节。

坐在船上,望着秋日晴空中的朵朵鳞片云,仙太这才觉得自己终于逃过一劫,不由得长长地舒了一口气。

从今往后,不必再担心自己的鼾声,想怎么打就怎么打,也不会再有可怕的事发生。在岛上的小屋里,自己可以充分伸展手脚,就算有人觉得自己鼾声太吵,至少不会被杀,睡觉的时候再也不用小心翼翼,神经紧张。

仙太在心中双手合十,谢天谢地。庆幸自己居然熬过了在大牢里的那些日子。一想到那个因鼾声被杀的年轻人,他就不由得起鸡皮疙瘩。那个年轻人的尸体,按"惯例"被报告为病死,没人质疑,无人调查。第二天早上就被人抬出去,不知扔去了哪里,简直比处理猫狗的尸体还简单。

如果再在牢里待五天，仙太觉得也许自己就会落得和那个年轻人一样的下场。无论自己多么努力地克制，人的忍耐力终究有限，说不定哪天就会不管不顾地熟睡过去，而之后不请自来的如雷大鼾必定会让自己一睡到死。如此看来，被发配到孤岛简直就是救了他一命。

仙太所坐的船从灵岸岛出发，在品川海域稍作停留，等待风向变化，待东风吹起时，又再度扬帆起航。

船上的囚犯们看着渐渐远离的陆地，大多都号啕大哭起来，悲鸣道："此去恐难再见江户。"

只有仙太不以为然，他不明白离开江户有什么好难过的。他自己反而有一种逃离虎口的庆幸感，但这种感觉没有他人可以体会。

船到达相州浦贺后暂作停留，在这里分配各个囚犯要去的孤岛。

"追放三宅岛者，上州仙太，在吗？"官吏看着名册点名。到了此地，由伊豆的韭山代官行使管辖权。

"小的在此！"仙太大声回答，似乎是为了再次确认自己就在被送去孤岛的名单之中。官吏不可思议地看了看仙太，然后视线回到名册上，开始叫下一个囚犯。

船再次启程时，就是囚犯们彻底与本土作别的时刻。相模、伊豆的群山仿佛渐渐沉入大海，刚刚在左手边还能看到的房州的远山也渐渐消失，最后，连之前一直可见的富士山也从视线中彻底消失。

所有的囚犯都泪流不止。站在一旁的解差们故意视而不见，假装眺望远方。

在垂头丧气、脸色苍白的人群中，只有仙太一个人面色红润。

五

之后的一年，仙太在岛上辛勤劳作。

流人们刚上岛的时候，等待他们的是一排草鞋。鞋底写着负责看管囚犯的各位村长的名字。负责仙太的村长名叫田中四郎兵卫。

仙太因为身体很壮，干力气活儿比谁都强，而且从不偷懒，勤劳苦干，所以深得村长赏识。

对仙太而言，比起之前在大牢里的日子，现在的生活简直是快乐至极。不仅手脚可以充分舒展，翻身也可以毫无顾忌，打鼾更是随心所欲，完全不用担心会打扰到谁，每天都过得自由自在，自得其乐。

流人被收容在岛上的各个村里，睡的地方是像大杂院一样的小屋。住在仙太隔壁的人曾笑话过他的鼾声，但完全没人抱怨。

仙太每天都干劲十足，一点儿都不觉得辛苦。

同为流人，其他人都恨不得早点儿离开孤岛，常常站在海岸边哭着眺望江户的方向。只有仙太一次都没这么想过。

村长四郎兵卫对仙太的这种反常一直看在眼里："屈居于孤岛，不恋江户？"

仙太回答说："偶尔而已。小的已住惯此岛，全不觉委屈。"说不想江户，肯定是假话，但一想到自己不用待在江户的大牢里，仙太就觉得已经别无他求。

"仙太，"一日，村长乐呵呵地对仙太说，"可有妻室？"

仙太吃惊地说："有罪之人怎可娶妻？"

"依法而言，自然不可。然，如你有中意之人，老夫权当看不见。"

"并无中意之人。"

"老夫有意为你觅妻，你意下如何？"

仙太想了想说："娶妻甚好，然我鼾声远响于常人，若女子与我共寝，恐被吓跑。"

村长大笑。

"你可娶之女并非朝中公主或大家闺秀,岛上众女性可不是娇弱不能忍鼾声的人。"

在所有流人中,仙太的表现优异而突出,所以大家都对他和岛上的女人在一起的事予以默认。

和仙太在一起的女人名叫美代,肤色偏黑,笑时露皓齿,有一双水汪汪的大眼睛,非常可爱。

与女人同睡的第一晚,仙太事先说明:"我打鼾甚响。若嫌烦扰,可以棉塞耳。若仍无效,逃走也行。"

仙太觉得与其等到女人忍无可忍后不欢而散,不如事先坦白一切,这样一来,自己就没必要顾虑,可以放肆打鼾。

第二天,仙太睁开眼,发现美代并没有逃走,而是好好地睡在自己身边。仙太问美代是否觉得很吵,美代没回答,只是笑着摇摇头。

和美代在一起后,仙太发现,原来女人即使丈夫鼾声如雷,也可以安然熟睡。

仙太的安稳日子刚过了半年多,就有人在暗地里进行着秘密的计划。

"可否前来共商大事?"一天,同为流人、来自信州无宿的阿安与来自武州小金井的伍兵卫找到仙太,两人因赌博致人死亡而被发配至此。

"何事？"

"小事，片刻即可。"

岛上有很多洞穴，两人带着仙太来到其中一个洞口。

阿安朝洞内说："仙太来了。"

洞内走出一个微胖的男人，眼睛很大，却有一道青筋似的刀疤，四十多岁，鼻子很大，嘴唇很厚，满脸精力旺盛的模样。

仙太一看到这个男人就主动鞠躬致意。这个男人名叫蟹仁藏，听说之前在江户是号令五百手下的老大，因为砍了人而被发配到这个小岛上，而且被判为无期。他来这个岛上已经五年，在岛上的流人之中，是个手握强权、令人畏惧的角色。

"仙太，可否近一步说话？"仁藏和蔼地开口说。

洞内昏暗，也没点蜡烛，四五个人挤在一起。虽然看不清脸，但仙太强烈地感觉到这次的谈话内容非同寻常。

"迟于问候，诚望见谅。"仁藏在昏暗的洞内缓缓开口，一开始是试探的语气，"我等已与众人相谈，无人愿长留此岛。你意下如何？年轻力壮却只能在此风吹日晒，唯舐女人肌肤如尝湿盐，怎可久忍？我等已决意共逃此岛。愿不愿入伙？"

仁藏稳重的语气中有一种让人没法拒绝的威严。虽然看不清脸，但仙太已经明显感到五六个人的杀气正逼向自己。

"无言可是在思量？事关重大，理应深思。不能说此事不危险。然吾等已计划周详。已从村长四郎兵卫府内盗出三支火枪藏于仓，众人挥竹剑恫吓村长时可从仓内取枪，继而以枪胁渔夫交出船只，从此扬帆奔赴伊豆。此计甚佳，孔明在世未必可料。我可断言，绝无可能失败。你意下如何？若不决断，恐日后懊悔。久闻你力大过人，众人皆对你有所期待。"

一旁有人搭腔，力劝仙太入伙。

仙太无意离岛，因为住习惯了，觉得岛上的生活并不算糟。而且不久之后，朝廷就会有大赦，到时候就能潇洒地挥手离开。没必要现在以性命冒险。

更何况他也舍不得和美代分开。美代对自己好得无话可说，热情如火的美代每晚都以炙热肌肤紧贴着仙太，还说仙太回江户之日就是她的死期，就好像事先已知道命或不久，每次都是宛如耗尽一生血肉之势。

还有村长四郎兵卫，仙太觉得村长有恩于自己，不想背叛他。

然而，同为流人，还有所谓的义气需要考虑。一瞬间，这种义气令仙太将私欲、伦理和感情全都抛到脑后。也可能是仁藏那宛如咒语般带有魔力的话语以及昏暗中令人亢奋昂然的氛围，令仙太没能拒绝。

"多谢！"得到仙太肯定的回复后，仁藏的声音在昏暗的洞穴中听起来特别嘹亮，"你力最大，可靠可信。如此一来，人手已集齐。我等非忠臣藏，无需血状立誓。身为义士，同心即可。"

六

仙太等流人出逃的时候迷了路。

虽然蟹仁藏曾口口声声不会失败，然而实施计划的时候却是一败涂地。

当众人用竹剑威胁村长时，根本没来得及从仓库里取出火枪。而且他们完全不知道其实还有另外二十支火枪被藏在别处。

当他们威胁渔夫时，四郎兵卫已经鸣响大钟，集齐人马。岛上的官差和其他村长也都率领手下强兵迅速赶到，并将二十支火枪分给追兵。

出逃的一共有十六个人。一个时辰都没到，其中十三人已被追兵包围，不是被射杀就是自己跳海溺亡。

出逃计划彻底失败。

仙太与仁藏和阿安趁夜逃入山中。微胖的仁藏跑得上气不接下气。

他们躲在及腰的草丛里朝山下看去——暗夜中四散着无数篝火。

"此去已无处可逃。"阿安心灰意冷地说。

"切莫泄气胡言，此时岂能示弱？"

"可往何处？蝼蚁欲爬尚且无缝隙。"

"必有出路。火枪切莫离手。"

"得令。"

"有火枪就可胁持渔夫，逼其发船赶往伊豆。若不想死，更需振作。"

"仁藏兄，"仙太小声说道，"今晚莫非野宿于此？"

"情势甚危，不可妄动，稍作观察，静待时机。"仁藏依旧不失领袖风范。

三人一动不动地蹲在原地。

"夜明后恐追兵搜山，在此之前尚可安心。若犯困思睡，唯趁现在。"仁藏见山下篝火并没朝自己的方向靠近，于是低声说道。

事到如今，仙太后悔不已，却已不能回头，脑海里早把美代的影子抛得远远的，一心只想活着离开此岛。

白天逃了一路的疲劳让他现在非常困顿，意识开始迷蒙，突然，有人用大力将其摇醒。

"仙太！仙太！"

仙太一下子惊醒，睁开了眼。只见仁藏的双手正牢牢地抓住自己的肩膀。

"你鼾声过大，追兵闻声，必知我等藏身之处。切不可睡！"

仙太如梦初醒。

鼾声！

没想到性命攸关的时候竟要受不可打鼾之苦。

仙太觉得背脊发凉，因为又要像之前在大牢里一样，开始强忍打鼾的艰苦修行。

仁藏反复叮嘱："不知追兵从何而来，你切莫出声。"

之后不知过了多久，仁藏与阿安两人躺在草地上睡着了。两人睡着时的呼吸声听上去如微风吹拂，非常惬意。

仙太在心头大骂，恨自己睡觉的时候为何要发出这种声音，为何如雷大鼾会不受自己控制。

他抬头看天，天上的星星一动不动；又低头看山下，篝火在山脚下也没有动静。仙太的眼皮越来越重。

突然，他觉得自己的面部受到重击，疼得一下子清醒过来。睁眼一看，发现仁藏正恨恨地在自己耳边发火。

"切不可打鼾！你的鼾声可令一町四方皆知我等处所，致使我等同归于尽。"

躺在一旁的阿安虽然没有说话，但仙太看得出，阿安的目光中也充满敌意。

就这样过了四晚，三人一直在逃窜于山内。第二晚睡在山洞里，第三晚藏在百姓杂物间的屋檐下。整整四晚，仙太完全没睡，每次忍不住刚睡过去，就会遭到仁藏重拳相击，打得他整张脸都疼到发麻。

"不知何处会有追兵，你出岛前万万不可睡。"仁藏瞪着仙太，满脸杀气。

比起追兵，仁藏和阿安更害怕仙太的鼾声。

与在江户大牢内的时候有所不同，躲在屋檐下可以随意翻身，但这反而让仙太更难克制睡意。无论仙太如何努力强撑眼皮，筋肉的感觉已经开始麻痹，血管里的血液也仿佛停滞不动。渐渐地，仙太失去了知觉。

突然，面部又遭重击。

"畜生！不可打鼾！"

仙太摇摇晃晃，这种想睡却不能睡的辛苦比任何刑罚都要难熬。就算睁着眼，也好像在做梦，幻视、幻听一并袭来。美代的笑声与交欢时的娇喘声交替出现在耳边。

"畜生！醒醒！"

现在的仙太只觉得好困，想睡，不睡不行。能熟睡打鼾是世上最美的事，追兵什么的都已无所谓，自己已经作好为了睡觉不顾一切的准备。

不知是梦是幻，迷蒙间，仙太似乎听到仁藏与阿安的说话声。

"事关我等性命，不可不杀。"

仙太的眼前突然出现一种幻觉——自己的口鼻正被人用蘸水的半纸死死按住。

仙太心想岂能就此被自己人所杀。虽然意识模糊，却有怒气不断涌起。

他摇摇晃晃地站起身，虽然已多日没睡，却力气尚存。他一把抡起杂物间的大棒，无意识地挥动大棒，之前还在嘀咕着什么的两个男人不一会儿就脆弱地倒在地上。在仙太看来，两人朦胧如影子。

仙太扔掉棍棒，摆成"大"字倒在地上。好困，好困，终于可以睡觉！

如雷的大鼾终于得以解禁，轰然响起。

阴谋将军

一

永禄八年五月,三好、松永假借参拜石清水八幡宫为由,率兵将足利十三代将军义辉围攻于二条城内,并将其杀死。

义辉有两个弟弟,皆为僧人。二弟觉庆是南都一乘院的住持,而北山鹿苑寺的末弟周嵩已遭松永党杀害。

即使是在以下克上的时代,永禄之变也属于著名的大逆之事。义辉本想与松永久秀及三好三人联手收复幕府实权,却不想被臣子所杀。

觉庆也并非安然无恙。松永等人冲至南都,包围一乘院后将觉庆囚禁起来。这一年,觉庆二十九岁。

觉庆感到自己很快会与死去的兄弟命运相同,但细川藤孝竭力劝其出逃。藤孝曾是义辉的侍从,深得义辉的信任,甚至将原名"义藤"中的藤字赐给藤孝。

"被围在此,怎么逃?"觉庆问。

藤孝胸有成竹地看着觉庆小声说道:"在下心生一

计，主公按计行事即可。"

几天后，觉庆对看守他的守卫说自己突然发病，希望请个医生前来看诊。守卫表示同意。

被请来的医生名叫米田宗贤，其实早已被藤孝收买。

"觉庆殿下罹患霍乱。"宗贤对觉庆的守卫如此报告，还说霍乱会上吐下泻，今晚自己需留下照顾。

表面看来是宗贤照顾得当，没过多久，就报告守卫说觉庆已然痊愈。守卫的首领毫无表情地说可喜可贺，对他们而言，觉庆迟早要被处死，生病与否、病愈已否，都不重要，之所以说可喜可庆，其实是因为寺里拿出酒水招待大家，名目是为了庆祝觉庆病愈。

守卫门开始喝酒。为了让他们都喝醉，寺里拿出了很多酒水。喝多了之后，士兵们一个个高声喧哗，没过多久就都倒在地上一睡不起。

觉庆与细川藤孝借机逃出一乘院。在这个郁闷的五月之夜，逃向没有月光、春日山上的漆黑森林。因为只要躲进森林，就不易被追兵发现。

"主公已非一乘院之僧人，当继义辉主公之位，担任将军。"

黑暗之中，树林里不知什么树散发出一股刺鼻的味道。觉庆一边闻着味道，一边听藤孝说话。藤孝只比觉庆年长四岁，却总是一副胸有成竹的模样，让觉庆觉得藤孝仿佛比自己大一轮之多。现在也是如此。藤孝不仅想尽办法让觉庆出逃，连之后的发展方向都已替他想好。

"我任将军？"觉庆觉得对自己而言，这实在遥不可及。

"当然。主公以外，无人可担任。切不可示弱。"藤孝说道。虽然天暗看不清脸，但从其语气中可以确定，此时的藤孝一脸坚定。觉庆对藤孝这种凡事都已决定、不容置疑的语气略有反感，但不可思议的是，连他自己心中也涌起一种切实的、要做将军的愿望——从此彻底离开早晚诵经的世界，之前的一切仿佛都是徒劳，现在才开始从人生旁道转入正途。

晨光爬上树梢，觉庆一宿没睡，只因内心热血澎湃，实难入寝。

之前枕着树根打鼾的藤孝睁开眼后，缓缓坐起，看着觉庆问："主公昨夜是否安睡？"

觉庆不好意思说自己兴奋得一夜没睡，于是回答说自己刚醒。然而，藤孝其实早已看穿一切，故意如此发问。

觉庆问："此行去哪里？"

藤孝不急着回答，而是自顾朝小河走去洗漱，然后背对觉庆回答说："江州的和田伊贺守处。然，路途遥远且难行。"

二

越过春日山,走过一路险峻,藤孝带着觉庆终于逃至江州,投靠和田伊贺守惟政。

惟政对觉庆很是殷勤,将他们安排在领地范围内的正林寺。但惟政不过是地方上的一介土豪,终究不可靠。

"和田无用。可有其他人选?"在觉庆看来,惟政的脸上藏着一丝冷淡。

"在下亦有同感。已与观音寺城之六角左京太夫谈妥,可投靠六角。"

于是,藤孝带着觉庆来到同国蒲胜郡观音寺城。

六角义贤和蔼可亲,年过五十,鬓发斑白,满脸皱纹,眯着温柔的细眼,声音也很和善。

"大人安心住下。若闻主公在此,寄心于公方家者必聚集至此。昔日为僧人,无可奈何。今日已然还俗,不如改名?"

对于六角亲切的建议,藤孝首先点头同意,提出觉庆应放弃原名,并为其选择新名"义秋"。因为藤孝终日颂咏和歌,觉庆很自然地接受了藤孝为他选的名字。

如义贤所说，得知义秋住在观音寺城后，之前离散的三利家臣纷纷聚集而来。毕竟之前因为碍于三好与松永的势力，他们都没有出席义辉的葬礼，所以一直心存歉意。而且无论怎么讨好三好和松永，都不可能有得到重用的机会，所以他们一听说义秋在观音寺城，就前来欲有所作为。

藤孝因此建议："近日诸国豪强纷纷揭竿而起，声讨三好与松永之过，主公自当明大义名分，协众力讨伐奸臣贼党。"藤孝还建议义秋向上杉谦信、今川义元、北条氏康等派出使节。

义秋也越来越觉得自己不再是以前的自己，而是渐渐成为重要的人物。

然而，没过多久，义秋就发现，六角义贤只是表面起劲，其实毫无诚意。不仅如此，义秋还得知义贤之子义弼暗通三好党。

"其行为可疑，切莫疏忽。"

其实，情况已经发展到岂止是不能疏忽的程度——三好党已利诱义弼讨伐义秋。

"形势危急，该如何应对？"

藤孝想了片刻回答说："近处有大膳大夫，如今只能前往若狭。"

"义统？"义秋一脸不愿接受的表情。

武田大膳大夫义统是若州小浜城主，娶了义辉的妹妹。义秋不太喜欢这个妹夫，因为他只会自吹自擂，领地很小，不足为靠。

然而，危急关头，已无其他选择，能有容身之处已属庆幸。

义秋一行秘密逃出观音寺城，在琵琶湖畔雇了艘小船。永禄十年八月十五日的晚上，月亮高高挂在湖上，四周群山如淡薄水墨，耳畔只有船橹划水的声音。

"落魄江户暗结愁，孤舟一夜思悠悠……"义秋在船上不由得想起这句诗句。

来到小浜后，和预想的一样，武田义统没给义秋好脸色看。虽然满口答应会想办法，表情却明显是见到义秋就像见到个大麻烦似的，一脸嫌弃。

自从逃出一乘院，又过去三年。无论去哪里，都没有义秋的容身之地。整整三年，他一直都过着漂泊不定的生活。义秋因此渐渐脸颊变尖，眼窝深陷。

藤孝依旧一副胸有成竹的模样说："在下想到一处。"这个男人无论什么时候，都能保持这副表情。即使日益消瘦的脸颊已变得像猴子一样，却依旧不愿放下身段，而是继续执拗地拿腔作调。

藤孝所说的是越前的朝仓义景。藤孝说，朝仓家世代守护越前，位列供众、相伴众[①]，享有使用白伞袋、虎皮鞍、涂装轿子等诸多特权。而且义景的"义"字还是受已故义辉将军所赐，所以对足利家心存感激，理应不会忘记将军此前对他的厚待。其在江北一带很有势力，所以应该可以依靠。

这年年末，义秋在雪中踏上北陆路，前往雪势更为猛烈的越前。

三

朝仓义景对义秋很热络，他对着义秋惋惜义辉之死，痛骂三好不忠，还说义秋"可在此永居"。义景说这些话的时候费劲地蠕动着他的厚嘴唇，虽然态度很亲切，但也看得出他的性子很慢。

义秋对寄人篱下的生活已经有所厌倦，所以义景所言在他听来就是一纸空文，觉得这次又找错人了。义秋本来期待义景会说愿意助自己回京收复大业，但义景完全没有开这个口。义景只把义秋当作食客，愿意供其吃喝。

[①] 供众、相伴众都是官职，将军宴席或出访时的随从。

与此同时，在京城，相当于义秋从弟、被称为阿波公方的义荣在松永久秀的力推之下当上了将军。

听到这个消息后，义秋勃然大怒，觉得别人挤掉自己当上将军实在太不合理。论血统，理应由自己上位。自尊心受挫令他对这种不合理怒不可遏，同时对义荣既嫉妒又轻蔑。另外，义荣与自己的仇敌松永狼狈为奸，假装正义之派，也让义秋愤恨不平。义荣当上将军之事，令义秋心中对自己坐上将军宝座之事产生了更为切实与强烈的憧憬。

义秋就此改名义昭，因为觉得这个名字更好。这一年，他三十有二，变得越来越焦躁不安。

义昭再三催促义景，希望他尽快出兵，并许诺自己当上将军后，义景一定会好处多多。

然而义景却始终拖拖拉拉，态度暧昧，举手投足是一如既往的缓慢费劲。他那对细眼深处从未出现过犀利的视线。

"义景无用，可有其他法子？"义昭焦躁地问藤孝。

"义景实乃意外。"藤孝附和道，接着又说已找到新的可靠之人，"速离义景，此次觅得有名望之人。义景之流绝不可与其相提并论。"藤孝难得地越说越兴奋。

"是谁？"

"织田上总介信长。扳倒今川,灭美浓齐藤,如今势头正劲,实力或可谓第一,当与其交涉。"

"可行吗?"义昭内心早早地开始想象起信长这个只闻其名的男人的模样。对于再三失望却依旧有所追求的义昭而言,仿佛看到了新的希望。

"在下作为使者前往。"这一次,藤孝也非常积极,表现出少有的热情,毕竟他跟着义昭一路过来也吃尽了苦头,现在,他不得不自己寻找出路。如此热情,其实全都是为了他自己。

六月艳阳天,藤孝出发前往岐阜。七月初,再次头顶骄阳、晒黑了脸地回到义昭身边。此时的藤孝满脸喜悦。

藤孝夸奖信长是"非凡之人",并报告义昭:自己与信长面谈后,信长当场拍板同意。信长说公方家沦落至此等境遇,实在可惜,按理而言,比起阿波御所,天下本该属于义昭。信长还许诺愿尽微薄己力,舍命助义昭早日回京。

"此话当真?"义昭听得两眼放光。流浪三年有余,从未听过如此合他心意的话,继续追问:"信长为人如何?见面后印象如何?"

这天夜里,义昭与藤孝彻夜长谈。藤孝滔滔不绝地说着信长有多出色，感动佩服之情溢于言表。还说信长这样的男人实属罕见，时刻沉着，冷静观察。说这话的时候，藤孝完全没了以往的拿腔作调，而是发自肺腑地将信长描述成一个有为青年。

四

永禄十一年七月二十七日，信长与义昭在美浓国西庄立正寺初次见面。

信长将和田伊贺守、不破河内守、村井民部等百数十人集结至越前，迎接义昭的到来。迄今为止从未受过如此礼遇的义昭，见状后高兴得犹如升天。四处漂泊的三年间，每次都是义昭寂寞地敲响他人之门，被人嫌弃，被人不屑，卑微委屈至极。这一次，见到如此大队人马盛情迎接自己，义昭觉得好像在做梦。之前还觉得放弃义景有些可惜，但现在看到这般情形，已完全将义景等人抛在脑后。

而让义昭更为感动的是在西庄见到信长的时候。传闻信长是个五大三粗的汉子，见到才发现并非如此。信长礼数周到，将义昭请到上座，自己则退得远远的。

"只要信长在，主公就莫担忧。不肖信长愿奉君早日返京,片刻不待,将旗插入京都。"信长额头很宽,眼睛细长,气宇轩昂,看上去既有气势又诚实可信,与义昭之前见过的所有武将都有所不同。信长不仅言辞郑重,还向义昭敬献长刀、盔甲、武器、马匹等众多礼物。所有物品都是让义昭眼前一亮的上等佳品。信长还将堆在末席的千贯钱币直接相赠。这是信长看到义昭的穷酸样之后,以非常体恤的方式予以接济。当然,也少不了以美食款待义昭等人。

义昭开心地哭了起来,从喉头深处发出呜咽,然而,在其感激的背后,是其对自身权力不断膨胀的想象。

信长果然不孚众望。九月七日,信长从岐阜出发,十二日在箕作城攻打进行抵抗的六角义贤、义弼父子。十三日,身处立正寺的义昭接到战报说因为六角父子逃亡,信长已攻入观音寺城。同时,义昭还接到信长的联系,请他尽快准备入京。

二十一日,义昭与信长派来的使者一同离开浓州西庄。二十二日到达桑实寺。二十三日到达守山时,信长亲自出来迎接。

信长非常热情,以礼相待,以臣自居。向义昭详尽地汇报最新战况时,完全没有居功自傲,而是谦虚至极,宽阔的额头令其看上去充满智慧。

义昭忍不住夸赞信长能在这么短的时间内踏平大国，简直闻所未闻。信长却低头说这是托义昭光耀之福，其举手投足间尽显大将风范。

"望主公早日入京。"信长反复表示希望义昭能尽早回京后，先行出发。

二十七日，义昭来到琵琶湖，十多艘载着随从的船只浩浩荡荡地在湖水上前进。去年八月十五日，他逃出观音寺城时曾在月明之夜孤舟渡湖。才不过一年多的时间，今昔却成天壤之别。义昭不由得感叹世事难料。

义昭到达三井寺净光院。信长本来在极乐院，得知义昭到来后，特地前来拜见。

"主公且看。"信长从三井寺用军杖指着山下，只见大津、马场、松本、山科、醍醐、伏见、宇治一带的森林间皆已布满军营。这时，信长凸起的颧骨上第一次露出了谜一般的表情。直到很久以后，义昭才明白，信长此时的表情其实是在对自己示威。

二十八日，信长进京，扎营于东福寺。义昭听说京城中的年轻人都非常崇拜信长，那些曾经因害怕信长而逃至邻国的居民也都安心地陆续回到京城。在义昭的眼中，此时信长的形象已经变得非常高大。

信长继续追击在京的三好党人。与胜报同时传到义昭耳朵里的，还有做了将军的从弟义荣因肿瘤病死的消息。

信长胜战固然是好消息，但对义昭而言，最开心的无疑是现任将军已死。他觉得幸福的脚步已经越来越近，这一次，自己一定能够当上将军。

当将军的愿望实现得比义昭预想得还要快，甚至快得有些无趣。十月十八日，义昭当上征夷大将军。并非因其有过何等作为，而是水到渠成般地当上了将军。但义昭觉得——这是理所当然、毋庸置疑之事。他的理由很充分，因为自己是前任将军义辉的弟弟。迄今为止，足利家十几代全都如此。除了自己还能有谁？

义昭成为将军后，为上谒天子而缓缓地登上紫宸殿南面的台阶。

五

义昭说想封信长为副将军或准管领，但信长无论如何都不肯接受，说封他个从五位下弹正忠即可。义昭对此颇有好感，觉得信长真是个谦虚好男子，于是写了封信感谢他。

"此次不耗时日，击退多国凶徒，实乃天下第一武勇。再兴大业至忠者莫过于斯……"收信人写的是"父织田弹正殿"。虽然年龄只差了三岁,却特地写了个"父"字,为的是尽可能地讨信长开心。然而"再兴大业至忠者"的用词却表明了义昭居高临下的态度,将信长视作臣子。

十月末,信长离开京城返回岐阜。次年正月,三好余党趁机勾结斋藤龙兴,袭击了义昭所在的本圀寺。

信长闻讯后,冒着大雪,从岐阜以两日疾行三日路程的速度赶回京城,展现出其一如既往的超凡行动力。

之后,信长将义昭的府邸翻新加固,将烧毁的二条御所进一步扩大占地,挖护城堀、筑起二丈五尺的石墙。因为是信长牵头的大工程,美浓、江州、伊势、三河、几内、若狭等十四国都参与其中。为了搬运一块庭石,特地用锦织包好,以花朵装饰,在吹笛和击鼓声中用长绳牵拉。信长则腰间扎着虎皮,亲自现场监工。这年四月,宏伟的新馆终于落成。

义昭觉得非常满意,他将信长的好意视为其对自己的忠义,觉得以自己的地位,理所当然地应该接受信长的侍奉。

信长再次离开京城回到岐阜。这一次,义昭将其送到粟田口。浩浩荡荡的队伍在初夏的阳光下缓缓前行,盔甲与长刀折射出耀眼的强光。当大队的尾部扬起白色尘土消失在逢坂山方向时，义昭突然有一种若有所失的感觉，一种莫名的空虚涌上心头。

之前的他从未意识到信长的势力已经变得如此强大，如此充满力量。即使已经看不到信长的大队，其幻影之巨大，依然足以将义昭压倒。义昭感觉身体里的充实感正在渐渐流失。仔细想来，自己其实一无所有。征夷大将军不过是个虚名，自己手中没有一兵一卒。即使此刻握紧拳头，也只觉空虚无望。

信长对义昭一直态度谦逊，殷勤有礼，还为义昭修建了壮丽的宫殿。将义昭高抬至此的，正是信长无他。然而，信长并非一无所求。

信长早已不是半年前的信长，不再是浓尾的小小领主。任何明眼人都已明白，现在的天下属于信长。义昭没想明白信长是如何急速成长起来的，但其实这全都拜义昭所赐。拥护足利将军入京的举动让信长博得世人的敬仰。换言之，令信长位高至此的，正是义昭自己。

义昭有一种上当受骗的感觉，觉得有人狠狠地踩着自己的脑袋与肩膀。把自己当作基石踩在脚下，越爬越高的正是信长。如今的信长已手握大军，如钢铁般坚不可破。与之相比，义昭的存在就像空气一样虚无缥缈，却还得承受来自信长的极大压力。

之后的一年间，义昭因为来自信长的压迫感而终日郁郁寡欢。信长则依旧忙于战事——出兵但马，进军伊势。此时的义昭甚至希望信长兵败。然而，信长却势如破竹，战无不胜。

义昭试着鼓起勇气对日益萎靡的自己说，自己才是将军，信长的事不必放在心上。然而，刚给自己打完气，就立刻陷入难耐的寂寥。

义昭接二连三地封地给自己的亲信，还给诸国中有对反信长迹象的领主发去密函。像这样以将军之名、不用报告信长、肆意而为的感觉让义昭觉得神清气爽。密函的内容大多是对对方的溢美之词，目的是为了拉拢对方。义昭对自己在暗中反抗信长的举动颇为得意。

信长从伊势回来后，以汇报军情为名来到京城。但这只是表面上的理由，其实信长已经察觉到义昭的举动，特地上京表示不满。

义昭之前就曾听闻信长易怒。这一回，他真的见识到额头上青筋暴起、细长的眼角向上吊起的怒颜信长。

"将军安心，万事交由信长处置，切莫徒增困扰。"信长的声音听起来掷地有声，不再是一年前郑重、尊敬的态度。令信长生气的，就是义昭给诸国寄密函的事。

表情可怕的信长说完转身离开，义昭身旁的近侍诚惶诚恐地目送之。

六

之后又过了将近三个月，元龟元年正月，信长派朝山日乘与明智光秀为使节，从岐阜出发，将自己的要求写成文书，逼义昭画押。

义昭打开文书，映入眼帘的第一条是："若将军致信诸国，当通报信长"。还有"将军昔日下令之事，今起皆废止""天下事皆由信长处置，将军不必断是非"的字眼。

义昭觉得两眼发黑，身体发热，心想：这算什么！这些条款意味着做将军的自己将被捆住手脚，没有信长的同意就不能写信给诸国，之前自己下的命令全部作废，所有事都必须交给信长处理。

义昭强忍愤怒，假装平静地在文书上画押，内心却如翻江倒海。

光秀和日乘接过义昭画押后的文书，拿在手里仔细地检查了一番，这种举动似乎也在宣示信长的威严。义昭被这种傲慢的力量打击得彻底崩溃。面对奇耻大辱，他完全无力反击。他很想霸气地当场拒绝，但他做不到。这就是弱者一直摆脱不了的、无道理可言的被压迫感。

使者回岐阜复命后,义昭燃起了对信长的愤慨之心,大叫"他日必违今日画押之约"。

义昭终于发现,信长从一开始就是在利用自己。为了能有今日,信长之前对自己殷勤有加,其实早有预谋。义昭只恨自己愚昧,还自以为是地觉得那是信长的忠义之举。但现在,对于信长目中无人的傲慢,义昭已经忍无可忍。

信长势如破竹地不断壮大,领地越发扩张,兵力日益强盛,无人知其将壮大到何种地步。只是之前从未曾有人想到,信长那双闪着犀利目光的细目深处居然藏着如此巨大的野心。

义昭深感今时今日必须抑制住信长,不然自己的地位恐有不保。信长的存在越是巨大,自己就离走下将军宝座的那一天越近一步。义昭想着想着,不由得嘴唇发白。义昭所在的城池虽有室町将军进行防御,但在信长面前根本不堪一击。之前目送信长大军到粟田口时袭上心头的那种空虚感,此刻已经变得非常切实,正渐渐蚕食着义昭的内心。他的眼前似乎已经可以看到自己下台时的悲惨结局。

义昭立刻作出决定——与信长之敌为友。

之前义昭给各地有权势之人寄去密函的举动已经彻底惹恼信长,因为那正是信长的弱点所在,所以今后应更加煽动信长之敌,借他人之力抑制信长。如果一切顺利,甚至可以围攻信长。

足利将军之名,对地方领主颇有威摄力。接到将军的密函后,他们都非常高兴。元龟元年的春天,武田信玄就曾敬献一万匹京都高档和服给义昭,从一个侧面证明了他们也对信长的日益壮大心存不悦。

义昭一想到这里,不由得为自己拍手叫好——就让他们围剿信长吧。

手无寸兵的将军的脸上,此时终于露出了愉快的微笑。

义昭开始秘密实施自己的计划。他令使节将言辞恳切的密函送给信玄、上山谦信、北条氏康、朝仓与毛利。他觉得如果能令甲、越、相、西国、北陆都站队自己,就自然能形成围攻信长之势。

密函的效果远超出义昭的预料。所有人接到密函后都表示愿意支持将军。其中属信玄最为起劲。信玄回信表示其早已对信长的暴力傲慢忍无可忍,决定上京赶走信长,让将军高枕无忧。

义昭觉得信玄绝对可以对抗信长,甚至开始想象得知众人起兵反对后，信长的表情会如何变化。之后，毛利辉元也送来誓约书，表示愿意与将军共讨信长。

义昭眼看形势一片大好，喜不自禁。

七

之后的两年间，信长一直忙于战事，且依旧武运强盛。义昭开始有些焦急起来。

元龟四年正月，信长送来诘问状，名曰"谏书"。

"将军送诸国密信，求马匹及其他，实在有失体统，请将军三思。"

信长在这封信中责怪义昭擅自送密函给诸国，赏赐不公，疏远信长，不采纳信长的意见，囤钱存财以及其他诸多"不是"，总共十七条。说是谏言，但其实是高高在上地斥责义昭。

义昭心想，该来的终于来了。他的身体好似在燃烧，再也没法容忍信长如此践踏自己。于是，义昭终于下了决心，宣告与信长决裂。一想到要与强大的信长为敌，义昭就兴奋至极，四肢颤抖不已。

义昭的这次宣告并非无谋之举。他是在得知武田信玄已率大军从甲斐出发、正在上京的路上之后，才作出如此决定的。

"信玄到，我必胜。"义昭认为信玄绝对可以击败信长。他知道信长很怕信玄。信长一听信玄的名字总是脸色大变。信长手下的家康曾惹恼过信玄，当时信长怕信玄怪罪自己，赶紧派人向信玄讨饶。

义昭坚信，只要信玄上京，信长必败。当得知信玄在途中的三方原横扫家康军后，义昭更加信心大增。事实上，家康军对战信玄军时，简直是一触即溃。

义昭捂着肚子大笑不已。

而此时，信长正在与越前的朝仓、江北的浅井激烈交战。义昭相信，自己经常写信煽动的毛利也肯定会出兵。如此一来，信长将被围攻。在义昭的眼中，胜利的幻影渐渐变得清晰，他这才敢毅然决然地宣告与信长绝裂。

信长似乎被义昭的宣告弄得措手不及，赶紧派使节前来求和，表示"一切听命将军。信长愿做任何事，可立誓，可出人质"。信长派的使节是朝山日乘。之前来的时候一脸傲慢，这一次却低头哈腰，就差没爬着进来。在义昭看来，这就是信长现在的姿态。

日乘相貌丑陋，弓着背，又矮又胖，毫无风采可言，却有满腹的智慧，且巧舌如簧。他对义昭说尽好话，劝义昭与信长交好。

义昭却在心里大骂信长是强盗，他早已看透信长的本性，所以这一次绝不上当。他冷笑着听日乘说完，朝一旁吐了口唾沫。日乘骂骂咧咧，连滚带爬地离开了。

义昭想想都觉得好笑，仿佛看到了信长满脸怒气的表情。如今的义昭反倒希望信长发怒。

然而，当信长终于从岐阜出发，率兵进京时，义昭却变得慌张起来，因为他本以为信玄西上，信长会怕得不敢动作。

"消息无误？"义昭反复向报信的确认。

四月初，信长进京后，到处放火，整个二条御所上空被燃起的烟尘笼罩。滚滚黑烟将义昭卷入无限的狼狈与绝望之中。

"信玄在哪儿？"见事态日益对己不利，义昭几次三番地询问信玄现状，却始终没有接到消息说看到甲军旗帜。义昭实在想不通到底是哪里出了问题。从形势一片大好到突然变成现在这种窘境，实在令他匪夷所思。他觉得自己先前的计划并无失误，现在却只能等着挨打，这实在太不合理，不可思议，不能理解。

这时，信长又派来一位名叫津田的使节，慈颜善目地对义昭说——这不是将军的错，是有佞臣让将军误信谗言。信长是个明事理的人，希望双方和好如初。

虽然话说得很客气，但言下之意是要义昭投降。

"信长会杀我吗？"义昭问。

"主公对将军一片丹心，绝无歹意。"津田用力摇头回答。"将军"！义昭这才意识到自己还是将军。如果杀死自己，信长必失大义名分，沦为他自己之前所痛恨蔑视的三好、松永之流。信长一定害怕背上不忠之名。正因为信长已经不再是昔日尾张一国的信长，如今的他，对名分大义更加在乎，所以肯定不会杀自己。义昭深感这次只能低头，但自己绝不会善罢甘休，日后再见分晓。

义昭在心里大骂信长，但表面上还是接受了信长的劝降。他现在唯一的希望就是忍到信玄进京。

然而，不久之后，义昭却收到信玄去世的消息——信玄已在去年岁末病死在信州乡下。

义昭简直不敢相信自己的耳朵。难怪信长会如此笃定地从岐阜上京，如果信玄健在，信长一定不敢妄动。之前义昭怎么也想不明白的"不合理"的原因，其实是信玄已死。所有的计划就此被彻底打乱。

这时，义昭感到自己有一个不可见的敌人，这个敌人比信长还要可怕，令自己难以抵抗，绝望至极。无论自己如何努力反抗，这个敌人始终轻蔑冷笑，如铜墙铁壁般宿命般地挡在眼前。义昭很难知道这个敌人到底狡猾地潜藏于人生的何处，但这个黑色的敌人一直都可以突如其来，令他深感前途渺茫。

八

毛利、石山本愿寺、谦信与武田胜赖按义昭计划的那样，站成一线，将信长牢牢围住。

义昭听说信长退回岐阜后，拍手叫好，再度举旗反对信长。此时距离上次降和还不到三个月。

然而，信长似乎早有所料，在佐和山造了一艘百橹大船待命。得知义昭反对自己后，信长毫不犹豫地让军队坐上大船，渡湖进京。因为有大风相助，信长轻而易举地来到坂本，第二天就抵达京城。

义昭退至二条，后又躲到宇治的真木岛上。七月半，宇治川因连日大雨河水泛滥，信长军从河上、河下夹击而来。

放眼望去，义昭看到自己之前留在二条的日野辉资和藤原永相等侍臣居然成了信长军的先锋。他觉得有些难以置信，没想到自己的家臣居然背叛自己。但仔细想来，其实这也并不意外，毕竟连细川藤孝等人都早已改投信长麾下。藤孝本来就是个聪明人，很清楚跟随谁才能得益，他只会考虑谁更有利用价值。他很会讲道理，更会见风使舵。之前与义昭一起从一乘院逃出、之后又辗转各地，其实都是为了利用义昭，最终还是为了他自己。藤孝就是这样的人，所以他中途改从信长，义昭一点儿都不觉得奇怪。

义昭回想起来，自己从一开始就看藤孝不顺眼。

义昭一边回想过去，一边眼睁睁地看着织田大军围住真木岛，估计自己已经时日不多。然而，他并没有真切的实感，仍觉得还有一线希望。

信长的使节坐船来问："投不投降？"

义昭朝地上吐了口唾沫："不得不降。"

"主公有令，饶你一命。"使者摆出无比怜悯的表情。

"信长可曾说杀我？"

"主公愿助你回河内。"

义昭很清楚，其实此时的信长正咬牙切齿，恨不得马上杀死自己。但是他做不到。就算很想把自己大卸八块，但就是不敢杀死自己。因为一旦杀死自己，信长必定名誉扫地。是所谓的名分捆绑住了信长。

义昭有些得意地在心里说——瞧你这点儿出息，就知道你不敢杀我。我就是要好好活着气死你!虽然自己手无寸兵,但我有"阴谋",这就是我的武器。我要暗地里慢慢地折磨你,让你难受——义昭的内心充满了黏液状的东西。

一名武将带着一支队伍来到义昭面前,此人个子矮小,皮肤黝黑。

"在下羽柴藤吉郎,受主公之命,随将军至河内。"他说话的时候果断有力,完全没有生气的模样,就像是在邀约游山玩水般悠然的语气。义昭听完,便坐上轿子。

从宇治到河内国若江,义昭一路上都在这名不可思议的武将的看守下行路,途中多次得到他的亲切相待。虽然相貌不扬,但他那双圆溜溜的大眼睛特别讨人喜欢。他对义昭始终微笑以待,但在看向其他守卫的时候,明显眼神犀利而威严。

义昭进入若江城后,没过多久,又从河内被发配至纪州。

义昭本寄希望于西国毛利。他很想去毛利那里,毛利却很害怕义昭的到来。早在前一年,毛利就曾派出安国寺惠琼等使节对义昭说:"我等并不止是表面与织田交好,若将军来,恐有不便。"

无奈之下,义昭只能去往纪州,却还是不忘在此煽动熊野的僧徒与杂贺等人。杂贺为一向宗，与大坂本愿寺一脉相承。信长属于他们的佛教之敌。义昭想尽一切办法折磨信长。

他不断向本愿寺游说——信长一定会攻打大坂，到时候不必害怕，可大胆应战，毛利会从西边增援相助，谦信会从北面，武田胜赖会从东边……多方围攻信长。

对毛利，义昭也不厌其烦地劝说——信长必定不会让毛利家长久安泰。信长志在中国地区与四国地区，应趁早与谦信、胜赖结盟，夹击信长。

对义昭而言，毛利的拖拖拉拉实在让他恨得牙痒痒。不过，机会终于到来。准确地来说，是义昭自己强行找来的机会——信长庇护尼子余党，而尼子正是毛利大敌。

义昭从纪州宫崎坐船出发，绕到西面，从淡路濑户入海，最终到达属于毛利领地的备后鞆之津。而跟着义昭的，只有真木岛玄蕃头等几个人。

"尼子之事，足见信长对毛利家心存逆反，诚请斟酌。我等来到此处，诚望你们有所作为。"义昭从袖中掏出写给毛利一族吉川元春与小早川隆景的请战信，语气坚定。

九

毛利虽然不情不愿，但还是暂时将义昭留在家中当作客人。对毛利而言，义昭就像个烫手山芋。毛利也很清楚，如义昭所言，信长对毛利并不友好，但不至于露骨地明确反对。继承元就传下的家风，毛利家从不打无把握之战。所以面对信长，毛利家也无心主动挑衅开战，最好保持不即不离的关系。像义昭那样心中满是对信长的怨恨、喜欢四处策反的行径，对毛利而言无疑就像把包着火的棉花揣入怀中。

然而，没过多久，形势就变得容不得毛利辉元等人继续保持暧昧态度。义昭来到毛利处还不到两个月，信长开始攻打石山本愿寺。本愿寺不断向毛利求救。

若大坂沦陷，信长就会如疾风般攻入摄津、播磨、备前的平野，之后势必攻入毛利领地。虽然并非出于本意，但毛利无奈之下，只能选择与信长开战。

义昭得知此事后，眯起眼睛拍手叫好，觉得自己终于时来运转。一想到毛利可以削弱信长的势力，义昭就不由得喜从心来。

毛利的水军开始向大坂进发。伊予、能岛、来岛的水军实力非凡，远强于信长的水军。织田军的九鬼水军被打得一败涂地。毛利军的兵粮顺利地送至本愿寺。

其间，纪州杂贺之徒也起兵反抗信长，增援本愿寺。义昭觉得自己之前的部署全都开始奏效，事态正朝着他所期待的方向发展。义昭高兴地搓着双手。信长越苦，他越开心。之后，又传来信长水军的败报，近畿、摄津、播磨一带的豪门也都纷纷与本愿寺悄悄相通交好。信长因此逐渐陷入苦境，而义昭则越来越期待看信长的"好戏"。

义昭频频发出密函，催促谦信与胜赖赶紧上京。他相信只要这两人携手进京，就能掐断信长的气焰。

然而，谦信始终按兵不动。其实，他有无法上京的理由，因为他一直在和北国的一向宗交战，根本分身乏术。事实上，是信长暗中操控着一向宗，以此牵制住谦信。

于是，义昭开始尝试让北国一向宗与谦信和解。一向宗的本尊就是本愿寺，只要本愿寺开口，宗徒必然同意。义昭的尝试取得了成功，顽强的宗徒终于妥协。

谦信因此得到解放，变得自由无比，于是立刻写信给小早川隆景说："今秋必率大军入京。"

义昭得知后，又一次拍手叫好，一心盼着谦信快来。

然而，谦信始终没来。义昭开始焦躁不安。此时的信长正前往纪州讨伐杂贺。这本是绝佳的机会，义昭催促谦信赶紧出兵，最好快如离弦之箭。他恨不得飞到谦信那里，拉谦信赶紧出来。义昭相信，只要谦信、本愿寺和毛利协同作战，再加上胜赖与北条氏政，必能击败信长。

但谦信就是没有出兵，因为在他看来，比起信长，关东的北条更让他担心。这让义昭心急如焚。当义昭得知谦信出兵至能登，然后直接回到越后时，不由得惋惜不已，夜不能寐。

天正六年正月，谦信终于决定大举出兵。听闻此事的义昭相信这一次谦信一定会来，高兴得手舞足蹈。

然而紧接着，又传来新的消息——就在出兵前夕，谦信突然暴毙。

义昭听罢，顿时双脚无力地瘫坐在地，泪流满面地回想起过往的一切。虽然思绪暧昧不清，但他深深地感到，自己总是在关键时刻功亏一篑。

然而，他仍然不甘心就此认输。

义昭双手紧紧抓住毛利的肩膀，重重地将其摇晃。义昭的面目因疲于虚妄偏执地想要击败信长而变得扭曲不堪，形同鬼怪。

佐渡流人行

一

担任寺社奉行吟味取调①一职的横内利右卫门被任命为佐渡支配组头，这相当于受到幕府高度重视的佐渡金山总管的副官。

横内利右卫门有十个名为广间役的手下，大多是原本就在金山、城镇、农村、衙门当差的人，只有两人曾在江户受命赴任。

横内利右卫门在这次调任之际，决定带上自己的得意手下黑冢喜介，任命其担任广间役，一起前往佐渡。

"首赴佐渡，形同流放，心中忐忑，你愿否同行？必照顾你到最后。"横内对黑冢喜介说。

"若为大人故，纵使远赴虾夷，亦在所不辞。"喜介跪地受命。他面色偏黑，双眼闪着狡黠之光。喜介的欣然接受并非寒暄奉承，而是发自肺腑。横内本来就有

---

① 对刑事诉讼进行调查的职务。

权有势，此番前往佐渡赴任，估计两三年后就会被召回江户，此后必定加官晋爵。喜介觉得跟着横内肯定没坏处，而且横内承诺会关照他到最后，言下之意就是会帮助他出人头地。

"听你所言，诚感宽慰。二十日后出发，务必作好充足准备。"横内很高兴喜介愿意跟他去佐渡上任，叫人送上酒菜，开始闲聊佐渡的事情，"听闻近千人自江户至金山，从事排水苦力，尽为作奸犯科之辈或无宿者，皆如山犬，不可大意。你将担任金山主管，恐诸多辛苦。苦力之事，可有听闻？"

"听闻排水劳作万分艰苦，众苦力皆如身陷地狱，日日恐怖颤抖。"

"曾有本性懒惰狂徒难耐劳作之苦，择路出逃。若见怠工者，必从严处之。苦力懈怠，则坑内多涌水，难挖金银。"

横内说完这些，突然想到一事。

"近日将有佐渡地方官吏至江户。你召集百名无宿者，交其管理，共赴佐渡。"

如横内方才所说，被送去佐渡的苦力并非全都是被关押的罪犯。有过前科的，无家可归的，就算现在是无罪之身也会被抓去佐渡。佐渡的金山越往下挖，就会有越多的地下水冒出，所以从事排水的苦力一直紧缺。因为是重体力活，苦力的治病率与死亡率都特别高，需要不断地补充人手。

黑冢喜介听横内讲话的时候，头脑中突然闪过一个念头，并因此而瞬间脸色大变。很多人在听别人说话的过程中突然闪过重大念想时，都会出现类似的凝固表情。于是，喜介的耳朵里再也听不进对方在说什么。

横内注意到喜介的表情变化。见喜介眉头紧锁，横内以为他在担心家眷问题。"无需担心，"横内说，"可携家眷一同前往。"

喜介回过神来，回答说"好"。这才听清横内在说什么。喜介与妻子久美成婚，是横内做的媒。然而，他刚才的突然走神其实另有原因。

离开横内利右卫门的府邸，喜介一边走一边仍想着刚才那件事，甚至比刚才更为专注地思索起来。

他的表情凝重，并非因为有何困扰，而是因为正在专注地思考某事。

待想定之后，喜介不再眉头紧锁，而是长长地舒了一口气。

二

在靠近八丁堀的料理小店的二楼，侍女刚刚点上夜灯。"此番受命前往佐渡，恐有段时日不能返回江户，只能与你暂别。"黑冢喜介一边举杯，一边说话。对方是个脸色苍白的下等武士，担任寺社奉行①的喜介之前曾多次让他为自己跑腿办事。

下等武士卑微地低下头。

喜介已然胸有成竹，所以说话的时候自然流露出笃定的态度。

一听到即将作别，下等武士郑重地为之前受到的关照向喜介道谢。

"就此作别，甚感惋惜。最后还有一事相求。"喜介说。这正是他之前思前想后的结果。

"黑冢大人之事，在下必赴汤蹈火。"

"多谢。"道完谢，喜介多次为对方倒酒，聊了几句家常后假装漫不经心地开口说，"听闻弥十即将出狱。"

"弥十？听说过。入狱已过一年半。"下等武士掰着手指数了数，"不，已有两年。还以为他甫入大牢不久，

---

① 奉行是日本平安至江户时代的一种官职，寺社奉行是其中一种在宗教行政机关担任的职务。

不想已即将出狱。"

"该来的，终难逃。"

"小的早已忘记，大人还记得？"

"嗯。"喜介微微一笑，却马上面露难色。

"想当年，"下等武士观察着喜介的脸色，有些着急地说，"本想发配其去远岛，不料未能成行。不想其意外落得轻判，在下诚感抱歉。"

"罢了，此事已了。今日另有相求。"

"请大人吩咐。"

"近日将送百名无宿者自江户赴佐渡为排水苦力。待弥十出狱后，你可否擒之，令其加入赴佐渡众人之中？"

"方才出狱，立刻缉拿？"下等武士瞪大了眼看着喜介。

"又有何妨？将前科之人送往佐渡，无可非议。"喜介的语气突然变得充满威严。

"大人有理。"下等武士立刻服软。

"前科犯人置于府内，必成祸患。让其当苦力，送至佐渡，则天下安泰，无可厚非。你意下如何？"

喜介的言辞与表情中充满了威吓与胁迫，让下等武士不得不从："在下遵命。"

喜介一脸意料之中的表情，向屈服于自己的下等武士递上酒杯："切记,心软则不成事。"喜介说话的语气非常平淡,却突然用力地握住下等武士的手朝自己一拉,只见一块重物从其袖中掉出。

"啊!受之有愧。多谢大人。"

"小小心意。"喜介在听横内说话时突然意识到,经过深思熟虑的事情就此达成,眼中便露出安心的神情,说话的时候也更加淡定,"唤三味线进屋助兴,今夜当尽情享受。"

一边喝酒一边寻欢,下等武士很快就喝醉,脸色更加苍白。突然,他好像想到什么似的,摇头晃脑地走向喜介:"黑冢大人,小的听说弥十是大人的家人?"

"没听说。"喜介一边给一旁的女人倒酒,一边斜着眼看着下等武士。

"哈哈。此乃在下所长,听闻弥十曾常出入黑冢夫人的娘家。"

下等武士的醉言被喜介的大笑声压了下去:"你醉了。可有太鼓?不如击鼓起舞。"

众人吹吹打打,一阵喧闹,黑冢很快离开了。

下等武士一边摇头晃脑,一边喃喃自语:"昔日送弥十入牢,此番又送其赴佐渡,不知有何冤仇。"

三

两年前，让这个下等武士把弥十送入传马町牢房的正是黑冢喜介。

虽然以赌博小罪将弥十抓住、然后又编造余罪将其送入大牢的是下等武士，但在背后指使的是黑冢喜介。

这绝对已属重判。然而，如果将其与喜介对弥十的憎恶放在天平的两边进行比较，却又绝对算不上是重判。

喜介对弥十的憎恶究竟从何时开始？仔细想来，事情发生在喜介娶久美为妻后不到半年的时候。换言之，就是距今三年前。

喜介只见过弥十一次。那时，受自己的上级横内介绍，与久美结婚后，喜介第一次前往久美娘家。久美的父亲住在四谷，是个拥有百五十石领地的小普请组①，性格顽固独断。因为常年觉得自己怀才不遇，脾气变得很难相处。喜介与久美父亲谈话的时候，见到了偶然过来的弥十。

当时，弥十名字还是弥十郎，是拥有百三十俵领地

---

① 江户幕府家臣团的一个组织，由三千石以下的旗本、和御家人的无官者组成。旗本被称为小普请支配，御家人被称为小普请组。

的御家人[①]次子，长得眉清目秀，是个肤色白皙的高个青年。久美的父亲对喜介介绍说这是常来家里的熟人。

弥十郎一见到喜介，就有些坐立不安，完全没敢抬眼看并排而坐的久美与喜介，慌张地说自己有事，就匆匆离开。

"弥十郎今日甚慌张。"久美的父亲笑着说。

喜介至今都还记得久美父亲当时的笑声，而更为强烈地留在其记忆中的，则是当时不经意间瞥见的妻子侧脸——久美低着头，鬓角处好似在微风中颤抖。然而，当时并无风吹。喜介明白，久美之所以发抖，是因为在强忍着某种激动。因为久美一直低着头，所以没能看清，但喜介很肯定，当时的久美正在紧咬牙关。正是因为当年的这一瞥，将喜介一下子推入无尽的黑暗。当时一瞬间的情景，在喜介的脑海中深深地打下烙印，他甚至清楚地记得当时妻子侧脸上的每一道光线与阴影。

当天夜里，喜介质问妻子弥十郎与她的关系。

"无关之人。"久美只说了这一句，就开始流泪。久美抬起头，泪水滑过脸颊，落在泛红的耳边。嫉妒让喜介发狂，此前一直对娇妻保持自制的喜介忍不住如洪水

[①] "家人"最初为贵族及武士首领对部下武士的称谓，当镰仓幕府成立后，将军被敬称为御，故有御家人一词。

决堤，粗鲁施暴。但无论喜介如何施暴，久美的表现都像块石头一样。

"贱人！"喜介还说了很多难听的话，诸如——你是否中意那厮？那厮想必也对你心有所属？你为何嫁我？贱人胆敢欺我……

喜介说这话的时候，还不停地对久美时而暴打，时而爱抚。虽然只见过一面，弥十郎的脸却让喜介留下了深刻的印象，就好像已经连续看了十年之久。而且在喜介的眼中，弥十郎的脸似乎已与久美的脸重合在一起，这种幻影让他的身体燃起愤怒，甚至发疯。

久美依旧像石头一样，不作任何反应。无论喜介如何对她，她都像戴着面具一样面无表情，只是冷冷地看着丈夫。有时候，久美会露骨地表现出憎恨或轻蔑的神情，有时候则会莫名地流下眼泪。

喜介知道，久美的眼泪绝非为自己而流，所以他变得更加气急败坏。

在久美娘家见过弥十之后没过多久，喜介就听说弥十郎离家后与市井无赖混在一起。久美父亲满脸通红地说弥十是个没出息的东西，不会再让其进自己的家门。

喜介听完，更加确信自己的猜测完全没错。喜介为弥十郎的自甘堕落感到难以名状的憎恨，而且喜介的嫉妒之心变得越发强烈，他仿佛可以看到，在自己的视线之外，久美与弥十郎的心正越走越近。

焦躁的喜介就这样与久美生活了一阵子，之后又得知弥十郎已不再是御家人的公子弥十郎，而是彻头彻尾地变成无赖混混弥十。

这天晚上，喜介将此事告诉久美。久美趴在地上痛哭不止。看着久美因哭泣而起伏的肩头，喜介的心中再度燃起怒火。

就是从那时开始，喜介下定决心要亲手折磨弥十郎，让他生不如死。这带给喜介一种与殴打妻子身体时感受到的相同快感。

四

担任寺社奉行的喜介用钱收买了一个下等武士，让他盯着弥十。下等武士欣然接受任务。弥十入狱两年，正是这个下等武士的"功劳"。

"听闻弥十已入狱。"喜介一边吃晚饭一边告诉久美。久美顿时脸色苍白，呆若木鸡。喜介感受到久美正用火烧般的目光瞪着自己，忍不住一个人偷笑，还故意笑着举杯饮酒。此时的他正在心里大喊——贱人瞧见没！相好已进大牢！

然而这一次，久美没有哭。喜介吃惊地发现，久美已经变得十分坚强。

表面上，夫妻俩之间看不出有任何变化，然而自那之后，久美的"实体"似乎已从喜介的掌控中消失不见。身体还在，心已全无。喜介觉得久美的身体比以前更像石头。

"不知弥十现在可好？真可怜。"喜介会时不时喃喃自语，意在试探久美。这种时候，久美的脸看上去会特别黑，眼睛好像在发光。喜介喜欢看到这样的久美，他从憎恨弥十渐渐转变成从久美身上找乐子，就像那种喜欢招惹阴气很重的猫一般寻找乐子。

喜介觉得，这个女人再也不会在丈夫面前流泪，她一定是找没人的地方偷偷哭泣。至于她为何而哭，喜介比谁都清楚。然而，喜介已经没有之前那么愤怒。因为对方关在大牢里，这种安心感让他的嫉妒之心得到暂时的平静。

前阵子，喜介从朋友那里听说弥十即将出狱。其实他一直都在关注弥十。喜介变得日益焦躁起来，之前在心中渐变苍白的火焰此刻再度熊熊燃起。自己娶久美过门是因为横内的介绍，而久美之所以没有拒绝这门亲事估计是因为其父亲的意思。久美的父亲是个说一不二的人，久美从小就非常害怕父亲。虽说不是喜介的本意，但从结果而言，是他拆散了弥十与久美。发现这一事实后，喜介一开始感到很憋屈，但之后就马上变得满心恶意，因为他是真的喜欢久美，不甘心把这个女人交给别人。对这个曾经心许他人的女人，他就是想好好折磨一下，不仅是她白皙的肌肤，喜介还想把利爪戳进她的心里，肆意扎插。喜介阴暗的愤怒就是以这种形式进行表现的。得知弥十很快就要出狱，喜介正发愁不知该如何是好时，突然受命前往佐渡。

横内利右卫门向他说起金山排水苦力的时候，对喜介而言，简直美如天籁，一瞬间就想到了要把弥十也变成苦力的主意。

他要把弥十送去佐渡。只要弥十去了佐渡，必定无法再回江户。排水苦力在矿坑之中的生活，是世人难以想象的人间地狱。作为金山主管，喜介可以俯视弥十受苦的模样，就像看好戏一样，而且会百看不厌。越是折磨弥十，喜介就越是高兴。

大家都说喜介是个聪明人，所以横内利右卫门才会对他如此信任，还推荐他去佐渡当官。让喜介娶到久美的也是横内。喜介的前途一片光明。在佐渡最多两三年，期间可以随心所欲地折磨弥十。想到这里，喜介觉得岛上的生活肯定很有乐趣。

喜介在心里想好：就这么办。他对自己的计划很是得意，不由得搓着双手，一脸幸福。

喜介叫来之前一直帮自己跑腿的下等武士，让他想办法把刚刚出狱的弥十弄进前往佐渡的苦力队伍中去，这只是喜介计划的第一步。

如横内所说，不久之后，就会有佐渡的地方官吏来到江户，他们负责押运从金山挖出来的金银。因为这是责任重大的差事，所以平安将金银送到江户后，这些地方官吏就会得到假期。

他们知道横内将总管佐渡，也知道负责金山的黑冢喜介即将赴任，所以都特地登门造访。

喜介在这些人里看中一个名叫占部三十郎的地方官吏，这个人目光如炬，一看就充满野心。

"你是否有意任职江户？"

这句话就像以石击水，必起水花。喜介深得横内的信赖，所以他很有自信可以让乡下来的官吏对他言听计从。

三十郎欣然成为喜介的"小弟"，还流着泪说，愿为喜介赴汤蹈火。

"岂可一生于佐渡度过，诚望任官江户。"三十郎对喜介说出自己的心里话。他绝对是个野心勃勃的男人，要拉拢这种人，给点儿出人头地的甜头最管用。

"你且安心，一切交给我操办。"喜介点头许诺。他看着远方，微微一笑，心想从今以后，这个男人会听由自己使唤。

五

排水苦力从江户被送至佐渡的过程大致如下：

据《佐渡年代记》所述，一般每次会有五六十个江户的罪犯或无宿者被送至佐渡。这些人都会被蒙上眼睛，由官吏押送，从上州越过三国岭后进入越后，再经过汤泽、五日市、长冈，到达出云崎。

一路上，看守十分森严。因为有时候路上会遭到罪犯同伙的埋伏，把人抢走。除了一路上负责押送的解差，每到一处，当地的村官也会一起出动，加强看守。据说住在寺庙里的时候，甚至出动过百十人用于警戒。

出云崎是前往佐渡的重要港口，这里有二十艘船负责运送苦力。船只一般会在这里等待适宜的风向。从这里到小木为止，据传海路十八里。从南而来的潮流北上后，海流加速，波高浪大，挤在囚船里随波摇晃的流人们经过长途跋涉,个个疲惫不堪,还有人病死在船里。按规定而言,如果途中有人生病,应该请当地的医生前来看诊,但事实上,生病的通常都不会有人去管,伙食也只有饭团配清汤。

好不容易渡海到达小木后,还要继续前往西海岸,来到河原田村。接着再爬山路,到达山顶后,可以透过树林望见一片荒海。通常到了这里可以暂作休息,这时,解差会告诉大家,翻过这座山就可以看到金银山所在的相川,从江户出发的一路颠簸到此结束。之后,解差会宣读做排水苦力的注意事项。

"尔等来此为金银山排水工,无论先来后到……"每次开头都是这样,之后的内容也都差不多:一切生活起居皆于指定小屋之内;每一昼夜交替进入坑内排水劳作;勤劳者可晋升为小差人、小屋头、小工头等;万事须听指挥;必须勤劳刻苦。

若见懈怠者,必严惩重罚。出入矿坑或小屋,皆需申报获许。严禁一切外出。务必遵纪守法。

心存侥幸、大胆逃走者,唯有死罪。可得米饭、食盐、味噌、柴火、蔬菜、零用及衣着,应感恩受之。

若洗心革面,勤劳苦干,毫无怠慢,则可申请赦免重返江户做回庶民。有父母妻小者,则有机会与之再相会。务必牢记教诲，心存感恩，勿忘规则，勤勉者，或一年可归。

听完上述这些内容，无论之前多么为非作歹，大多流人都会一想到从此远离家乡、日日于地底劳作就会泪流满面。

之后，终于达到金山矿区后，流人们这才被解开手铐，可以稍稍舒展四肢。但所有苦力马上都会被押进小屋，一举一动都在小屋头的监视之下。从小屋到矿坑工地很近，但距离相川的城镇却远隔山谷。一间小屋内要挤三百个人，一共有四五间小屋。小屋周围都是以防有人逃跑的石墙与栅栏。

从江户送来的苦力们刚来的时候会有三四天休息时间，但之后很快就被陆续送入矿坑，进行排水作业。

《庆长见闻集》中曾有记述：佐渡岛有金银山，所挖金银十二贯装一箱，每百箱装一船，每年五到十船，从佐渡送至后越。元和、宽永年间为最鼎盛期，一年多达七八千贯。然，自那以后，矿脉日渐衰弱，产出日益减少。

挖矿的时候，一开始只需在地表挖掘，之后就越来越需要靠技术向下深挖，但如此一来就会有地下水不断涌出，导致越来越难挖掘。好不容易挖出的坑道会因为涌水而不得不放弃使用。因此，佐渡金山的历史可以说就是一段与涌水作战的历史。

坑内的排水全靠人力。用水桶一桶桶往外倒水，但效率极低。具体而言，苦力在坑内先用水桶汲水，然后倒入另一个四方形的水桶，再爬上梯子将后者倒入放入更高位置的水桶内。以此顺序，循环反复地从低处往高处送水，最终将坑内积水排到坑外。

苦力们在挖过矿石的空洞内，靠一把木梯上上下下不停排水，稍有怠慢，积水就会多到让他们除了吃饭时间以外毫无片刻休息，必须日夜不停地开工。所以"此排水苦力乃无期劳工，其状宛如人间地狱。若论残酷程度，真地狱未必如此"（摘自《清阴笔记》）。

六

暗。

弥十拼命地舀水。舀了又舀，水却如从地狱涌出般无穷无尽。水桶外面箍着铁圈，舀入水后更加沉重。

累。

但这里根本没人敢喊累。稍微停手一小会儿，马上就有鞭子伺候。

"混账！"被骂，被踢，然后整个人倒在积水坑中。还没来得及呻吟叫痛，马上又是棍棒猛打，一直打到背部发肿。手握棍棒的并非官吏，而是同为苦力、但来的时间更久、已经混到管事的流人。然而，这些老流人们绝不会站在流人这一边，因为只要对新来的严加看管，就可以让当官的对自己留下好印象，从而获得晋升或得其他好处。

在一双双凶恶眼睛的监视之下，苦力们不得片刻休息。即使肩膀酸痛发麻，手腕没有感觉，依然不能放下手中箍着铁圈的水桶，只能不停地将水倒入、排出，像机器一样完全没有停歇。

弥十身旁的一个苦力忍不住低声叫苦："江户大牢与此地相比，堪称天堂。"

说话的年轻人驮着重物，看上去就像背着个儿雷也[①]雕像似的，在暗淡的灯下，可以看到他扭曲的脸上满是汗水。矿坑内有很多火把，被插在岩石的缝隙里，暗淡地发着光。因为用的是鱼油，所以充斥一股令人作呕的恶臭。昏暗中，二三十个苦力一边闻着这种臭味，一边在这个矿坑内不停地劳作。

---

① 江户时期书中架空的盗贼。

除了水声，还有不绝于耳的岩裂的声音。

"昨日一人已成佛。"这种事在苦力间传得很快。才不过六十天，一起被送来的人里就已经死了七个。一路上辛苦折腾，到了这里又是苦不堪言的重体力活，说到底，只能等死。每个人都在想下一个会不会就是自己。没有人知道到底什么时候能回江户。不少老流人说自己已经在这里待了五年。

解差说过，只要好好干活，就能回去。但老流人说，一开始他们也曾天真地信以为真。这番话让新人们很是失望。其实，到这里的第三天，大家就都已经明白——这里除了吃饭、睡觉，毫无乐趣可言，只有一个无穷无尽的绝望世界。

最想不通的就是弥十。他刚刚出狱，在朋友家睡了一晚，一个脸色苍白的下等武士突然出现在他眼前，而且就是两年前送他进监狱的那个人。

"弥十，随我来。"那个男人只说了这么一句话，就拽着弥十往外走。在场的朋友们全都一脸莫名地你看看我，我看看你。

之后，弥十被莫名其妙地编入远赴佐渡做苦力的队伍中。弥十不服，对方却一脸不屑，完全不予理睬："你乃前科恶犯，休想留于府内。"

官吏劝他别白费力气，挣扎也是徒劳。之后的言语攻势让弥十的神经渐渐崩溃，彻底失去了反抗的意志，最后干脆自暴自弃，听之任之。官吏夸弥十够胆量，但其实一切都在预料之中。

"我究竟犯了何罪？！"到这里后，每个人都忍不住在内心呐喊发问。没人明白自己为何要受到如此地狱般的对待。有人因为有前科，有人因为无户籍，然而今日今时明明没做坏事，却要像这样被推入地底，没日没夜地做苦力。当然，这些全都是无声的呐喊。现如今就算大喊大叫，也只能继续蹲在巨大、黑暗、无底的深坑中。

"可愿出逃？"两三天前，有人问弥十。这个人来自信州，是个无宿者，和弥十同批被送到此地。

"如何逃？万一被抓，必身首异处。"弥十胆小怕事地说。对方冷眼看了看弥十，然后转身离开。

弥十心想：怎么可能逃得掉！但他转念一想：想逃，说明还有救，如果连一丝希望都不抱，还能有什么力气活下去？在弥十身旁，背上好像背着儿雷也雕像的年轻人、用水桶把水倒入水槽的落魄和尚、在木梯上用手拉着绳子的四十多岁的赌场打手，还有其他在黑暗中如影蠢动的苦力们，也许所有人心中都觉得有朝一日可以出逃。

管事的来叫大家换班。弥十很想叫几声振奋一下，喉咙里却什么声音也发不出来，自己的身体好像已经不属于自己。脑袋发沉，完全不能思考，只剩最后的一点力气让自己爬上梯子。

爬出坑口，所见已是傍晚的天空。一旦有不同于黑暗坑底的色彩跃入眼中，弥十便赶紧贪婪地张大鼻口，如饥似渴地呼吸空气。

小屋头开始清点人数。

弥十正呆呆地望着天空，突然有人走近他："你是弥十？"看打扮，应该是个管山的官吏。此人颧骨突出，浓眉胖脸，眼神似乎带光，正上下打量着弥十。

听弥十回答说"是"，那个男人便默默离开。

"这名官员认识你？"走在一旁的落魄和尚低声问。弥十迟钝地摇摇头，对于刚才那个男人，他完全一头雾水。

虽然一头雾水，但他有一种感觉：有什么非常不合理的事情，与自己的思绪无关的事情，正在悄然运作。

七

地方官吏将弥十等人押送至佐渡的七十天后，黑冢喜介也终于来此上任。

喜介把久美也一起带来。

久美的脸上没有不服，也没有喜悦，做丈夫的喜介根本不清楚她到底在想什么。从江户到三国越，陆上八十五里，海上十八里，一路上，久美全无表情。无论是在出云崎等待风向的三天里，还是经历大风大浪、终于登上寂寥的佐渡岛后，久美始终一脸无惧无喜的模样。这种坚强的表情让喜介觉得久美分外美丽。

喜介在心里乐呵呵地打着小算盘，如果告诉久美，弥十就在这个岛上，不知她会作何反应。他满怀恶意，同时却又被久美深深吸引，看着她的侧脸。

喜介早已下定决心，要一直打压弥十。这种想法让他觉得很是愉快——在久美的眼皮底下折磨弥十却让久美一无所知，这将给喜介带来双重喜悦。

船渐渐靠近山脉，让人难以想象眼前是一座孤岛。进入小木港后，岸上有一大队人马前来迎接，其中就有占部三十郎。只见他冲在最前面，第一个向喜介请安。

喜介坐上准备好的轿子，久美则被人扶进后面一顶轿子。所有人都被久美的美貌吸引。喜介从这些人眼中看到满满的惊叹与艳羡，这让他觉得很是自豪。

三十郎凑近喜介的轿子小声说："禀黑冢大人，小的已严加看管弥十。"

喜介听完，满意地点点头。虽然三十郎有口臭，但至少他说的话让喜介觉得很中听。

轿子在中途歇过几次脚，然后继续前进。每次休息的时候，都会有地方官员殷勤接待。天空放晴，喜介看到左手边大海的波涛不断地激起白色的浪花。

即将上山前，轿子又暂时停下歇息。三十郎走到轿子前："黑冢大人！"三十郎指着道路一边的树林说，"大人且看。"只见树林里有个圆木搭成的架子，架子之上、树梢夜影间，荡着五个发黑腐烂的人头。

"受罚的人？"喜介拉开轿子的帘子看了一眼。

"禀大人，皆为企图出逃的人。"

喜介心里又突然想到了弥十。虽然还没有想好具体的计划，但他脑子里已经浮现出弥十的脑袋挂在那架子上的情形。一想到这里，喜介就觉得心旷神怡。

相川的街道面向荒海，又细又长。屋顶上全都压着石头，用来抵御强烈的北风。远远望去，这些屋顶一路攀升到丘陵后面，直到金山半山腰处。这些都是关押苦力的牢房与官吏住的屋子。

喜介的住房已经打扫得干干净净，和江户的家差不多大小。来到院子里，喜介俯看一块块旧木片似的屋顶仿佛沉在山脚，而被海岬分割出的一片海域看上去宛若在屋顶之上。这片大海有从未在江户见过的颜色。

喜介暗想：啧！鬼地方居然如此冷清。自己肯定不会常驻，最多忍耐两三年。自己背后有横内这座大山，横内肯定不会不管自己。自己一定会回到江户出人头地。至于现在，既来之则安之。

夜里，喜介坐在房间里可以看到黑暗的大海上燃着渔火。有时借着海风，还能依稀听到人的说话声。

"觉得寂寞？"喜介回头看看久美，在昏暗夜灯的映照下，那张侧脸依旧僵硬如石头。

"没有。"久美回答时的声音有些嘶哑。

第二天，喜介的日程排得很满。因为喜介是第一次负责金山，所以占部三十郎带着他去金山的各个地方熟悉情况。

离开办公的衙门后，喜介跟着三十郎走上山路。路的一边是座深谷，溪水在其间流淌。当走到山峡开始变窄的地方，喜介看到第一个坑道哨岗。所有哨岗看守全都出来拜见喜介。

"此乃……"三十郎指着前面说，"青柳坑道。"

夕阳染红的山顶，就像被扎进一把锥子似的，被割裂开来。

八

这一带的山岳被称为金银山。远远望去,山路就像纠缠打结的乱线沿着起伏的山褶向上而行。三十郎边走边仔细地向喜介介绍山岳中每一座山各自的名字:割步间、中尾间步、青磐间步、鱼越间步、云鼓间步、甚五间步等。

每个坑道之间,都有好几个洞口似的出入口。用杉木搭成的坑口非常狭窄,只容一个人勉强通过。守卫们看到喜介和三十郎,一个个都慌张地低头致意。木匠与脚夫们提着灯笼从洞口进进出出,木匠在臀部挂着小席子。这些人大多都赤裸上身,个个面如黑土。

"坑口处皆为职人。"三十郎向喜介说明道,"苦力劳作于地下百尺、二百尺。"

喜介点点头,突然好奇地问道:"弥十在哪儿?"

听喜介这么一问,三十郎一脸谄媚地笑着回答:"禀大人,在枭坑。"三十郎指着重峦叠嶂的地方告诉喜介从这儿没法看到,"枭坑乃最险之坑,涌水多、坑道窄,常有落石塌方。"

喜介盯着三十郎说:"弥十最初就在枭坑?"

"不是的,小的最近将其移至枭坑。"三十郎满脸堆笑地说。

喜介嘴上并没回复，心里却在想：原来如此。三十郎这家伙很机灵，当这座破山的看守有些可惜。但同时，喜介也觉得三十郎让他有些恶心。

"黑冢大人。"三十郎贴近喜介所坐的轿子，明明周围没别人，却习性使然地压低声音。

"何事？"

"日前所托之事，还望大人多多关照。"

"何事？"

"调任江户之事。"三十郎的声音里充满了女人般的媚态。喜介这才想起，这个男人不仅机灵，出人头地的欲望也非比寻常。之前在江户第一次见面的时候，其实是喜介先利诱了三十郎，从某种意义上来说，三十郎的这种强烈欲望是喜介造成的。

"言出必行。"喜介满口答应。他相信这个男人之后会欣然接受折磨弥十的任务。

"多谢大人。"三十郎感激地行大礼道谢，"实在是做梦一样。小的本以为要在此山中终老一生，调任江户难过登天。多亏大人！多谢大人！大人大恩，此生难忘，小的愿为大人效犬马之劳。"三十郎的言辞虽然听起来很是卑微，其中却饱含着会拼命抱住喜介大腿不放、让喜介从此甩不掉他的强势。

这样的三十郎让喜介笑不出来，毕竟他自己也正死死地抓着横内利右卫这条出人头地的大藤。"今日到此为止。"喜介敷衍地结束这个话题。

三十郎说完"遵命"，沉默了一小会儿，却依然觉得不放心似的，反复向喜介道谢。

喜介突然停住。因为下山的时候，看到对面山腹之上有个大洞窟，洞口长满杂草与树木。

"是什么？"喜介用下巴指指洞窟的方向。

三十郎马上回答说："是废坑。昔日坑口，今已金银不出，故废之。"

"洞内深吗？"

"很深。向内十间后急转直下，突现深坑。若有不知者误入其中，必陷绝境。"

"落入此穴会不会致死？"喜介脱口而出。

"必死无疑。因是废坑，其中充满毒气，堪比砒霜。未待饿死，已中毒身亡。"

"太危险了。"

喜介轻轻点头，眼睛却牢牢地盯着废坑洞口。

九

喜介到达佐渡的十天后，横内利右卫门直利也来到佐渡上任。当地的官吏全都来到小木港盛情迎接，规模自然比迎接喜介的时候大很多，喜介则冲在最前面。

"你们辛苦。夫人也来了？"横内问候喜介，语气亲切和蔼，甚至还问候了自己做媒、许配给喜介的久美。

"托大人福，我等皆平安到达。"

横内又寒暄了几句，慈眉善目地微笑着看看周围。

喜介没忘把在自己身边低着头的三十郎介绍给横内："横内大人，这是占部三十郎。于此地任看守一职已久。"

横内点点头。横内四十刚出头，正当壮年，身材肥硕，很有福相。他边走边对前来迎接的众人问候辛苦，笑容可掬，和蔼可亲。大家都在传，这次前来担任佐渡副总管不过是横内升官晋爵的一小步，要不了多久，他就会回到江户，担任西丸[①]督查或总管，之后会是堪定奉行[②]，总之前途无量。

[①] 江户城的西侧区域。

[②] 掌管皇室领地的民政和租税征收、幕府财政的经营、皇室领地的诉讼等事务的要职。

喜介一直跟着横内的理由也正在于此。他觉得只要跟着这个人，自己必定加官晋爵；横内很关照自己，连婚事也是他做的媒；自己与横内的关系非同一般；自己是横内的第一心腹。

横内上任后过了五六天，悄悄把喜介叫到跟前。喜介觉得受宠若惊。

"此地实乃穷乡僻壤。出江户前虽早有准备，却未曾想竟是如此程度。本以为常有当地官吏来往于江户，或不至如此，来到后方感是我误判。"

喜介听到这里，不知道横内究竟想说什么，只能含糊地奉承道："大人所言极是。"

"不止如此，众侍女亦糟糕至极。"横内从衣领里伸出粗肥的脖子，"本地官吏为我安排侍女，却个个粗俗不堪。一时半会儿，姑且可当僻壤野趣，然一月之后恐再难忍耐。诚盼有人调教之。"

"大人所言极是。"喜介自以为很理解横内的想法。这次来佐渡上任，横内并没携妻子一起前来，一是因为横内妻子本来就体弱多病，二来有传闻称他俩夫妻不和。如果一天到晚身边都是粗野、不懂规矩的侍女们，独自赴任的横内肯定受不了。

"我有一不情之请。可否有劳久美夫人前来屋内指教侍女规矩？白天即可。"横内慈眉善目地看着喜介。

"贱内不才，不知可否担此重任。"喜介嘴上这么寒暄道，心里却得意不已，一想到横内有求于自己，就让他欢欣雀跃。

"久美夫人乃由我做主，许配给你的，熟知其性情，无可挑剔之佳人也。你意下如何？"

"大人不嫌弃即可。"

"多谢。常令你为我效劳，深感抱歉。"横内笑嘻嘻地说着，一脸高兴的表情。

喜介也很高兴，他觉得如此一来，就可以更加得到横内的信任。喜介非常清楚，想在仕途上有所成就，与高官结下私交绝对是一条捷径。

喜介回到屋内，对久美转达横内的要求。他已经作好准备，无论久美如何拒绝，一定要想办法让久美同意。

然而，久美却微微垂目表示答应，完全不用喜介费工夫。

"果真答应了？妙哉！事关我日后加官晋爵，你务必好生侍候。"喜介没想到久美会如此轻易地答应，喜出望外的他未能留意到久美的复杂表情。

十

啪嗒，啪嗒，小石子落入水中。

正在舀水的弥十吓了一跳。不只是弥十，一旁来自上总[①]的无宿者喜八、来自川越[②]的无宿者音五郎，以及其他苦力全都惊得停住了正在舀水的手。虽然刚刚有小石子落下，却已经在众苦力间引起恐慌的气氛。

大家不安地看看彼此，却没法看清对方的表情，毕竟只有插在岩石缝隙里的鱼油灯下能见到些许微光，坑内狭小到连背都没法伸直。

紧接着，大块石头开始飞溅至水中。就在听到从坑道深处发出轰隆巨响的同时，弥十等人慌张地扔掉手中的水桶。

"大事不好！"有人大叫。几乎就在同时，石头如冰雹般砸落水中，坑中木柱的断裂声不绝于耳，犹如豆子在锅中煎煮。

坑中发出隆隆巨响，众苦力争相逃跑，一个个都吓得直奔梯子。有人大叫，有人呻吟，手脚都本能地乱

---

① 位于现在的秋叶县中部。
② 位于现在的埼玉县西南部。

挥乱踢。不断落下的石头还使坑道内越来越暗。所有人都发疯似的惊慌失措。弥十牢牢抓住梯子,像虫子死死地扒着泥土。弥十又向上爬了几步,身下的苦力们正蜂拥而上,突然,弥十身下的梯子不负重荷,连同梯子上的苦力们一起急速坠落,滑下深洞。只听到下方传来悲鸣,而这些惨叫声又瞬间被岩石落下的声音掩埋,成为那些苦力最后的绝叫。

弥十继续向上爬,终于看到上方出现微弱的光线,这才回过神来,庆幸自己终于得救。弥十继续紧紧抓着梯子向上爬,看到坑口人头攒动,突然有人拉了自己一把,身体这才得以滑出坑道。

"二十一。"弥十听到有人在计数,他明白这意味着自己是第二十一个活着出坑的人。

"二十二。"同一个声音继续报数。弥十听着听着,便渐渐失去知觉。

弥十再次醒来的时候,一睁眼先看到一片蓝天,紧接着是刺眼的阳光。他转头朝旁边看去,发现身边躺着好几个浑身是血的人,全都在呻吟喊疼,有人坐着,有人站着,但全都浑身是血。

这时,两三个黑衣人走了过来,只有这几个人看上去精神气十足。

"幸存者都在此？如此之少！坑内还有活人吗？"黑衣人问看守。看行头，弥十觉得他应该是个管事的。看守听完此人吩咐后，开始对流人们发号施令。

"混账！"突然，看守的棒子在空中挥舞，闪过一道凶光。

"口出狂言！不成体统！"

弥十听到严厉的训斥声，接着传来凄惨的哭喊。

"大人自有论断，轮不到尔等奴才擅言妄语！"

呵斥的声音越响，悲鸣声也随之越响。之前闭眼躺着的人全都坐起身，看着眼前的光景。

"畜生！捡到贱命本该感恩，岂容你们自以为是！勿怪本大爷未曾告知，如此妄为，后果自负！你们岂能不管坑中兄弟？人性何在？速速下坑寻人！"

然而，无论官吏们如何逼迫，这些刚刚死里逃生的苦力就是不听命令。三个黑衣人见状，窃窃私语一番后决定离开，去搬援兵。

"可恶！绝不屈从！"大喊之人正是刚才被棒打、发出悲鸣的男人。此人是来自甲州①的无宿者传吉，有前科，还有个引以为豪的外号云切小僧。"早知此坑道危

---

① 现在的山梨县。

险，木匠等人皆惧怕不敢入。传闻此坑道迟早塌方。我等绝非自愿进入，若为此丢了性命，毫无天理可言。对下等官吏多说无益，众兄弟，不如一同向大人请愿！"

众人连连称好。有人说自己有妻小，还想着回去团聚；有人说如果这么死去，一定会死不瞑目；有人说就算被打死也不愿再入此坑。

"众兄弟！"来自川越的无宿者音五郎站起来，他那文着泷夜叉姬的背部已经皮开肉绽，"应向金山总管请愿。若无用，则向佐渡总管请愿。所有兄弟一同前往。弥十意下如何？"

弥十从刚才开始就一直在想自己为何会被安排到这个最危险的枭坑道来。只有他一个人是突然从其他坑道被转到这里来的，而且理由不明。他唯一知道的是，下达转移命令的是曾经目露凶光地看着他的一名官吏。而且他还感觉到那个官吏非常讨厌自己，但他完全想不到有什么理由让那个官吏如此恨自己，莫非那个官吏早知会有塌方，为了杀死自己，故意把自己转移到这个坑道来？弥十正在纠结于这些疑惑，突然听到音五郎的问话，只能口吃似的回答说："好……好！"

十一

"请愿?"听三十郎报告完毕,黑冢喜介不由得瞪了他一眼,"流人请愿?简直荒唐!"

"大人所言极是,个个如山犬乱吠。"三十郎回答。见喜介表情严肃,他马上又说:"大人不必担心,小的自有办法。可将畜生关入坑内。"

"此话怎讲?"

"将其定罪二十日或五十日,在此期间不许其外出一步,终日于坑道内劳作。大多山犬恐无法忍耐,脸色堪比青菜,或若溺水之鼠。将其伙食减至一日三合[①]两勺,配盐少许,令其昼夜劳作不歇,必使其形同饿鬼。此法胜过任何拷问,乃最佳惩罚。"看到喜介的脸色渐渐转好,三十郎又将他那张臭嘴贴近喜介的耳边说,"禀大人,弥十未在死于塌方的三十四人之列。"

喜介吃惊地瞪大了眼。

"那畜生命大逃生,却参与请愿。小的必将其关入坑内,哈哈!若不够强壮,按惯例,必死无疑。"

喜介虽然点头说好,却对三十郎心生憎恶。因为眼

---

① 1合约为180毫升。

前的三十郎早已看穿喜介的心思，耍小聪明似的抢在喜介主动开口前自作主张并以此邀功，还一副冷酷的、饶有兴致看好戏的模样。

"真能致死？"喜介喃喃地说。

"必死无疑。"三十郎的答复里回荡着快活的音调，"必如发青毛虫，不堪重负而死，比将其暴晒于狱门台死得更快。"三十郎说话时面无表情，看着屋外的景色。大海波涛汹涌，在春日岬上激起阵阵白浪。"今日好大风浪。"三十郎看着大海说。

"纵使浪大，畜生也有可能盗船逃岛，切莫疏忽。"喜介提醒道。

"畜生一心只想出逃。然，逃亦无用，即刻便可将其抓回。曾有五人自松崎村出逃，夺渔船划至泽崎村，被地方官吏抓捕归来；有人曾横渡内海上至泽崎村，藏身于名曰宿根木的洞中，我等将其轻松抓获并判其死罪；有人好运划船至能登，为当地官吏抓捕后送回此地。总而言之，逃者皆无善终。"

接着，三十郎说了声"抱歉"，从腰里掏出烟草，手里拿着已经发黑的银烟管，从鼻子里喷出青烟。他朝四周张望了一下，突然改变话题："小的至今尚未向夫人请安。"

喜介打断说此事无妨，还告诉三十郎，久美已被横内叫去调教侍女。

"横内大人？"三四郎的眼里射出贪婪的光芒，"请恕小的有所不知。夫人前往横内大人屋内？调教侍女？乡下女人个个粗俗不堪，确该管教……"说这些话的时候，三十郎的表情明显若有所思。

三十郎走后，喜介走到屋外，一个人望着大海。今天不当班，比较空闲放松，内心却莫名地不安、发慌。屋里传来下人的呼唤声，他却无心理会。

此刻，久美当然不在喜介身边，最近她每天都很晚回来。横内利右卫门曾甚为满意地向喜介道谢说，托久美的福，侍女们变得懂规矩多了，还说抱歉一直麻烦喜介的夫人。

对喜介而言，这事让他很高兴。为了讨横内的欢心，更是为了自己的仕途，他甚至想好好感谢久美如此尽力。

然而，久美一直不在自己身边，也让喜介觉得有些寂寞难耐。内心的不安与焦躁多半缘于此。他甚至想向横内大人请求让久美暂时不去，休息一阵子。

久美在横内那里似乎非常卖力，每次回来的时候都显得疲惫不堪。他与久美本来就不像普通夫妻那样敞开心扉，无话不说，所以喜介根本不知道久美在想什么，因而终日焦躁不安。

喜介觉得都怪弥十让久美变成这种性格，内心的嫉妒越发炽烈地燃烧起来。

"终有一日必诛之。"

喜介想起之前三十郎说过的那个废坑，一边喃喃自语，一边开始考虑具体的实施步骤。

十二

"已过二十日。"占部三十郎向喜介报告。

"关入坑内后，畜生皆变得顺从，再无妄语。曾在江户呼风唤雨的前科犯亦埋头苦干，一声不吭。众苦力皆累至喘息如狗吐舌。大人愿不愿入坑一看？"

喜介说过阵子会去。三十郎建议现在去看看。

"然，弥十……"三十郎说，"实乃意外，那厮至今几乎无恙。人不可貌相，此人强壮非凡。难道以前是习武之人？"

喜介故意转开脸不接话。

三十郎好奇地看着喜介，微微一笑说："大人放心，弥十终将难逃一死。迄今为止，没有例外。"

告辞的时候，三十郎再次靠近喜介低声道："我妹妹十日前入横内大人屋中侍奉其左右,说深受夫人关照。请大人代为向夫人问好。"说完这一句,三十郎鞠了一躬,然后转身离开,背影看起来右肩稍稍耸起。

喜介大吃一惊,三十郎的无孔不入让他不得不佩服,甚至心生害怕。三十郎得知喜介夫人在横内大人屋内服侍后,立刻把自己的妹妹也送了进去。他企图走捷径,攀上横内这根高枝。三十郎抓住一切机会、不择手段地紧握富贵发达之藤的架势,让喜介心生畏惧,不由得暗自感叹:这家伙浑身都是想飞黄腾达的执念。

这天夜里,喜介对从横内屋里回来的久美说:"占部的妹妹已入横内大人屋,望你多多关照。"

平日里总摆出一副冰山脸的久美,这会儿难得有了表情,眼神中好似在闪光:"你说的是那官吏?"

"我手下,聪明过人。入横内大人屋的是他妹妹。"

久美只回了句"嗯",再无话语,脸上又恢复一如往常的冷漠。

又过了十天。

喜介还在被窝里睡觉时,突然有人敲门。侍从起来问什么事,占部三十郎从玄关朝里屋着急大喊:"黑冢大人!黑冢大人!"

"大事不妙!苦力出逃!请速出门!"

喜介马上起身准备，却发现久美不在身边。他心里嘀咕着今晚久美怎么回来得那么晚，突然，他的脑海里浮现出逃走的苦力中弥十的身影。

于是喜介对久美的不满瞬间转变为对弥十的憎恨。久美做梦都不会想到弥十在这里做苦力，而且就算在这里杀了弥十，久美也不会知道。一想到这里，喜介觉得有一种难以名状的快感在血液中逆流而上。

"久等了。"喜介一出玄关，就看到三十郎正提着灯笼等在外面，于是向他打招呼。

"逃走的是日前关押于坑道内众畜生，趁看守一时疏忽，溜出坑道，正朝高濑村方向逃窜。"

"弥十可在其中？"

"十有八九在。"

喜介等人登上山顶，看到眼前一片黑暗大海。他听到海上有人叫喊，看到有四五处浮动的红色火焰。脚下即为断崖，黑色大海仿佛就在脚底咆哮。

这时，海上传来枪声。

"哈哈，此乃追兵所为。有火的船是追兵，流人舟暗不可见。"三十郎用手指着说，然而，他手指的方向漆黑一片，什么都看不到。

"或已追上，流人舟正夹于追兵两船之间。"

两艘闪烁着红色火焰的船正面对面渐渐接近。趁着潮水海风，人们的骚动声传至喜介耳畔。

黑暗中再次响起枪声。

"妙啊。"三十郎高兴地说。右手高举灯笼，朝海面上挥动，一副欢欣雀跃的模样。

点着火的追兵的两艘船越来越靠近，斥责声也越来越响。火光几乎合二为一时，其间隙中可以看到部分黑影，那正是逃亡者的船只。

海上传来打斗的声音。

"已将其抓捕。"三十郎胜券在握地说。

喜介想象着船上的弥十被追兵擒住的模样，接着又想象着弥十腐烂的人头被吊在之前在山顶所见的架子上。

他早就想过有朝一日要在那个架子上看到弥十的人头，没想到这么快就能实现。

这时，一名看守提着灯笼来找三十郎。

"阁下可是占部大人？"

"正是。可知逃亡者姓名？"

"禀大人。"看守凑近三十郎进行汇报，声音却被海风吹散。

三十郎听完，朝喜介大声喊道："黑冢大人，弥十没逃！坑内禁闭时限已过，弥十已于昨日返回苦力小屋。逃走的是其他人。"

十三

黑冢喜介独自前往苦力小屋。苦力小屋都造在山谷的阴暗处，周围有石墙与栅栏，即使在黑夜中看不太清全貌，也能令人感到这里如同一座大牢。

喜介命令看守将弥十带出，自己则在屋外等待。

喜介已经忍无可忍，决定今夜就亲手解决弥十。没有计划，没有太多考虑，只有妒火中烧的本能。他觉得自己快到崩溃边缘，如果今夜再不动手，恐怕会马上发疯。听到逃亡者中没有弥十时，喜介就已下定决心。

叠嶂的山峦将星稀的夜空分割出狭小的一片，月亮在喜介看不见的地方似乎已经升起，将他头顶的这片天空照亮。

远远地，喜介听到开门声，只见两个黑影走来。

"禀大人，已将弥十带到。"

喜介应了一声，盯着看守身后的弥十身影。他对看守说找弥十有事，将他支开。又命令弥十跟自己走。

弥十默默地跟在喜介身后。

喜介走上山路，目的地早已明确——之前三十郎曾带他见过的废坑。他打算把弥十带进洞中,再推入必死深坑。这就是喜介的计划,也是弥十的命运。喜介一边走,一边觉得自己的身体正在微微发抖。

看守只对弥十说大人找他有事,并没有告诉弥十喜介的名字。夜黑风高,喜介觉得弥十不可能看清自己的脸。就算看清,估计弥十也不会记得。然而,喜介从未忘记过弥十的这张脸,三年前在久美父亲家见过的脸,整整三年,每次痛打久美或爱抚久美的时候都会想起来的脸。

月亮渐渐爬高,照亮对面的高山,现出山的形状。两人在黑暗中继续前行。

"你是弥十?"走到废坑口,喜介才对弥十开口。

"是。"弥十回答。

"有话要说。进去!"

弥十嘴上说"好",却突然心生疑惑,胆小地朝后退去。其言语和动作完全没了昔日贵公子的模样。这让喜介更为生气,程度等同于因久美而产生的嫉妒。喜介一把抓住弥十的手腕,强行将其拉入洞内。

洞内湿度很高,湿气与泥土的腥味让人顿觉刺鼻恶心。喜介突然停下脚步。

因为他听到从洞内深处传来人声。喜介首先听到的是一个女人的声音，是他每天都会听到、难以忘怀的女人的声音。

喜介按住弥十，身体贴紧洞壁，一股难以名状的恐怖与疑惑令他的身体颤抖不已。

"将我带至此处为了何事？"

喜介的耳朵中又听到另一个熟悉的声音，这是他每天在衙门里听到的、极具威严的声音，毫无疑问，这正是横内利右卫门的声音。

"奴家早已忍无可忍，只求大人给个说法。"

这是久美的声音。喜介听了三年却感觉从未听过的久美的高亢声音。

"我意已决，不可与你长久如此。今日作别，从此形同陌路。"

喜介顿时好似身陷真空，耳中轰隆。

"可恶可恨！三年前大人毁奴家清白，却因无法欺瞒妻室与家父，继续与奴家行苟且之事，故以媒妁之言将奴家许配于喜介。如今来到此岛，大人又再求奴家的身体，日日将奴家叫至屋内。"

"够了，我无话可说。"

"不对。大人深知奴家心意，奴家对大人向来言听计从，只求大人可怜，莫抛弃奴家。方才所言，皆因奴家不想离开大人。求大人三思。"

说这些话的久美与喜介熟悉的那个久美判若两人。

"无需再言。你就此断了念想。我们的事若为衙门所知,绝无善终。你也是,可曾想过,若被喜介知晓,该是什么下场?"

"事到如今,奴家已全然不怕喜介将如何处置。只求大人莫抛弃奴家。若大人以为暂不宜见面,奴家甘愿忍耐等待,只求大人莫抛弃奴家。"

"到此为止!"

"横内大人!"

"干什么?"

"大人果然已移情占部的妹妹。"

"一派胡言!"

"就算你避人耳目,奴家也一清二楚。奴家眼中唯有大人,自始至终视大人为夫君。"

喜介听到横内不屑地"哼"了一声。

"胡言乱语!你早与弥十有染。"

"奴家与他绝无半点关系,夺奴家心者正是大人,令奴家落红者也是大人。"

"你昔日曾说中意弥十。"

"童言无忌,怎可当真?奴家与他只是发小,绝无半点男女私情。初夜定终身。奴家抱必死之心，听从大人安排，嫁于喜介，只为博大人欢心……"

"够了！"

"大人当真如此绝情？"

"缘分已尽。"

"无论如何都不回头？"

"干什么……"

突然，喜介听到身体碰撞、脚步凌乱的声音。

"最后一问，大人当真要抛弃奴家？"

"莫再纠缠！"

"大人！落入此穴，永不得生。今日奴家与大人共赴黄泉！"

"啊！"

久美拼命用身体推挤横内。

喜介的耳朵里只听到雷鸣般的声响，惊得不能动弹。此刻，将他完全束缚住的，依然是他对高官威严深感惧怕的可悲本能。

喜介的身体缩成一团。

"共赴黄泉！"

久美的最后一喊盖过了横内的呼叫，然后消失在深不见底的坑内。随后，传来土石一并坠落的巨响，那响声在坑底久久回响。

　　喜介蹲在坑口，无法动弹。回过神来的时候，弥十早已逃走，不见身影。喜介双手掩面，痛哭起来。

　　不知何时，月光的脚步已悄然来到废坑的入口。

甲府在番

若有入者，梦中现神，报其名，告其字。

——《武田甲百目录》

一

旗本[①]小普请组二百五十石伊谷求马继承其病逝兄长伊织之位，成为家督。翌月，被任命为甲府勤番。其兄生前也曾任此职，是因在江户品行不端，三年前被发配至甲府。

守护甲斐国府中城，即守护甲府城的职务，被称为甲府勤番，一般会以俸禄三千石、补贴千石作为条件，从旗本小普请中选出二百人以上的勤番。听上去虽然还不错，但事实上，被选出的都是在江户品行不端者，换言之就是左迁，一种体面的发配边疆。谁也不知道何时才会被召回江户，大部分人到最后都没能再见一眼江

---

① 日本从中世到近世时期武士的一种身份，主要指德川的直属家臣中石高未满1万石、可出席将军所出席仪式的武士。

户。无论气焰多么嚣张的旗本，一听到要被发配至甲府，都会脸色大变。

伊谷伊织就是因为行为不端而被发配至甲府的，三年后死于任职地。其弟不仅继承了他的头衔，还继承了他的职务，于是不得不前往甲府上任。

然而有一个奇怪的传闻：是求马主动请缨去甲府。

所有人都觉得不可思议，实在想不通怎么会有人主动希望去甲府。家督的待遇虽然还不错，但甲府犹如人间地狱，恐怖至极。

"此话当真？"有人特地向求马求证。求马对此笑而不答。但从他不予置否的回答来看，传言应该不假。问话的人重新打量了一番二十二岁的求马。求马长得相貌堂堂，身材也高大。这等大好青年完全不必放弃江户，去穷乡僻壤的甲府。问话的人看着求马，眼神似乎在说：这世上还真有这种怪人。

求马如约出发。他在内藤新宿[①]的大木户[②]与前来送行的友人告别，也与江户作别。在晚秋阳光下，求马悠然踏上前往甲州的道路，脸上丝毫没有寂寞的阴影。

[①] 江户时代的驿站之一。

[②] 江户时代设置在江户内外的简易关卡。

经过高井户、府中、驹木野后，求马到达小佛，从这里开始即为相模，抵达上野原后再进入甲斐国。走过野田尻、猿桥、大月，翻越笹子岭，下至胜沼前，可以将群山围绕的甲府盆地一览无余。

求马驻足了好一会儿，欣赏风景。群山环抱着弧线柔缓的平野。看上去大到出奇的富士山上半截正好盖在其左手边的山上。正面的驹岳和地藏岳高耸入云，好似沉入山底的盆地中可以看到甲府城的白墙，仿佛一个个小点连成一片，浮于光线中。

伊谷求马的眼睛被南边群山断层牢牢吸引，边上还有其他群山的淡色山形。群山连绵，好似永无断绝。求马的眼睛望着远方，神情茫然。鳞片云出现在山上。

求马终于来到距离江户三十六里的甲府，也许从今以后就会永居于此。甲府城建于平原，周围是高高的石墙，正对着当年武田信玄所据的要塞高山。

求马前去向当地组头[①]问好。

组头四十多岁，慈眉善目，与求马寒暄过后，走近求马低声问道："令兄伊织之事，江户可有人知？"

---

① 江户时代地方官员的一种。一般而言，由名主总负责，组头相当于其副官，百姓代负责监察。

"有劳大人费心，在下从未外传。"求马低头感谢。

"我等尚不知伊织行踪。"组头继续低声说道，"人称最后见其于鳅泽，之后再无消息。朝中有令，失踪五十日以上者必上报。然其已与家中断绝音讯。我与总管大人相谈后，决定为其保密。伊织绝非可恨之人。"

"多谢大人。"求马由衷地道谢。

"我等上报称其病逝，换你前来。只因若换他人恐有麻烦。你还年轻，来此僻壤实乃可怜。然，令兄有难，你替他来此，至少保全家业。"

"大恩大德此生难忘。"

"我等对外宣称令兄外出公干而卒，此乃无奈下策。众人或已依稀察觉。你佯装不知即可。"

伊谷求马完全没想过，失踪的兄长万一活着回来，该如何是好。他的心里早已有了作出判断的"根据"。此时，距离兄长失踪已过百日。

"多谢大人煞费苦心。"求马再三郑重表示感谢。

求马正要离开，温厚亲切的组头又叫住他："伊谷老弟！从此恐难回江户。"

求马听完，再一次低头不语，然后欠身离开。

二

伊谷求马与一名老年女佣一起住在近习町，是只有三间大小的昏暗小屋，但两人住着还算宽敞。土墙之中，好几栋屋子一字排开，每户人家的院子中都透着浓浓的秋意。

这里曾是兄长的住处，之前就住在这里的老年女佣对求马说，请他节哀。求马从到这里的第一天起，就在家里到处翻找兄长的物品。家里只有为数极少的遗留品——柜子里放着几件衣服、武具和书籍。单身来此赴任的兄长只有这一点儿行李。

求马找了整整两天，甚至把衣服剪开，想看看有没有暗袋；书籍也都一页一页仔细翻开。家里的柱子、柜子甚至连挂在墙上的字画背后全都仔细找过。兄长平日里不写日记，没有任何书面记录。这个结果与求马预想的一样。

求马开始上任出勤后，才发现这里的每个武士全都无精打采，满脸生无可恋的表情，对于所任命的职务也全都消极怠工，空气中充满懈怠的气氛，犹如泥沼般沉重压抑。他们几乎都说着同样的话："我等皆已希望尽失，生而无乐。不知何时可回江户。然，此乃无可奈何，只因我等于江户时皆已寻欢作乐过。今日被困于此穷乡僻壤，形同流放孤岛，唯年龄徒增，叹此生可怜。"说着，一个个垂肩叹气。

"只盼再见江户，感怀昔日尽情享乐。"

所有人似乎都很想念江户。虽然这里距离江户不到四十里，却隔着重重山峦，犹如落入绝海荒波。身陷于此，绝无出逃的可能。虽然有望调任，但也只能被调去同一领地内的深山衙门。

求马常站在城楼上眺望景色。因为地势很高，站在城上可犹如登山后俯视盆地。富士山位于城楼东边，看上去仅高过胸口。夕阳西下时，清晰可见一派如雕刻般的和谐景象。

然而，求马所看的并非富士山，而是正对城楼、将盆地包围起来的山脉断层。站在城楼上，可以看到盆地间流淌着的两条河流好似在发光。两条河流在山脚下合二为一，沿着山峡奔流而下，名曰富士川。有人说最后见到兄长伊织的鳅泽就位于两河合流点的附近。

远山看起来仿佛正好被塞在山峡间。沿河而去，可以前往身延①。求马的视线在群山间游走。这与他第一天

---

① 位于山梨县西南部。

来到甲府、从胜沼山上放眼望去时的视线完全一样。

这天,求马又在眺望高山,突然背后有人拍他:"在看什么?"

求马回头一看,一个晒黑了脸的男人正笑着露出一口白牙。这是求马见过的一张脸。

"看山。"求马回答得很普通。

对方名叫上村周藏,住在附近。不知为何,他总是主动接近求马,之前还去求马家找他下棋。

"如此美景,江户绝难见到。"上村周藏站到求马身旁说,"令兄也常立于此观景。"说着用下巴指了指对面的高山断层。

求马突然被这番话所动,不由得看了看周藏的侧脸,然后又转过头继续怔怔地眺望远山,没再开口。

上村周藏与其他人不同。周围的大多数人绝望萎靡,只有他异常有精神,脸上的表情总好似充满阳光,走路的时候也好似步步生风,举手投足精气神十足。在委靡的人群中,只有他好像青草般充满活力。

求马对他的这种异常渐渐产生兴趣。这天晚上,上村周藏来找求马下棋,求马热情迎接,将其请进屋内。

"今日城楼上所看可是富士川方向的山?"周藏一边下棋一边问。

求马一边落子一边轻描淡写地回答说"是"。然而，回答的意味绝不简单。

"我也喜欢。然，若日日所见相同，必心生腻烦。"

求马思量着周藏这番话背后的意思，没有予以回应。

两人的棋艺都不怎么高明，默默下棋期间，只在喝着老年女佣端来的茶水时才发出"呲噜"的响声。庭院里，虫子正在鸣叫，一派秋意盎然。

下完棋，求马一边把棋子摆回罐中一边说："此地众人皆无元气。然，我以为，虽形同流放孤岛，若忘记江户，安心住下，则感觉甚佳。"

"所言极是。"周藏笑着说，"听闻有人难忘江户之好，甚至切腹自寻了断。也有人与江户相好私奔出逃，从此不再为武士。尚属善终。众人多难舍名分，唯叹息愁苦，四方如壁，毫无希望。诚然，来此地者皆自作自受。唯有借酒消愁，或为难庶民，无其他出气之法。"

求马看着周藏的脸问："上村兄怎么想？"

上村周藏精神十足地笑问："伊谷老弟怎么看？"

"颇有精神。"

周藏听完，笑得眼角堆满皱纹："此话当真？别人也这么说。只因我心中有梦，与已故令兄一样。"

三

秋天已过。

求马站在城楼上放眼望去，群山已呈现枯叶色。远山上甚至可见有雪。之前苍绿色的富士山此时已变成雪白，阳光也日益微弱。

伊谷求马在此上任已过四十天。他以去身延祭拜为由，向组头请了三天假。

"身延？莫非你是法华宗？"组头问。

"不。只觉来到此地，应前往一观。"

"准。"组头同意，"自江户来到此地，必觉无聊难耐，理当四处走走。"

求马请完假回来，去找上村周藏，想告诉他自己明天去身延山，但女佣站在门口说大人正在里屋养病。

求马这才想起，昨天城楼上也未见其身影。于是，求马请女佣转告周藏保重身体，转身离开。

第二天，求马带上简单的行李动身出发。越朝南走，盆地越显狭小，笛吹川与斧无川渐渐合流。求马来到一处地方，可以看到零星的小小屋檐，此处正是兄长伊织最后出现的鳅泽。

山峡越来越深邃，早已远离富士川。走过岩间、鸭居、下田原的部落后，求马从羽高岛来到一条小路，沿着汤川继续向东而行。然而，这与身延山方向完全相反。群山已经显露出冬天的风貌。

在山峡间，日暮到来得特别早。沉浸于暮色中的山谷间，偶尔可以看到三四个昏暗的屋顶。一看到屋顶，伊谷求马的心里立刻涌起小小的兴奋——终于到了！他知道，这就是位于下部的温泉旅馆。

八代郡东河内领下部的山间温泉自古有名，相传是武田信玄的独享秘泉。对外伤、疮藓等皆有奇效。相传昔日武田军的武将们受伤后泡此温泉，伤口即可自愈。

然而，走近一看，却发现这里只有一间温泉旅馆。按当地风俗，屋檐上累着石块。旅馆大得有些离谱，连牛都可以进入。但看式样，应该是将之前的百姓家改造而成，里面杂乱不堪。

伊谷求马被带到二楼，天花板很低，屋内很黑，但这并非完全因为烛火暗然。

求马对看上去与百姓无异的老板娘说想住两晚，还问："此处甚为安静。贵店可有其他住客？"

"另有两位住客。现为百姓忙时，故住客较少。"

求马本来还有一问，但转念一想，回答已经很明显，于是闭口。

换好衣服后，求马来到楼下，被带去温泉。走着走着，突然听到近处传来如下雨般的河流声，很快，求马看到一条溪流。

温泉的水温算不上热乎，但求马也没想马上从温泉里出来。毕竟泡在温泉里发呆也是一种享受。一旁的蜡烛被温泉的热气淋湿，淡淡地发着光。求马若有所思，想着兄长的身体应该也曾泡在这个温泉中。

过了一会儿，又来了一位客人。听咳嗽声，求马觉得对方应是上了年纪的男人。但求马没想到，还有一个女人和老人在一起。虽然在昏暗的烛光下看不清对方的脸，但求马的眼睛一下子就被女人白皙的身体吸引。绝非寻常，求马有些不知所措，不知眼睛该朝哪里看。

老人立刻泡入温泉。因为光线的关系，求马依然没看清他的长相，而对方也刚发现温泉中已有客人。

"夜安。"老人打招呼。

"夜安。"求马用当地方言回复。女人在老人身旁，只有白皙的肩膀露在水面。求马从温泉池里起身离开，身后传来老人与女人的交谈。谈话声似乎也被温泉热气淋湿。

第二天，求马起得有些晚。初冬澄亮的阳光紧贴着纸窗。求马打开窗户，意外地发现山近得有一种压迫感，草木的枯萎程度远超季节的脚步，岩石间，很多小河向下流去。

老板娘送来早饭。

"此地甚为怡人。"

老板娘回答说，因为是在山里。

这正好给了求马继续发问的机会："此地可有叫熊轮的地方？"

"熊轮？"老板娘歪着脑袋。

求马盯着她的厚嘴唇看。

"从未听闻此名。"

"当真？可否再仔细思量？"

"毫无头绪。在此生活三十年有余，十里之内，皆无所不知。"

谈话就此结束。这就是在此生活了三十多年的人的回答，求马的脸上不禁露出了失望的神情。

"大人可是甲府人？"这回轮到老板娘发问。

"是。"求马回答后突然抬眼，"半年前可曾有甲府武士投宿于此？"

"一年之内从未有过。此店仅我一人打理。若有，则一定见过。"

求马一边夹菜一边心情沉重——两条线索全都断了，绝望的心情在心中蔓延开来。

他不经意地朝外面看去，突然看到有位老人和一个女人一起在河边散步，正是昨夜一同泡温泉的两人。老人很瘦，驼着背。一旁的女人即使远观，依然婀娜可人。老人年过六十，相貌不堪，女人却貌美如花。

两人的年龄差距很大，而且绝非父女。求马突然回想起昨日温泉中所见女人的白皙身体。他对自己说，这是别人的事，与己无关。

这时，另一个男人进入求马的视线，看上去也是本地人的打扮。只见那个男人朝老人走去，双方站着说了一会儿话，然后又寒暄作别。老人和女人都恭敬地鞠躬目送男人离开。

求马注目于那个走在路上的男人，不由得"啊——"地叫了一声，然后赶紧躲到窗后。他也不知道自己为何要躲——这是一种不想与那个男人面对面看到彼此的本能。

虽然打扮与平时有所不同，但很明显，那个男人就是上村周藏。

四

"偶遇我？"上村周藏盯着伊谷求马，"在下部？"

四五天后，求马约上村周藏下棋。一边落子一边聊天时，周藏如此回答。

"我深感意外，起初以为认错。"求马说。

周藏不予回应，目光犀利地反问求马："伊谷老弟为何去下部？"

"为疗养身心去身延，顺道前往。"求马作答。

周藏立刻语气非常强烈地反驳道："胡言乱语。"

求马与周藏对视许久，彼此都沉默不语。

还是周藏先开口。他靠到求马身边，眼中闪着特别的光芒："伊谷老弟，"他故意停顿了一下，让人感到重压，"我等莫再试探彼此，我知你为何去下部。"

"我也知你为何接近我。"求马说，"你已察觉吾兄失踪之由，欲从我口中深入打探。"

周藏点头："我等何不坦诚相待？"

"我也有此意。"求马回答，也向周藏靠近一步。老女佣早已退下，屋内只有两人，但求马压依然低声音："上村兄可知吾兄为何失踪？"

"你当真不知？"

"全然不知。"

"令兄伊织曾任画师绘制地图。"上村周藏回答,"甲府乃朝廷最后据点。万一江户失守,可在此最后一战,故需对领地予以精密绘图。甲斐周围群山环绕,必亲身上山调查地形。令兄伊织曾走访东河内领一带,地势险要,沿岸富士川,受骏河之攻。"

"吾兄可是受命前往?"

"当然。组头直接下令,令兄伊织热心听命,然,他渐起邪心。"

"何谓邪心?"求马瞪大了双眼问。

"说是邪心或许言重,或只是一时兴起。令兄伊织从八代郡下部继续向东,深入山岳重峦。向山内二里,有一部落名曰根带。据地检册记载,地产二十八石三斗七升七合①,户数十八,人口七十有三。其中男四十八,女二十五。"

"根带?"

"由此部落向东,进山可出至骏河富士郡。换言之,此部落位于富士山麓。骏河领内有一部落名曰麓,距此八里。口说容易,实地行走却只见重山树海,当地人皆

---

① 表示土地的生产力。

鲜有人前往。一入冬日，更有豺狼。令兄伊织辛苦至此，调查地势。"

"此事与吾兄失踪有何干系？"

"你有所不知。甲斐国自古产金，名曰甲金。开采始于信玄年代。东山梨郡之黑川山、南巨摩郡之保山与黑桂山、八代郡之金山岭、北巨摩郡之凤凰山，此五山皆位于根带之奥。信玄时代曾在根带设山口众一职，用以监管此山。现今仍有其子孙生活于此。"

"原来如此。"

"令兄伊织调查期间，偶然发现金矿所在，且非废矿，而是新坑。"

"此话当真？"

"此乃我臆测，然事实应为如此。我从不说无根据的话。令兄欲自寻金矿，独吞财宝。"

求马一时语塞。

"令兄每七日归甲府一回，之后再度出发，回回或皆探得新矿。正职勘察全弃一旁。我信他已寻得金矿。未能归来，恐山中迷路，粮绝而亡。"

听到这里，求马突然想到一事，却闭口不提，继续听上村周藏接着讲。

"我向组头进言，称其遇难。金矿之事更需秘而不语。我以为他已饿死山中。组头见他过五十日仍未归来，亦有同感。此乃秘令，不得为他藩知悉。若令兄伊织因此失去家业，实属可怜，故令你上任家督。组头已断定令兄已逝。"

求马这才理顺了来龙去脉，也明白了为何下部温泉旅馆的老板娘说没见过武士——自己的兄长肯定是换了武士行头后再进行调查的。求马朝上村周藏看去："莫非上村兄也……"

"我也是制图密探，是令兄继任。在下部走访调查时，被你偶遇。"

"彼时……"求马追问，"与上村兄相谈老者为何人？"

"老者？"周藏说，"乃方才所言山口众之子孙。金山岭遭废，武田家灭亡后，根带部落依然代代于当地生息。老者为其现任首领，名为弥太平，为人善良。虽已依稀察觉我身份，依然亲切和蔼，照顾有加。我认为令兄伊织也曾受其关照。于当地调查，得老人者得方便。老人有年轻小妾，曾为甲府青楼女子。"

求马的脑海中浮现出在温泉所见女子的朦胧裸体。

"我所知已全盘托出，该你如实相告。"

"不，我尚有疑问。你为何接近我？必当言明。"

"你很聪慧。只因我或将为伊织第二。"

"此话怎讲？"

"我也有心寻金，得金后行贿总管可回江户。值守甲府早已令我忍无可忍，生不如死。你也看见了，甲府众人皆面如死灰。"周藏的声音虽然低沉，却似呐喊，"我不甘在此腐朽入土，一心想回江户，为此需要金钱。万事皆靠贿赂，令兄伊织亦有志于此。我深信凭其本事或已寻得金矿之所在。我以为令兄曾告诉你线索。你寻兄长，我求黄金。然，我不想像伊织那样死去。你意下如何？我已知无不言。"

五

两人陷入沉默，寂静的程度比刚才愈发深彻。

没过多久，求马先开口："上村兄，多谢坦诚相告。"他说，"我也当言无不尽。如你所料，兄长对我有所告知。然，之前只解出一半，方才听兄台所言，这才全部明了。"

"速速详细说来！"周藏着急地吞了口口水。

"兄长曾写信给我。就日期而断，时值其最后一回自甲府出发前。信中曰其将前往八代郡下部山中温泉，若四十日过后无其消息，则可断其已死。"

"断其已死？"

"信中确实如是说。无论是否见其尸首，务必前往下谷熊轮寺做法事，求冥福。我收信后只觉此信蹊跷。然，五十日后，甲府勤番组头的确告知兄长不知去向，我甚为震惊。再思信中文字，欲前往下谷熊轮寺，却发现根本无此寺。我曾问遍各处，皆答从未听闻。我曾托相识僧人，查遍江户所有寺名，依然无果。兄长为何提及此不存在之寺？且我家代代皆于四谷瑞光寺做法事。兄长为何特意指定不存之寺？寻思两三日后方才醒悟，此乃兄长予我之密文，谜底尽在熊轮寺之名，要点即为'熊轮'二字。我以为此乃地名，推测下部附近名为熊轮之地与我兄失踪必有关系。"

"原来如此。"周藏的眼中闪出异样的光芒。

"我曾展开富士见三十八州地图，甲斐国八代郡下部之地名皆清晰可见，却未见熊轮之名。我以为绘图者粗略，致未有记载，本有意自行前往下部附近，确认是否有地方名曰熊轮。未料突然受命继任家督，赴任甲府，自然喜上心头，只因可借机寻找兄长消息。我欣然前往众人厌恶之甲府，亦因为此。兄长予我密信之由，托方才兄台所言之福，今日终于得解。吾兄曾任机密任务，绝不可明言。"

"谜已解开，甚好！"上村周藏拍拍求马的肩膀，"你常立于城头眺望远山，也是此缘故？"

"是。下部与熊轮，事关吾兄最后行踪。虽曰'最后'，我信兄长已死，一切皆如信中所言。熊轮寺之名中所含意义，亦与此有关。"

"所言极是。"

"我借口前往身延休假，实则去往下部。然，居于当地三十年有余之人称，从未听闻熊轮之名。我只得失望回甲府。若当日未曾见到兄台，我必失望而终，再无进展。于下部见到兄台，我深信兄台必有所知，故今日特邀相见。"

"不必失望。"

"此话怎讲？"

"你已解谜题，我也是。"

"兄台有未解之谜？"

"托老弟所言，现已解开。"

两人相视而笑。

"但，"周藏再次转为严肃，"此事需有人相助。"

"兄台所言可是那位老者？"

"欲知当地地形，必求助弥平太。仅凭我等微薄之力终不可成事。可求助弥平太，然金矿之事必须保密。"

"一言为定。"求马点头。

"另有一难处。你如何再得假期？我可借绘图之名前往，然而你不可。且此事不宜迟，再迟恐有积雪。"

"我自当尽快解决此难处。"说完，求马开始思索请假的办法。

之后过了十天，天气越来越冷，天空已经飘起小雪。伊谷求马在马场调教马匹时，不慎坠马，叫疼不起。

医生前来看诊，求马不停叫疼，却始终不让医生触碰自己的手腕。求马提出想去下部温泉疗伤。

组头心善，批准道："好好养伤。"

求马雇了顶轿子，到达鳅泽后支走轿夫独自步行。途中换上备好的百姓行头，神清气爽地迈开大步。

到达之前来过的下部温泉旅馆时，见先到一步的上村周藏已在等他。

"竟想出落马妙计！"他笑着说，整理了一下发髻。

六

根带的部落从山下沿着溪流一直向东延伸，山径如立爪般攀上陡峭的山坡。整整二里路，全是如此陡峭的爬坡。途中还有积雪。

随着不断向上爬，低矮的小山渐渐下沉，随之而来的是扑面的高山。道路曲折蜿蜒，每一次回转，都会觉得视野中的白色雪山又变了个模样压向自己。

位于两人右手边断崖之下的溪流不断传来水声，溪谷的对面就是巨大的白色山壁。道路狭窄，一个人走都很难落脚，走了好一段之后才出现栈道。求马朝一旁的溪谷望去，感觉有种即将被吸入其中的恐怖感。

听上村周藏说已经看到根带的部落时，伊谷求马一下子觉得松了一口气。吹在脸上的山风冰冷刺肤，背上却早已被汗水浸湿。他俩出发的时候还是一大早，现在已到午时。

整个部落只有十几户人家，都似被压在白雪之下的洞穴一般漆黑低矮。其背景则是好似近在咫尺的耀眼的白色雪山。在江户长大的伊谷求马看来，这番凄凉的光景绝非人间的土地。

部落中最大的屋子就是名叫弥平太的老人的家。

周藏弯着腰进入低暗的入口。

弥平太在生着火的地炉边招待二人。在飞溅的木灰火星映衬下，求马看到弥平太的侧脸正是当日在下部温泉旅馆里所见的模样：突起的颧骨、深陷的眼窝、犀利的眼神、尖尖的鼻子、大大的嘴巴、下颚的线条，都可以看出他精力旺盛。虽然瘦小，但浑身散发出的气场让人一看就知其绝非普通百姓。老人的声音听上去嘶哑干涩，求马认出正是那夜在温泉里打招呼的声音。当然，那晚老人并没有看到求马的脸。

听完上村周藏的请求，老人说："此事恐有难处。传闻熊轮乃难赴之所。"说完老人看了看一旁的女人。

女人有一张长脸，年轻貌美，对弥平太微微一笑，那表情中的千娇百媚让求马暗暗倾心。求马的脑海里顿时浮现出那天在温泉里看到的女人白皙的身体。

"仅凭口述恐难前往，老夫派一人与你们同行。所幸积雪尚浅，再过二十日或无路可走，更有豺狼出没。"

"多谢长老。"

"不必客气。今日已晚，明日启程如何？阿信，拿酒来。"

求马这才知道老人的小妾名叫阿信。

阿信听话地站起身，身姿婀娜娇媚，似学舞多年。

"阿信夫人真是貌美如花。"周藏借机奉承道。

"过奖过奖。"老人故意摆出一副为难的表情，却浮现难掩的喜悦之情。

阿信回屋后为大家斟酒，手法娴熟，一看就是老手。她先给周藏倒酒，然后给求马倒酒，说："公子请。不知土酒可合口味。"

求马说自己不会喝酒。

"呀，真是难得！"阿信瞪大了眼，红唇间露出白齿，有一种特别的娇媚。不消说，阿信很擅长讨男人欢喜。

土酒酒劲十足。求马喝了三杯就开始脸红，五六杯下肚后感觉非常难受。

"伊谷老弟如此不胜酒力。"周藏笑着说，他的酒量很好。

"躺下歇歇吧。"老人说。然后吩咐阿信带求马去别的屋子。

求马站起身说抱歉告辞，却感觉头重脚轻，差点儿摔倒。阿信赶紧上前搀扶，还热情地嘘寒问暖。

来到另一间屋子，只有昏暗的烛火，地上铺着两副被褥。求马什么都没多想，一下子倒在被褥上。

阿信站在原地。意识恍惚的求马倒在被褥上，心想这女人到底要站到什么时候。

这时，阿信静静地在求马身边的垫子上坐下。

老人所在的屋子里传出上村周藏的歌声，这是他在江户尽情享乐时期引以为豪的歌声。听着这歌声，求马渐渐进入梦乡。

不知过了多久，求马觉得有什么东西在自己身上动。他不由得睁开眼，发现自己已经被压得不能自如动弹。求马一下子清醒过来。

"公子莫做声！"

求马的耳边传来轻声的命令。与此同时，求马感到女人的呼吸正热乎乎地吹在自己的脸上。求马的直觉告诉自己，此人正是阿信。此时烛火已灭，压着求马的女人又把双臂缠在求马脖子上。

女人的呼吸开始急促起来。

"求公子千万别出声。"

这声音听起来似一种干涸的娇喘。

求马又想到了在昏暗的温泉里看到的白皙的身体，曾经的幻影现在正结实地与自己紧密贴合，女人的身体正压着求马的身体。这非凡的肉体将求马瞬间击败。求马觉得压在身上的一团肉体正在不断膨胀，之后是几近窒息的翻云覆雨。

女人的实体就在眼前，此刻已然不是幻影，而是一种充实的"物体"，身体滚烫，好像发烧。求马的手一开始还在空中胡乱挥舞，却最终无法抗拒想要抓住那个"物体"的诱惑。他闭上眼，浑身充满了暴风雨般败北的喜悦。

上村周藏继续唱着歌。

七

第二天早上，乌云密布，开始下起雪来。

"可惜天公不作美。"弥平太将求马与周藏送到屋外，看着天色说。然后又对着身旁一个背着大包袱的男人说，"仙次，一路小心。"

弥平太如约为求马与周藏配了向导。男人的包袱里装着干粮、梅干、味噌等粮食，还有锅、茶壶，以及多张打包成卷的草席。

"行头如此之多，是否真有必要？"周藏见状笑着说。

弥平太摇摇头说："皆为必需之物。熊轮险地，曾有熟悉路径之人尚且迷路，两日未能归，更何况已开始降雪。必须以备万一。"老人亲切地说道。

阿信并不在场。

"贱内不知礼数，请多包涵。"弥平太解释道。

周藏听完，没想太多。

两人跟着仙次出发，朝部落的上方走去，没什么像样的山路可走，只能踏土与石而上。

求马觉得还好阿信没来送行，昨晚的记忆实在太过鲜活，但就算后悔，也无法回到过去。好在从弥平太刚才的表情来看，自己与阿信的背德之事应该没有被发现。

求马觉得自己身上仍沾着女人的体味；嘴、鼻、脸、脖子上也都渗透了女人未干的气息与唾液，耳边似乎仍能听到女人的娇喘。

女人在"暴风"过后曾朝求马的耳朵里吹了一口气，然后轻声细语道："如此快活，死也无憾。"

女人离开求马的身体，悄悄起身，却又一次俯身在求马枕边，吮吸求马的脸颊，啃咬求马的耳朵，然后逃也似的离开。之后，求马感到一阵空虚，开始熟睡，不知周藏是什么时候来到屋里睡进一旁的被褥里。

"如此之深！"

听到周藏的声音，求马这才回过神来。身边已经看不到断崖，三人已进入雪山深处，密布着无叶的森林。求马的喉咙觉得干渴，于是抓了一把雪塞到嘴里。这时的积雪不过一尺左右。

脚下已经完全没了路，进入深山之中，唯觉彷徨迷茫。负责带路的仙次一个人走在前方，沉默寡言，一看就是山里男人的模样，步伐稳健，毫无迟疑，感觉很熟悉路线。周藏时不时地请仙次停下脚步，暂且歇息。

感觉已经走了二三里，但其实没走太远。三人来到了一个好像峡谷的所在。如果没人带路，一定不知道该在哪里转弯、哪里回头。求马这才明白，这就是弥平太之前说过的——光凭嘴上说根本找不着的路。

仙次继续朝峡谷深处前进。求马看到谷底类似昔日的河床,蜿蜒曲折。他越走越觉得两边的山崖在朝自己迫近。

背着大包袱的仙次突然在前方停住脚步:"已至熊轮。"仙次回头说。这个男人满脸胡子,面无表情。

"此乃熊轮?"周藏不由得大声确认。

仙次没有说话,点头表示就是这里。

周藏环视四周,眼神中透出兴奋,似乎要把周围山谷的角角落落全都看遍。

求马心想,这里也许就是兄长的葬身之地。山上都是积雪,岩石却像被剥了皮似的,露出斑斑黑色。听不到任何鸟叫,如夜的沉默笼罩着整座山谷。

周藏一下子来了劲儿,兴奋地东看看西瞧瞧,然后爬上一块大岩石,从腰袋里掏出小锤,敲下几块岩石碎片。他非常认真地检查碎片,还像吃糕点似的把石头放进嘴里。接着他扒开积雪,找出雪下面的小石头仔细观察。

周藏忙忙碌碌,反复做着同样的动作。

过了一会儿,求马发现周藏的身影已去往深谷。

求马也在寻找,但与周藏的目的不同,他在寻找兄长。求马觉得,兄长的尸体可能就横躺在某一处积雪之下。虽说兄长在江户只知享乐，将家人亲友都玩弄于股掌，但对求马而言，他是一个好兄长。

仙次呆然地站在原地，面无表情地看着两人寻找。

这时，求马突然听到周藏的叫声，立刻闻声跑去。

周藏此时正在一个洞穴之中——就在一处山崖的中段，有一个不仔细找就容易看漏的洞穴。高度只够一人蹲着进去。求马觉得里面很有可能住着动物。

求马朝里面一看，发现周藏正在洞里敲击岩石。

"正是此处！"

求马听到周藏在洞内喊着，只见周藏双手捧着一把碎石出来。

"此乃金子！"周藏给求马看，石头的白色表面有黑色的条纹，"黑色部分即为金。仔细看，金如砂粒闪光。"

求马拿起一颗放到眼前，果然看到了黑色之中有金色闪光。

"此乃上等筋链。"周藏一边喘着气一边解释说矿石中含金量少的被称为"薄链"，含金量高的叫"筋链"。

"速回弥平太处，提炼出金子。"周藏的眼里充满兴奋，并将石头小心翼翼地装入准备好的袋子中，他的眼里似乎已经看不到其他任何东西。

"必须牢记此地。"周藏朝洞口看了又看，眼神炽烈,似乎想把这个地方刻入脑髓。

"不愧为信玄行事。"周藏感动地说道,"竟将金矿藏于此处。"说着又朝求马看去,"令兄必已发现此地。"

这时,天降鹅毛大雪。

八

上村周藏的话含义颇深,一是感慨求马与兄长来到了同一个地方,二是可怜伊织已遭遇不测。

然而,求马却突然从这句话中感到了强烈的不安。他赶紧回头寻找仙次,却发现仙次早已不见踪影。

"仙次不见了!"求马大叫。

周藏却不以为然:"无妨,或在附近。"

两人开始寻找仙次,而仙次早已消失得无影无踪。两人只能听到山风呼啸。周藏这才开始面露狼狈:"他叫仙次?究竟去往何处?我等呼唤他名字一试?"

"恐徒劳一场。"求马立刻否定。

"何出此言?"

"或已逃走。"

"逃?"上村周藏一脸不可思议地看着求马,刚才的狼狈此刻已经变为强烈的不安。

"上村兄，我已明了兄长为何寄信给我，只因兄长早有死之预感。换言之，他当日已深感危险。"

"此话怎讲？"

"此秘密金山有人守护，守山者不给发现者活路。"

"你是说……"周藏的脸上渐渐失去血色。

"仙次将我等带至此处后消失不见，必令我等在山中迷途难返。上村兄！敌方已将食物悉数带走！"

"敌方？莫非弥平太是敌非友？"周藏哀号。

"老者弥平太，继承信玄时代山口众之血脉，必为信玄守护金山。"

"难以置信。时至今日，怎会有此事？"

"切不可以江户思维推论。"求马回答，"甲斐一带本为崇拜信玄之地，更何况在此深山之中。弥平太等人必至今信奉信玄，以守护祖先金山为己任。兄长昔日定已察觉危机，却依然冒险寻金。"

"可恶！老贼弥平太！"周藏脸色大变，用力踩踩积雪。

"上村兄，此时发怒已无济于事。我等必须逃出此地，拖延下去恐性命不保，重蹈吾兄覆辙。"

"言之有理！我等速循雪上脚印，即可原路返回。"

然而，周藏想得太过简单，雪上的脚印早已消失在纷飞的大雪之中。

周藏咋着舌,边走边牢牢握着装满金矿石头的袋子。

"快扔掉。"求马说。

但周藏就是不舍得放手。

两人朝原来的方向大步走去,没走多久,就从山谷走回下山谷前的地方。然而,困难的是,接下来无论他们走到哪里,看到的都是一样的普通山路。

"应是此路。"周藏指了一个方向,信心十足的模样。但越走越没信心,眼前尽是陌生的群山,天降大雪更是让他们难辨方向。

"此路不通,回头试试。"然而,刚刚走过的脚印马上被大雪完全覆盖。两人循着依稀的记忆,想回到貌似刚才经过的地方,却越走越没了方向,越走越觉得周围的群山都在不屑地嘲笑他们。风雪在山林间愈吹愈烈,天空好似被黑云封锁,让他们根本无从判断方向。

"该如何是好?"周藏一脸惨样,脸色已经发紫,精神陷入极度的不安,觉得死神正在步步逼近。

"别无他法,且行且寻。"求马鼓励道,但其实他的绝望程度更在周藏之上,眼前早已浮现出兄长伊织最后的幻影。

没过多久,夜色突降。两人躲在岩石后面,饥寒交迫，不能动弹。

"切莫入睡，否则会冻死。"求马拍打着周藏的身体。周藏已经完全委靡，毫无精神。紧接着，强烈的空腹感让他俩更加辛苦难耐。

他们现在才明白敌方的计策。向导仙次身上背的席子和干粮是故意给他们看的，因为之前见过那么多的食物，所以现在感受到的困苦饥饿更像残酷的刑罚。

天一亮，两人继续在雪山中彷徨。虽然已经不再降雪，但天空依然昏暗。饥饿与疲劳让他们举步维艰，感官都变得迟钝不堪。

意识迷蒙间，求马觉得自己或命数已尽，心想干脆不走了。他看了看一旁的周藏，周藏正半闭着眼睛，颤颤巍巍地向前走着，腰间装着矿石的袋子跟着摇摇晃晃。求马很诧异，死到临头，周藏居然还不放手。也许比起自己，这个男人对生更有执念。

突然，求马听到枪声。睁眼一看，视线里出现一排黑色人影。

求马以为自己是在做梦，赶紧擦了擦眼睛。

黑衣人约十人。求马看到他们渐渐朝自己靠近。

走在最前面的正是老人弥平太。

九

"二位竟已衰弱至此。"老人站在两人面前笑着说。然而,弥平太现在的笑声、说话声和表情,都是两人之前从未见过的,那双深陷的双眼里透着一种残忍的攻击性,高高的颧骨也更显突出。曾经善良的微笑,现已变成充满憎恶的嘲笑。

弥平太的身后站着部落里的壮汉,有人手里端着猎枪,有人拿着古老的长枪或刀,所有人都以弥平太为尊,等待他发号施令。

周藏和求马已完全丧失抵抗的力气,饥饿与疲劳早已让两人意识模糊。老人并非平白无故地让两人在雪中彷徨,而是早有预谋,为了让二人在雪山中走投无路。

"二位真是徒劳。"老人浅浅一笑,对两人道明真相,"此山由我等守护。我等乃先祖法性院(信玄)大人之山口众,武田家灭亡后,留居于此,世代守护此山。无论世间如何变幻,我等始终为武田遗臣,一心效忠法性院大人。此隐世矿山乃先祖所留,我等誓死守护,决不交予他人。纵使德川家欲夺之,我等亦断然拒绝。"老人声音洪亮,言辞掷地有声,"庆长年间,德川方派大久保长安之男来此勘察,曰金山岭为废矿后离开。然,事实并非全为废矿。唯此金山由我等藏匿，至今不为人知。纵使有人探寻至此，皆不得生还。半年前有一男子前来，也是这种下场。"

求马心头一惊。

老人见状，从喉咙里发出笑声："老夫早已看穿尔等目的。然，无论来者何人，皆无路可返。无论心怀何种秘密，皆为我等所知晓。法性院大人之武田家百目录中曾有一歌唱道：若有入者，梦中现神，报其名，告其字。"老人声音嘶哑，却庄严无比，"此句之意即为我等精神。无人可躲避我等之目光进入此山。纵使入此山，亦无处可返。"

"但求一死！"周藏大叫，一屁股坐在雪地上。

"哈哈。何必着急，老夫绝不杀生。"

"只求一死！莫非不敢杀？"

"莫误会。只因有一种制裁远胜于杀人。尔等可想看看先例？喂！带其前往小屋一看。"

求马感觉背脊发冷，一种难以名状的恶心与恐怖在胸中奔涌。

"只求一死！"周藏呻吟着，声音已接近悲鸣。

部落的壮汉们架住两人的肩膀。周藏一开始还有所挣扎，却像小孩的打闹一样无济于事。

弥平太再一次站在队伍前面，带领众人朝部落所在方向走去。两人昨日彷徨了一整天的迷路，这些人走来却如闲庭信步，时上时下，每一个转向都毫不犹豫。

刚过半刻，眼前豁然开朗。隔着山谷可以看到远山的重影。高山因为昨日的大雪变得越发白亮，显出一番神秘光景，让人觉得恍若隔世。

求马不经意间朝下一看，视线中已经出现点点黑色，根带的部落就在眼前。

然而，众人却没有径直朝部落走去，而是沿着山腹一路前行。山路险峻，却并没有长途跋涉。走着走着，求马眼前出现了一间埋在雪中的小屋，看上去就像一间烧炭小屋。

弥平太走到小屋前："那！来看！"面对被壮汉架着的两人，继续说："此乃尔等之命运。此人今日即为尔等明日，细看，切记。"老人下令打开小屋的门。昨天给他们带路的仙次双手搭在结实的门上，将漆黑的小屋打开一道小口子。

"看！"求马与周藏被人从后方一把推到门口，注视着昏暗的小屋内部。

只听得屋里传出声音："有人吗？有人来吗？早已没饭吃，可有送来？可有饭？"

这声音异常低沉，一听就知道不是正常人发出的。

求马凝神看去，眼睛渐渐适应小屋内部的黑暗，终于看清了小屋内部的真相。

里面有个男人，头发和胡子都已经很长，步履蹒跚地走来走去，就像在做圆心运动，走动范围始终没有超过一定的距离。原来他的腰间系着一根粗绳，就像被圈养的动物般被拴住，绳子的另一头绑在一旁的粗柱上。

男人瘦骨嶙峋，衣衫破烂，胸口的肋骨根根凸出。

更为诡怪的是他的容貌——双眼如骷髅，眼窝似黑洞。求马和周藏不由得倒吸一口冷气，完全无法正视这番丑陋景象。

眼窝如洞的男人，伸手在地上一通乱摸，就像牲畜在刨地，而他腰上的绳子则将他牢牢地拉住，让他看起来就像个被拴住的疯子。

"有饭吗？可有饭？"无助的声音听起来就像野兽的呻吟。

"这厮！"老人站在求马身后作出说明，"探得熊轮之名，寻得藏匿金山。故老夫下令将其双眼挖去，此乃窥见秘密金山之惩罚。我等绝不杀之，如此圈养，令其渐渐……"

没等老人说完，求马对着牲畜般的俘虏大叫："哥！"

十

若是一般的推理小说，故事讲到这里就该结束。因为前文已经对"为何至此"作出解疑。以下部分摘自甲府旧家S氏自行出版的《甲府勤番闻书》。根据S的解说，这部《甲府勤番闻书》写于天保年间，由同族者口口相传，大致内容如下：

弥平太下令，将伊谷求马、上村周藏二人与伊织一样挖去双眼。部落里有规定的行刑场所。这天夜里，两人在一支火把的亮光下，接受如宗教仪式般庄严而残酷的处刑。

即将行刑之际，一个女人跑了出来。此人正是弥平太的小妾。只见她一把夺过火把，扔到雪地里，火把因此熄灭。她是为救二人而来。弥平太大怒，抓住女人，残忍地严刑施虐，女人惨叫不已，悲鸣声响彻山谷。

不知是不是被女人的悲鸣招来，不久，众人听到豺狼嚎叫。狼群冲向众人，所有人都惶恐地四散而逃。伊谷求马与上村周藏趁机救出伊谷伊织，最后回到甲府……

通常情况下，这种记述的末尾都会来一句："奇闻如此，书志而已。"但在S的书中又注释说："熊轮金山后事如何，今已无人知其详。"由此可知，这件事发生的时间远早于天保年间。本篇故事的原型就是《甲府勤番闻书》，作者相传为桑原某，曾是甲府在番的一员。

原文中并没有写弥平太的小妾为何要救伊谷求马与上村周藏。但从本文前半部分提到此女娇媚可人，原为甲府青楼女子，以及从最后弥平太对其残忍施虐或许可以找到解释。这也可谓一种推理。以老人肉体无法给予满足而导致年轻女人饥渴而言，文中女子半夜勾引壮年求马的桥段未必是虚构的空想。"残忍施虐"二字足以让人见识到老人的嫉妒之深。

另外，到明治初年为止，豺狼多现于甲府深山之中。

甲府勤番是一份苦差事，是对行为不检的小旗本的惩罚性处分，是一种流放。横在江户与甲府之间的山脉，让远赴甲府的人犹如身陷孤岛。

一生都无法见到阳光的他们，因为无法回到江户而感到绝望，只能每天寂寞度日。获取金钱、靠贿赂回到江户，成了他们唯一的念想。关于熊轮这个地方，虽已"无人知其详"，但关于很久以前信玄时代产金的金山岭，在《甲斐国志》中曾有记述——自深山温泉村至骏州井头村有一界，乃山谷险恶之地。行程三里有余。岭下有村家，名曰麓。

读完《甲府勤番闻书》，眼前似乎浮现三个勤番的身影，他们辛劳却终一无所获，在雪中山路上疲劳困顿，步履无力地艰难下山。

流人骚

一

享和二年四月,武州小金井村无宿者①忠五郎因出入赌场致人受伤,被判发配至伊豆八丈岛。

忠五郎在传马町的牢里被关了二十多日,即将被送往八丈岛的前一天,被一个管事的叫过去。

"你可是忠五郎?明日发船前往八丈岛。登岛后务必勤劳苦干。"管事嘱咐道。

"谢大人。"忠五郎低头致谢。他长得有些老相,其实才二十二岁。

"恪守本分者,不久可有机会获赦免,早则两年即回江户。你年纪尚轻,勤劳苦干,则可早日归来。"

"多谢大人。"忠五郎再次低头致谢。

除了这个管事的,还有一个文官,手里拿着点名册,主要负责牢内的书记工作。站在忠五郎面前的这个书记

---

① 无宿者是江户时期名字从户籍上被剔除的人。因为江户时期有连坐制度,所以害怕受到连累的亲属会将犯罪之人从户籍上剔除。

官名叫小柳总十郎，长脸、浓眉，肤色白得像个女人，也非常年轻。

"武州小金井村百姓，时下无宿，名曰忠五郎，年纪二十二。归属横川伊织大人。确认无误？"小柳总十郎拿在手里确认的是即将被发配至远岛的看押名单。

"大人英明，绝对无误。"

总十郎看了一眼忠五郎，只因为忠五郎正好与他同岁，所以稍有兴致地看了看这个今后不知有多少年要在孤岛度过的同龄人。总十郎颧骨稍稍凸起，目光犀利。看完罪状，得知忠五郎是因与人下棋时发生口角，将对方刺伤。在总十郎眼里，忠五郎的长相就是会做这种事的人，看起来至少比实际年龄大两岁。相反，与忠五郎同龄的总十郎一直被人误以为比实际年龄小三岁，女人们总是对他前呼后拥。和忠五郎一比，总十郎对自己的容貌再一次感到自负。

总十郎对忠五郎等流人的兴趣仅限于此，对他们接下去要面临的艰苦生活毫无兴趣。因为职业的关系，他已经见怪不怪。就算直视从牢里被拖去刑场的犯人的脸，他都可以像看路人一样，毫无感情。

"没有家人送来物品。"总十郎看着另一本账簿说。

忠五郎委顿地低下头。

一般而言，亲朋好友会给即将被发配至孤岛的犯人送一些物品。每个人最多可送二十袋米、五袋麦、二十贯钱，除此以外还有雨伞、木屐、烟管等。大部分会送米，因为一旦到了岛上，这些犯人就必须自给自足。在那之前会被发配到伊豆七岛，但从宽政年间开始，仅限于新岛、三宅岛和八丈岛，而这三个岛全都缺乏耕地，粮食紧缺。

有人送东西的都算是普通罪人，没亲属、被家人抛弃的无宿罪人只能一无所有。衙门里的人对此早已习以为常，也不会觉得他们可怜。

"你没有家人相赠，由大人予以打赏，当感恩领受。"总十郎说。

"多谢大人。"

忠五郎得到的是两分钱、一个红碗、二帖白纸和晕船药等。官方分配的只有这些。其实到了岛上之后，根本无法靠这些保障基本的生活所需。

"好了，速回牢内。今夜安睡，明日出发。"管事的吩咐道。

忠五郎又一次低头致谢后，回到自己的牢房。

书记官小柳总十郎与即将被发配至孤岛的小金井无宿者忠五郎的这次短暂接触仿佛只发生在一瞬间。

每年共发两次船至伊豆三岛,春秋各一次。秋季为九月中旬,主要为了避开海上的大风大浪。

忠五郎坐着囚车被押送至灵岸岛的这一天是阴历四月二十日,初夏的阳光已经开始变得强烈刺眼,空气中充斥着炫目的光线。

灵岸岛上有个中转站,负责在此将流人进行分配。从这里开始,流人们将不再由牢房负责,转由伊豆韭山代官江川太郎左卫门进行管理。

忠五郎所乘坐的船上一共有十四五个狱友。其中虽然也有并非无宿者、来自城里或农村的所谓普通罪人,但半数都是无宿罪人——来自上州的传四郎、来自信州的丑松、来自甲州的藤五郎、来自下总的军藏、来自千住村的荣造、来自越后的宇之助、来自相州的源八、来自肥州的佐吉以及因侵犯女性而被判发配孤岛的下谷高源寺杂役僧人觉明。

这一天风和日丽,载着一行人的流人船在太阳高挂的巳时驶离码头。

岸上都是听闻今日发船前来送行的流人的亲友,有女人、孩子和老人。这些送行的人一想到与亲人从此恐难再见,就难过得发疯似的号啕大哭。他们一直踮起脚用力挥手,直到再也看不见船的影子。腰上绑着绳子的流人们也都抓着船舷泪流不止，好几个人都红肿着双眼不停呜咽。

无人相送的无宿罪人们则一个个沉默茫然。破了色戒的僧人觉明开始念经。三个负责押送的解差在一旁不屑地嗤笑。

"此情此景，实属难堪。"

忠五郎听到耳边传来嘶哑的声音，寻声望去，发现说话的是坐在自己身旁、逃过狱的来自下总的无宿者军藏，今年四十二岁，是这群人里年纪最大的。

"如此看来，我等无亲无挂之人反倒自在。"军藏与忠五郎四目相对，低声说道。

还没等忠五郎来得及点头，坐在他前面的男人突然转过身来看着军藏："何谓无亲无挂？"投来犀利目光的正是来自千住村的无宿者荣造，"我与尔等大不相同，二百众皆听命于我。若他日小看我，定不轻饶。"荣造扭着脖子恶狠狠地说。

二

押送流人的船在品川海域等待适宜的风向，之后停在相州浦贺的海面上，流人们在此接受第二轮分配。

停留期间，其他任何渔船都不得靠近，这就是所谓的七十五寻警戒线[①]。

在浦贺完成部分人员分配后，船继续南行远航。

当本土的伊豆、相模、骏河渐渐消失在海的另一边，所有人的心头都涌上一股赴死的紧迫感。事实上，谁都不知道究竟能否活着回去。

船上的人全都垂头丧气——这种有气无力并非单纯因为晕船。视线所及只有沧海与流云，日后的不安与绝望一并拥堵在心头。

自称有二百人手下的荣造，起初的两天还神气十足，目露凶光地瞪着其他脸色苍白的流人。

"无用之徒！"荣造故意大声说，让周围的人全都听到，以示他的强悍。

但从第三天开始，船开始剧烈摇晃，黑云如河流般在空中奔腾，强风豪雨倾盆而下。船上的解差命令大家将渗入船内的水舀出。在大海可怕的咆哮声中，船好像马上就会被撕得粉碎。

"在此事先声明，"船上东倒西歪的解差努力站直，大声宣布，"若此船遇难，尔等纵使游至岸上，性命得

[①] 与其他船只保持135米的间距。

救,亦切忌擅自逃跑。逃者与越狱同罪。若得救,务必安分于岸上等待他船再赴岛。尔等仔细听好,若此船遇难,莫以为天赐良机,暗自高兴。尔等有生之年必须赴岛。莫存侥幸,莫行妄行。特此声明。"

解差的声音因大风和波涛的干扰,听上去时断时续。但在如同死人的流人们听来,解差的声音已从耳中响彻心底。对他们而言,就算性命得救,作为囚犯,腰上拴着的那根绳子终究还是会将他们拽回岛上。他们不得不接受这种宿命。

觉明牢牢抓住船板大声念经。

"和尚!"尖叫的是之前还一副老大模样的荣造,现在正难受地趴在地上,"莫非在念送葬经文?"

"贫僧求佛祖保佑,纵使落入海中亦能平安无事。"觉明停下念经回答说,"莫看贫僧今日罪人之身,昔日诵经颇有成效,有口皆碑。"

"死到临头居然有心说笑?!"荣造着急地说,"若是落海,岂能活命?我不善水性。可否诵经求船莫沉?和尚!拜托!拜托!"荣造双手合十,脸色惨白,满脸汗与油,彻底没了"手下二百人"的老大模样。

最终,囚船并没有沉,而是穿过暴风雨来到了三宅岛。流人们在三宅岛上等了好一阵,然后被送至八丈岛。

到达目的地的时候已是六月过半，距离他们从江户出发的日子已经过去将近六十天。

众人登岛后，被阳光晒得满脸黝黑的岛上村民看热闹似的都聚了过来，饶有兴致地看着这些新来的流人。

"速穿草鞋。"官吏大声喊道，"鞋底有收容尔等之村长的名字。"

流人一个个担惊受怕地看着草鞋。其中一个开始惴惴不安地穿鞋，其他人也似乎受到传染似的跟着穿起来。忠五郎看到自己的鞋底写着"源右卫门"这个名字。

村长源右卫门是位六十岁的老人，个子很高，皮肤黝黑，整个人就像一根烧焦的长棍。在其负责的村子里，除了忠五郎，还有来自信州的丑松、来自肥州的佐吉、来自千住的荣造和高源寺的觉明。

岛的西北方有一座富士山形态的高山，但不知道山名。海岸上都是黑色岩石。擦肩而过的女人们一个个垂着长发，头上顶着水桶。

走过三个村子后，站在队伍最前面的村长源右卫门回头对大家说："尔等听好，前方乃老夫所管的村落。"

众人朝村长所指的方向看去，看到一个小小的村落。村民全都从屋里出来，站成一排看着流人，但他们的眼神并非在看稀奇，而是写着"又来了一群麻烦"。

"即日起,尔等入此村,不得擅自离开。切忌擅自前往他村。尔等之中可有郎中或木工?"

见没人回复,源右卫门失望地咋舌:"这帮无用无宿者,竟无一人有手艺。不知耕地,不会打渔。但若勤劳协助村人劳作,必有赏赐,或可多得一两碗饭。众人听好!切忌偷盗。村中常备火枪三五十挺,违规乱纪者一律格杀勿论。"

"村长大人!"荣造上前一步,"有吃的没?"

"不要痴心妄想。"老村长笑着说,"此岛村人尚且粮食不足。若有余食,老夫先用。"

"那当如何……"

"如何乞食,自有前辈相告。向西一町半,有洞穴或茅草小屋。唯逃过饿死方可入住。"

三

自享和二年四月起,被流放至八丈岛的小金井村无宿者忠五郎在岛上一待就是七年。

岛上的生活悲惨至极。

首先,流人并无像样的住所,只能在远离村子的空地上用茅草搭一间简易小屋,或者直接睡在山洞里。这比在桥下乞讨还要可怜。

"莫多奢望,稍过时日自会习惯。我等来时与你一样,唯吃惊无语。我昔日也曾于江户享尽荣华,有屋有金,流连柳桥花街不下十间。昔日那般享乐,今日却只能居于洞穴,教人情何以堪。"一个五年前被流放至此、满脸胡子的老流人曾笑着对忠五郎说。

这个男人在忠五郎进岛一年多后就得到赦免回到江户。忠五郎现在就住在这个人曾住过的地方,他也对后来登岛的流人说了同样的话。

最痛苦的是没有吃的。

忠五郎小时候是百姓,做过农活,于是帮岛上村人耕种,从而获得米饭和山芋作为报酬。但这也得看对方的心情,对方高兴的时候会多给些,不乐意的时候他就只能饿肚子。岛上几乎没有大米,主食是红薯。

干完一整天的活之后,"嗟,来取!"虽然只扔过来两三个红薯,忠五郎也必须鞠躬说"谢谢"。

如果不讨好村民,之后可能就没机会帮忙做农活,自然也就无食物可得。

忠五郎身上的衣服早已破烂不堪。所幸岛上多为春秋季,冬天较短,也较暖和。混熟了之后,岛上的村民每年会送来一两次旧衣服。

至于酒，自然是一滴没有。

"想当初，于繁华江户饮酒如以酒沐浴，有朝一日若再回江户，必泡酒浴，万醉方休。"自称有二百人手下、来自千住的荣作舔着干裂的嘴唇嘟哝道。如此生龙活虎的荣作，在登岛三年后患病而死。

"生前多狂言，"犯了色戒的僧人觉明摇着头，为埋进流人墓的荣造诵经，"可怜可悲。莫说酒浴，入土前甚至未能净身。"

流人死后，众人一起挖坑埋葬，上面放块石头就算墓碑。在几乎照不到太阳的地方，可以看到无数颗这样的石头。

流人们双手合十的同时，泪水也已涌出，因为他们都知道，今日他人之命运就是明日自己之命运。

"必回江户！岂能在此丧命！"比他们早来三年的流人死去的时候，来自信州的无宿者丑松不由得发狂大叫。丑松在江户有相好，对回江户一事特别有执念。

当然，不只是丑松，所有人每时每刻都想着快点儿离开此岛。傍晚时分，海风呼啸，渺茫的远处扬起雾霭，所有人都面朝江户眺望叹息，仿佛江户的街道和故乡的群山就笼罩在这红紫色的雾霭之中。

无人知晓何时能离开孤岛。流人们将生的希望都寄托在朝廷大赦的那一天。朝廷大赦多为将军家遇到喜事或做法事的时候。然而，身在远离江户、几乎与世隔绝的孤岛上，根本没法事先得到任何消息。宣布赦免的船总是突然而至，毫无前兆。流人们每天不厌其烦地看着大海，一半是因等待多年，几乎不抱希望了，但还有一半是"万一片刻之后就会有幸运造访"的希望。

没有什么比来到岛上宣布赦免名单的船只更能将这个世界上的幸福与绝望予以露骨的区分。得到释放的人们欢欣雀跃，有的被官吏叫到名字时难以置信，呆若木鸡。短则三年，长则六七年，不少人已经获赦。

陷入地狱的则是那些始终没有被叫到名字、只能继续留在岛上的人。那些来到岛上时日不多的流人一开始就不曾指望，所以没被叫到名字时感觉也还好；最难受的是那些已经来岛上很久的老流人，他们会反复向官吏求证自己的名字是否被漏掉了。当最终得知赦免名单中确实没有自己的名字后，很多人趴在地上放声痛哭。

船离开之后，还有另一种难熬。留在岛上的流人爬到岩石上，追着船大声呼喊。然而，即使喊破喉咙，船依然渐行渐远。当船在海上变成一个小黑点，直至完全从视线中消失，流人们的叫喊声依然没有减弱。接下来的五六天里，很多人会难过得食不下咽，还有人因过度失望而一病不起。

每年都有流人尝试逃走，却从未有人成功。即使有人逃到海上也会被追兵抓获或落海溺亡。抵达伊豆海岸的，只有少数运气极好之人。

如今已是忠五郎在岛上的第八年。当年和他一起来到岛上的流人虽然被分到不同的村落，但半数以上已得赦免回了江户。还有一些则已经死了，剩下的只有忠五郎等寥寥数人。

"忠五郎，莫着急。你的罪甚轻，接你的船不久将至。莫泄气，莫生气，气出病来反而更糟。姑且耐心等待。"曾亲切地安慰忠五郎的村长源右卫门，在六十多岁时离开人世，他的儿子继承了村长之位，却不像源右卫门那般善待忠五郎。

忠五郎等了七年，毫无赦免的音讯。比他后来却先获赦免的人越来越多，忠五郎渐渐焦躁不安起来。因赌场争执而令对方受了轻伤，这种小罪本不至于长留孤岛。特别是这一年为文化①六年，大量犯人得到赦免，但忠五郎仍然不在其列，他因此变得越来越不安。

忠五郎当然不知道，其实这一年他本该获赦。

---

① 日本年号，文化六年为1809年。

而之所以未能获赦，都怪江户牢屋书记员小柳总十郎令人匪夷所思的过失。

也正是因为这个过失，忠五郎的名字从赦免名单上消失了，永不再出现。

四

享和二年四月，武州小金井村无宿者忠五郎因赌博时与人发生争执，失手伤人，被发配至伊豆八丈岛。七年后，即文化六年春，幕府因将军家的法事而对孤岛流人进行大赦。

流人主要发配至新岛、三宅岛和八丈岛。时间长的有十五、二十年，更多的等不到大赦，在岛上入土。

文化六年四月，将军亡母三周年的法事在芝增上寺举行，将军携妻子，两个家族全部出席。因此，常年在孤岛的流人得到大赦。

流人的名单由江户牢屋保管，上面记载着罪人的出生地、年龄、罪状以及负责人的名字。被发配至孤岛的人没有具体的刑期，如果没有被召回，一生都将在遥远的小岛上度过。赦免人员一般根据在岛时间长短以及罪状的轻重进行筛选。然而，实际上，官吏的行事并不严谨。

牢屋书记员小柳总十郎从刚才开始就有些消极怠工。春和日丽让他觉得浑身犯懒，阳光照进小屋，晒得他弓起的背部感觉暖洋洋的，以致睡意十足。加上时不时吹进屋的春风温暖舒适，屋外樱花都已凋落，耳边仿佛能听到街上精神十足的金鱼叫卖声。

总十郎的倦怠不仅仅是因为这令人慵懒的天气，他对日复一日的重复劳动早已心生厌烦。他看着眼前打开的名册，上面写满了字："×国×郡×村百姓，当时无宿者某某，×岁，因下棋致人伤，经某官调查确认属实，故判发配至某岛。"名册上全都是按年月日排序的记录。总十郎的工作就是从中挑选出时间较久、罪状较轻的犯人，然后抄写在另一本名册上。每当将军家有法事进行大赦时，部分流人就有机会回到江户。获赦人选的名单最后会交由衙门大人确认，但在那之前，由总十郎负责抄写。

这天，他从早就开始不停地抄，觉得没有比这更单调的工作了。写在名册上的都是与他素昧平生之人，他对这些人毫无兴趣。从早上开始，他已经写了不知道多少个×兵卫、×助、×右卫门，而且感觉怎么也抄不完，满是灰尘的厚厚名册在他的书桌上堆成了小山。

因为从一早到现在一直握着笔，总十郎生了老茧的手指开始有些疼痛。虽然也会时不时地喝口茶，或是站起身在走廊上伸伸懒腰，但越是这样就越是没心思回去工作，以致干劲越来越小，手里的笔也越写越慢。

他一边打着哈欠，一边慵懒地动着笔。睡意袭来，困顿难熬，感觉整个后脑勺里都装满了睡意。他努力与睡意作斗争，却还是困得眼泪都流了出来。

他之所以会这么困，是因为昨晚熬了夜。最近，他迷上了两国街附近的一个茶屋女，每晚都会去找她。以前因为自己长得很讨女人喜欢，所以都是女人围着他转，但这一次是他对那个女人痴迷不已，甚至已经到了不能自拔的程度。

总十郎从十八岁开始做实习书记员，迄今已经在这个衙门里干了十年。曾经觉得新鲜有意思的工作，因为已经太过熟悉，所以完全没了当年的热情。二十九岁又正是玩性大、没法收心的年纪，每到工作的时候，他就变得越来越惰怠。

此刻，阳光渐弱，房间里开始出现阴影。刚才照得他背部温暖的阳光早已移远，只在他身旁的屏风上留下些许白色。

（或已至下午三点半）

总十郎心里盘算了一下，突然，身体里涌起百倍精神，因为再过两个时辰就会摇铃下班，马上就可以从这无聊的工作中解脱出来，去见自己喜欢的女人了。一想到这里，他立刻振作精神，眼神中充满了期待。

他扫了一眼桌上的名册，还有四五本厚厚的名册尚未整理。一看到这些，他马上又变得忧郁起来。大人交代过，明天之前一定要全部整理完毕。

（莫非无法准点下班？）

他嫌弃地看着名册。其实他也想今天就全都做完，但就是没效率，结果变成现在这种结果。

但他又完全不想留下加班。他已经恨不得现在就飞到喜欢的女人那里。那个女人身边其实还有别的殷勤男人，一想到情敌，总十郎更加焦急不已，完全没心思在这间煞风景的房间里、在昏暗的烛光下握笔抄写。他甚至幻想着在自己抄写名单的时候，别的男人正在讨那个女人的欢心，于是更加坐立难安。

他绝对不想加班。

（若有法子早些完工……）

总十郎一边动笔一边思考，午间的睡意已全然消失，他的眼神中充满昂然的激情。

然而，无论写得有多快，只剩下不到两个时辰，肯定没法全部做完。总十郎似乎看到四五本名册里那几百个×兵卫、×助、×右卫门正坏心眼地挡在自己面前。

（实难甘心！）

总十郎心里恨恨地咋舌。

（竟要为这等罪人束缚我的自由，与我何干？！）

他瞪着名册，心生憎恶。

（与我毫无干系之人，岂有束缚我自由之理？）

他觉得这才是正理。突然，他的脑子里冒出一条"妙计"，犹如受到天启。

（略去即可）

没错！只要在抄写时将名册上的名字任意跳过，就能缩短至少三分之一的时间。这绝对是一条"妙计"。

而且没有人会来核对他的抄写，所以根本不可能有人发现他的玩忽职守。大人每次都只是扫一眼他写的名册就作出确认，知道真相的只有他自己。

总十郎立刻付诸行动，速度一下子成倍提升。平均每两页，他就会故意漏掉不抄三四个人名。总十郎觉得名册已被自己随心所欲地掌控于纸笔之间。

因为他的略去，被漏掉名字的人一辈子失去了获得赦免的机会。但总十郎毫不在乎，他只想着如何尽早收工去见女人。

（流放至岛者皆为作奸犯科之人，自己毫无愧疚。）

他在心中如此说服自己。

被总十郎故意漏掉不抄的人名之中就有七年前被送往八丈岛、来自武州小金井村的无宿者忠五郎。总十郎自然不会对这个名字或这个人的长相有任何印象。

五

之后又过了五年，文化十一年，小金井无宿者忠五郎来到八丈岛已经过去了整整十一年。

十一年间，有不少流人获得赦免。每次看着接获赦者回江户的船渐行渐远，忠五郎都会感到万分痛苦。更令他难以接受的是，比他晚来的流人也一个个得到赦免。

带着朝廷的官文来岛上宣布赦免者名单的船只，让忠五郎一次又一次尝到绝望的滋味。

"这次也没有！"

忠五郎一次又一次感觉好像被推入了黑洞，怎么也想不通怎么会这样，因为罪状比他重的也都回了江户。

"你的罪甚轻，不久即可回去。"已故的前村长源右卫门曾这么说过。

忠五郎也曾这么相信过。

身边的朋友也都这么以为："忠五郎，你必早于我回到江户。"但是，连说这话的人都坐上了回江户的船。

八丈岛的海岸多是峭立的岩石断崖，大船无法直接停靠，有个像栈道般探入海中的码头。回江户的大船停在海面上，获得赦免的流人们从码头坐摆渡船前往大船。忠五郎已经数不清多少次坐在摆渡船上，将那些被赦免的人送上回江户的大船。

"实在蹊跷，居然我先回江户，本以为必定会是我送你。"一个流人朋友觉得忠五郎实在很可怜。然而，当看到这个朋友不由自主、发自内心笑出来的表情，忠五郎就已经明白，这些话只是嘴上说说，于是更加心生憎恶。得以先回江户的幸运儿看到忠五郎凝重的表情，赶紧慌张地转移视线，不再多言。

蹊跷？确实蹊跷！

忠五郎的内心渐渐起疑，也许是衙门里的人一时疏忽，忘了抄写自己的名字。

"或有疏忽？"村长二代源右卫门目光犀利地盯着忠五郎问。新村长这年三十岁，与其父不同，他对流人非常冷淡，"好大的胆子！官府绝无丝毫瑕疵。众多官大人多番核查，怎会有错？一定是精准如太阳东升西落。你的赦免延迟而已，上面自有道理。莫以你浅薄的智力费此闲心。"

忠五郎无言以对。仔细想来，觉得村长说得很有道理。衙门里的人做事怎么可能有错？！必定如铁壁般坚实可靠，无瑕疵可挑剔。一想到这里，忠五郎的眼前似乎浮现高高的厚白墙以及如寺院般威严的衙门屋檐。忠五郎开始相信，在衙门做事的人，脑子肯定和自己的不一样，那一定是特别高级、特别精准的构造。衙门这种组织里肯定不会存在错误。

官老爷做事一定不会有错——忠五郎在内心反复强调这种信念。然而在他内心深处，不安依然如同地下水般暗潮汹涌。

不可能一辈子永远留在这个岛上！不可能！不应该！不安像念咒一样，不断萦绕在忠五郎的脑际；眼睛无法看到的不合理犹如泡沫一样，不断涌上心头。

整整十一年。当年与忠五郎同坐一艘船来到八丈岛的人——千住的荣造、上州的传四郎、相州的源八、甲州的藤五郎已经在岛上入了土；肥前的佐吉和越后的宇之助已经得到赦免回了江户；剩下的只有信州的丑松、下总的军藏以及下谷高源寺的和尚觉明。

丑松是强盗罪，军藏是越狱罪，罪行都比忠五郎重。觉明犯的则是最严重的强奸罪。

觉明早有自知之明："我已无回江户之日，终将于此岛入土。"而且他已经住进三根村的一间小寺庙，和一个织布女一起生活，小日子过得很是滋润。女人名叫手助，勤劳朴实，皮肤白皙，有一对乌溜溜的黑眼睛。

"吉原那地方绝没有比手助更好的女人了。相较我于江户所犯之女，手助可谓吉祥天女。"觉明笑得眼角皱起，嘴角上扬。

岛上的流人生活曾被描述为"受岛人之情，靠百姓助力，延续露水般短暂的生命，悲惨度日"(《八丈寝觉草》)。但唯一的安慰就是岛上默认流人可以有女人。这些女人被叫作"汲水女"，因为海岛处于熔岩带，淡水匮乏，雨水虽多，却必须去远处的河流汲取清水，这是年轻女人的工作。

岛上有很多女人，工作卖力，对男人友好。流人们从江户出来的时候，以为岛上都是黑猴子似的女人，到了这里才发现大错特错。这里的女人个个皮肤白皙，秀发乌黑，鼻子高挺，标致动人。

"若追溯往昔，岛上女子，血统皆高贵。"岛上的男人都引以为豪。这种自豪确实有凭有据，这些女人确实都面容姣好。

"我的女人若于吉原从业，必门庭若市。"信州的丑松笑得眯起了眼。

忠五郎身边也有个叫阿樟的女人,才十九岁,身体发育得玲珑有致,有着又细又长的眼睛、高挺的鼻梁和滋润饱满的红唇。忠五郎和这个女人在一起已经两年,女人很爱忠五郎,润泽的双眼总是饱含热情,年轻的肌肤每次贴着忠五郎时,总让他感到热情如火。

忠五郎也爱阿樟。然而,喜欢的女人和渴望回江户的归心是两码事。忠五郎早已想定,和这个女人在一起的日子仅限于岛上。

阿樟则希望忠五郎永远留在岛上。每次一想到分别的那一天,阿樟就会难过地哭着求他一定不要走。忠五郎每次都顺着阿樟,嘴上说不会走,心里却没这么想。他真心想快些离开海岛回到江户,女人的话对他而言只是耳边的一阵风。

阿樟其实也心知肚明。每次忠五郎因为自己没在赦免名单上而感到失望难过时,阿樟总是既喜又悲。悲的是,她知道忠五郎的心根本不在岛上。

忠五郎和阿樟在一起的两年内,岛上发生过三次流人出逃事件。

一次是三个男人趁黑划船出逃,却在近海被逼得其中两人跳海溺亡,一人被活捉回来斩首示众。还有两次,船都已经划到远海,却被大浪吞没而翻船。潮流是自南向北如带状的黑潮，这股奔流将三宅岛与新岛和本土隔绝开。岛上的渔夫把这股激流称作黑濑川，可以说令人闻风丧胆。

"夫君切莫盗船出逃，无人可过黑濑川。"阿樟早已看透忠五郎的心思，于是好心相劝。她觉得这道天然屏障必能留住这个男人，所以说这话时嗓门宏亮如唱歌——八丈岛欲通不得通，黑濑川欲越不能越。

六

翌年春天，忠五郎又一次看到来岛上宣布赦免名单的船出现在海上。这一次，长久以来困扰忠五郎的不安与疑问——匪夷所思的长年不得赦免、无法回江户究竟是何道理——终于得到了答案。

这艘船送新的流人来岛上之后，会带上在岛上长年翘首以盼、获得赦免的老流人回江户。

带着赦免状的伊豆代官进入大贺乡大里的村落小屋，将名单交给地方官员，即村长源右卫门。流人被收容在岛内的大贺乡、三根村、末吉村、中之乡和樫立村的各个村落里，在村长的监视下，帮百姓和渔夫干活。如果是有手艺的人，就可以当木工或石工，做修房顶或刨木头等工作。

有时候，流人里也会有画师或雕刻师，这些人可以制作佛像，待遇比一般的流人要好，但依旧要看岛上村民的脸色吃饭。

村长开始公布赦免的名单，这才是流人们最为关心的事情。

大家都擦亮眼睛，竖起耳朵，期待自己的名字能被叫到。

忠五郎再次失望而归。这些年，因为一而再地品尝失望的滋味，所以一到发表赦免名单的时候，忠五郎就会战战兢兢，但胸中依然存有一线希望。

然而，每次的结果都让他极度后悔早知如此就不该听名单发表，每次他都会陷入漆黑的绝望。这一次，忠五郎又耷拉下脑袋。

"以上即为此番获赦者。"村长对聚集在面前的流人说完，收起赦免状，"未获赦者且待下回。"源右卫门继续说："赦免状中虽有武州千住无宿者荣造、江户马食町小间物屋卯右卫门手代才七之名字，然二人已死，无福返乡。"

源右卫门这番毫无感情的话让忠五郎一度以为是自己的耳朵听错了——六年前岛上发生饥荒时饿死的荣造，

居然出现在今日的赦免状上！

一直相信官府做事不会出错的忠五郎觉得这一次实在太过离谱。事实证明，自己之前猜测得没错，一定是有人漏掉了自己的名字。忠五郎抬起耷拉着的脑袋。

"敢问村长。"忠五郎总上前一步。

"何事？"源右卫门盯着忠五郎。

"此二人数年前已入土，为何会现于今日名单上？"

"何有此问？"源右卫门脱口而出，"官府所为，必有其道理。"

"小的于此岛十年有余，却始终不得赦，实感蹊跷。是否官府有所疏忽？禀告村长大人，与小的同时来岛者中，有人七年前已获赦免。小的罪名更轻，却至今不得赦。是否因官府有所疏忽？可否请大人向上禀明，替小的查明真相？"

"忠五郎！"源右卫门狠狠地瞪着忠五郎，"竟敢口出狂言！官府所为绝无纰漏。你未获赦，必有其道理。自当安分待命。"

忠五郎没法继续坐以待毙，再这样下去，这一生恐怕要在岛上度过。聚在一起的其他流人也开始喧哗起来，大家都对忠五郎所言抱有同情。

"村长大人，官府所为恐有疏忽。或许是官大人太过忙碌，一时出错。人都死了，赦免状还有何用？村长大人大慈大悲，请为小的做主，查明真相！"

"混账！"源右卫门呵斥道，嗓门之大，一下子镇住全场，"忠五郎！莫非你因未获赦免而想造反？口出狂言者绝无好下场。官府所为绝无差错。若再多言，必刑罚伺候。"源右卫门狠狠地说。

按规定，村长有权对流人实施刑罚，源右卫门所说的刑罚是将流人手脚都捆在木头上痛打，有人曾被行刑致死。忠五郎不得不闭上嘴。

忠五郎被人推着离开。回头一看，发现是来自下总的无宿者军藏。

"忠五郎，有事商量，且随我来。"军藏压低声音，拽着忠五郎的袖子。来到外面的树林中，又有两人加入。脚下的羊齿草和龙舌兰已经长高。军藏躲在树丛里蹲下身子："忠五郎！你方才所言，颇有道理。"军藏颧骨高突，带着笑意。他拍了拍忠五郎的肩膀，说："你说的，我有同感。你至今未获赦确实蹊跷，今日终得解。十年前已死之人竟然今日获赦，实属荒唐。为官者随性而为，下笔乱定我等生死。"军藏小声说道，语气中却充满愤慨，"我等以性命相交，百般讨好岛上村民，做牛做马，却只得红薯充饥。江户为官者胡乱挥笔，为所欲为，如同儿戏。我等只得因此于此岛如蝼蚁而死。官府绝不会顾及我等死活，父母兄弟亦不得而知。如此荒谬，简直欺人太甚！"

"正是如此！"忠五郎点点头，心里很感动，终于有人和自己想的一样。

军藏暗中观察着忠五郎的表情，然后继续说："不止我一人，众兄弟皆有同感。忠五郎，我有一计。与其于此岛入土，不如……"他的声音压得更低，神情变得异常犀利，"不如出逃！"

"此话怎讲？"忠五郎吃惊地看着军藏。

"为何惊讶？你还年轻，身强力壮，与其死等注定不会来的赦免状，不如放手一搏。"军藏继续煽风点火，"不止我一人，众人皆有心出逃。已有二十人之多，可集结冲入村长家，从其库中夺火枪，乘船而逃。我方有了火枪，纵有追兵，亦不足为惧。追兵必忌惮火枪威力。此番出逃必定成功。"

忠五郎虽心动不已，却没有立刻作出答复。

军藏继续劝诱："默不作声，可是担心？莫非发愁能否平安渡海？惧怕黑濑川之威？"军藏用下巴指了指大海方向。明明看到海面上反射着太阳的光亮，却同时有雨水如雾气降下。这是海岛特有的气候现象。

"我生于下总海边，熟知黑濑川末流必经常陆与上总之要塞。只需顺流而下，无帆也可自然行至常陆大洗附近。海船之事，大可放心交给我处理。"

一只蜥蜴身上闪着光，从羊齿草的根部匍匐爬出。

七

出逃计划在秘密地稳步进行。负责制订计划的首脑是军藏，他曾经有过从收容所里出逃的经验，对于从岛上出逃信心十足。他原本就是因为从收容所出逃失败而被发配到这个岛上，是重罪，根本没可能得到赦免。

军藏好几次在夜里来找忠五郎。忠五郎在一户百姓家的牛栏旁搭了间茅草房，和阿樟一起生活。军藏每次都把忠五郎叫到茅草房外。

"我已告知丑松，他乐意至极。三根村的庄吉、伍兵卫、六藏，中之乡的满助、嘉吉也已入伙。"军藏报告说，"现有八人。由丑村前去游说末吉村众流人，必有更多加入者。"军藏说得非常起劲。

之后军藏又来找过忠五郎好几次，报告最新情况。"末吉村有三人。樫立村有伍市加入，一切皆如我所料。如此下去，二十人只多不少。"军藏得意地说着，俨然事情已经成功了一半。

"大贺乡新来二人主动加入。"

"中之乡新增三人。"

军藏每次来都说人数又增加了。看着军藏在夜色中回去的身影，忠五郎觉得他的肩膀似乎比平常高耸。

看到蹑手蹑脚回到茅草屋里的忠五郎，阿樟担心地问："近日军藏频频前来，可有要事？"

"并无大事。"忠五郎小心翼翼地回答，尽量避免露出破绽，"无聊琐事而已。"

"若是如此，何不进屋相谈？在屋外避人耳目窃窃私语，实在令人不悦。"

"那厮不喜入人屋。不必多虑。"

忠五郎咬紧牙关，无论多喜欢这个女人，这件事也必须保密，毕竟，和这个女人在岛上的短暂交欢远比不上他想回江户的殷切之心。逃岛即为越狱，万一不小心传到当官的耳朵里去，非但不能回江户，甚至会人头不保。

阿樟眯起细长的眼睛，牢牢地盯着忠五郎。忠五郎觉得，凭借女人的直觉，阿樟似乎已经猜到了什么。忠五郎开始有些坐立不安。

"夫君莫非想回江户？"阿樟抓着忠五郎的手问。

"莫多虑。不得赦免，如何回去？我早已断了念想，于此岛与你共白头。"忠五郎抱着女人的肩膀安慰道,心想阿樟虽然可怜,但还是不能让她知道。

"当真如此,则无怨无憾。"阿樟甩了甩长发,将脸埋进忠五郎的怀里,"每回军藏前来,我必担惊受怕,恐夫君逃岛离开。"

忠五郎心头一揪:"莫说胡话,我必与你长相守。"这一次,他双手紧紧抱住阿樟,一边感受着女人的身体,一边下定决心:这次一定不能犹豫。

军藏又来找忠五郎的时候,忠五郎把阿樟的事告诉军藏,边说边兴奋地感叹道:"此女可不简单。"

黑暗中,军藏皱着眉歪着脑袋说:"八丈岛的女人情深似海,不可小觑。须嘱咐其他人,切不可将此事告知身边女人,绝不可掉以轻心。"他将脸凑近忠五郎,"事不宜迟,磨蹭必坏事。今日前来,另有所托。"

"何事?"

"事关和尚觉明,出逃之事尚未告之。"

"觉明尚未知晓?"

"臭和尚贪恋女人,以此为极乐净土,打算就此终老,故难开口。但细细想来,此次出逃必须和尚出力。"

军藏继续说明理由——为了实施计划,必须将所有人集合在一起。但是他能想到的集合地,都可能被当官的发现，所以他想到了觉明所在的小寺庙，可以借口为死去的流人们做法事，将众人集结在一起，这样就能掩人耳目。

"此计甚妙！"忠五郎表示赞成。

"劝说和尚，你比我更为合适。你与他关系亲近，可否前去游说？"军藏拜托道。

忠五郎表示同意。

第二天，忠五郎来到小庙找觉明。虽然叫庙，其实最多只能算祠堂，紧贴着在岛上被称作防卫的住家边上。这座小庙位于山脚下，周围皆石墙，周边郁郁葱葱地生长着栲树[1]和山茶花。觉明的家里传出织布声。

"此事甚令人烦恼。"觉明听完忠五郎的讲述，红着脸，皱起粗浓的眉毛。

"你不同意？"忠五郎有些着急。

"不。只是我已安于现状，且对手助动了真情。"觉明回头看了一眼正在织布的手助，她正在用蚕丝纺织黄八丈[2]。黄色的染汁来自明日草，赤褐色的染料取自红楠树皮，这些都是岛上的土生植物。

---

[1] 生于坡地或山脊杂木林中的壳斗锥属乔木。

[2] 八丈岛的传统布艺品。

"但，同为流人，别无他法，只得出力。"觉明有气无力地说。

"多谢和尚！一言为定？"忠五郎看到觉明一脸不情愿，有些不安，于是再次确认。

"言出必行。忠五郎，此行有几分成功可能？"

"军藏全已安排妥当，必定成功。"

"我对手助尚存依恋，本当置之不顾，却又于心不忍。此行恐人头不保。"觉明用手压了压自己的粗脖子。

从这座小庙可以看到海的一角。海面上除了一座座零星的小岛，几乎一无所有。西边的高山因为形似富士山而被称为八丈富士，此刻，山顶正云雾缭绕。

八

五天后的夜里。

大贺乡的村长源右卫门家中正在举行村长会。前天夜里，暴风雨来袭。对岛上而言，暴风雨早已是家常便饭，每次都会有损失。村长会的目的就是将各个村长的长老们聚在一起，讨论为了修复该如何分配流人。

每次村长会，第一个发言的总是源右卫门。他像往常一样，按部就班地主持会议。等人员分配完毕，长老们开始喝茶抽烟。

"昨夜流人集于寺庙。"其中一人叼着烟管说。

"为吊唁死去的流人。"另一人说。

"若每逢流人忌日必行吊唁,岂不得每日聚众?我以为当阻止其聚集。"源右卫门说话的时候,脸上露出不悦的神情。

这时,有人慌慌张张地跑了进来,此人名叫与兵卫,是中之乡的村长。他顾不上向众人问好,直接跑到源右卫门耳边报告。

"竟有此事?企图逃岛?"源右卫门凝视着与兵卫,不由得大声问道。一旁的长老们也都大惊失色。

"可有确凿证据?"

"有!"与兵卫点头说,"昨夜寺内做法事,实为密谋造反。"

"有人密报?"

"方才有流人将此事密报于在下,故在下急忙赶来相告诸位。"与兵卫在源右卫门的耳边轻轻地说出了报信者的名字。

源右卫门听了,眼睛一亮,立刻问道:"忠五郎可在其中?"他一听说有人要逃,就马上想到前阵子满脸不服气、出言不逊的忠五郎。

与兵卫回答"有"。

"好!"源右卫门顿时满脸杀气。他看了一眼在座的长老们,说道:"可恶之徒!若待至明日,恐出大事。当今夜将其一网打尽。"

所有人都明白,如果众流人一起为出逃而暴动,必定可怕至极。每个长老都因此脸色苍白。源右卫门嘱咐他们回去后立刻集结村民。长老们听从源右卫门的指示后慌忙散去。

源右卫门本打算连夜将有意出逃的流人全部抓捕,但因村与村之间的联络不够充分,没来得及实现。八丈岛上共有五个村子,村与村之间的道路峭路险阻,往来很不方便。结果直到天亮以后,中之乡、末吉、三根这三个村子里的年轻人才整装出发前去抓捕。这三个村子就地势而言,正好从三个方向将三原山包围住。由源右卫门担任总指挥。

第一队前往寺庙,却没看到觉明的影子。惊恐无比的手助说,觉明一大早就和军藏一起出了门。村民们赶到军藏家,他的女人说军藏和觉明不知去了哪里。

"莫非已经出逃?速去忠五郎处!"源右卫门大叫。

但忠五郎也已不在家中,他的女人阿樟只是一个劲儿地哭,却不知道忠五郎去了哪里。

能找的地方全都找过，却依然不见三人踪影，源右卫门判断唯一的可能就是三人已经逃入三原山。他们似乎察觉到计划败露而选择了提前出逃。

另一队人马来到樫立村时，有村民说见到流人们顺着落水管逃上山去。

"火枪准备！上山围攻！见流人，杀无赦。"源右卫门下令道。

然而，追兵到了山上却没看到一个流人的影子。山上只有郁郁葱葱的栲树、黑松、山茶花、赤杨等植被，而且因枝繁叶茂，视线受阻，搜捕的难度加大。追兵搜索安庭山方向时发现地里有人吃过山芋的痕迹。

"畜生们未食早饭就已出逃。详细搜查此处！"经过仔细搜查，追兵在田边一角发现一根烟管和两把菜刀。这些迹象表明流人们或已全部躲进山里。

原本受源右卫门命令在海岸搜索的一队人马也被叫了过来，众人一起大声喊叫，朝深山进发。不一会儿，就看见原本藏在树丛间的四个流人逃了出来。

"开火！"源右卫门一声令下，火枪齐鸣。被追得无处可逃的四人纷纷坠落断崖。追兵继而绕至谷底，发现四人皆已用菜刀割断喉咙。趴在地上一动不动的正是三根村的庄吉、伍兵卫及另外二人。

这时，天降大雨，追兵只能暂时返回山脚。一个木工匆忙跑来报告说看到山上小屋内有一流人上吊自尽。中午过后，雨停了，追兵们继续上山，来到木工所说的小屋，发现悬梁自尽的是中之乡的流人嘉吉。

樫立村的流人伍市从山上下来，走到自家附近，本想看一眼自己刚出生的孩子，却因戒备森严，只能放弃，最后在流人墓地割喉自尽。

中之乡的满助与另外二人也效仿伍市在墓地割喉，却未能割透，痛苦残喘间，被追兵发现。被抓时，满助像虫子那般呼吸，难以发出声音。

追兵趁势扩大搜索范围，在海岸边发现步履蹒跚的四个流人。还没等追兵上前，这四个人就莫名其妙地自行倒向追兵。

根据其中一人即三根村的六藏交代，他们计划集齐二十人一起冲进村长家，夺取刀和火枪；再在五个村子里同时发动暴乱，借此增加人手；然后举着火枪驾船逃岛。如果中途有人变节，就杀死抛尸。

"谁是带头的？"源右卫门问。

"军藏。"六藏回答说。

源右卫门听罢点点头："军藏、忠五郎、觉明与丑松尚不知行踪。你可知四人逃往何处？"

"我见他们越过三原山，前往今根鼻方向，却不知之后去往何处。"六藏回答道（这个六藏最后被钉在木桩上，痛苦发疯而死）。

源右卫门派手下前往三原山和今根鼻一带搜索，没找到他们的身影。只有丑松被发现葬身于瀑布深潭中。

"畜生！三人究竟藏身何处？尔等可曾拨开杂草尽力搜查？"源右卫门恨得咬牙切齿。

然而，无论怎么搜索，就是不见三人的身影。过了好一阵子，才有樫立村一个名叫横冢的渔夫报告说，他的渔船被人偷了。

九

小船在海上摇摇晃晃，行驶速度却很快。身处激流般的海潮之上，三人深深体会黑濑川为何得其名。

八丈岛的影子早已消失在海的另一边，周围只能看到墨蓝色的茫茫大海。天气不错，无风少云。朝北看去，山状物如云一般，不明其所在。三人猜想所见群山估计是伊豆或相模一带。

船桨意外地握在觉明手中，看他的模样很会划船。另外二人都没想到和尚还藏了这一手。

军藏因为眩晕而横躺在船上翻来覆去。当然，他并不是因为晕船。只见他满脸通红，嘴角流着口水。眩晕全因他刚才豪饮烈酒。他喝的是用岛上杂粮酿制而成的浊酒，酒劲十足。不知觉明打的什么算盘，在山上一路逃命时都怀揣着酒盅，等逃上船顺流而下时让军藏喝了酒。军藏本就好酒，喝下时还对觉明连声道谢。

"军藏醉成这样，如何是好？"忠五郎有些担心。

觉明却咧开厚嘴唇，邪气地笑了笑。"忠五郎！"他说，"事到如今，不得不说，谋反之事以失败告终。我等三人虽已逃出，其他人却已可悲丧命。"

"嗯。"忠五郎也觉得很意外，想不通出逃之事怎么会那么快就被发现。

"你来寻我时，我本无心入伙。真该不予理睬。现如今，可怜我的手助，想必已哭成泪人。"觉明一边划桨一边说。

"谁料竟会如此快速败露……"忠五郎嘟哝道。

"只因有人告密。"

"啊？！"

"流人之中有人告密，村长因此得以先下手为强。"

告密？！忠五郎心头一惊，脑海里电光火石般闪出阿樟的身影。那个女人！见军藏频繁来找自己，一定起了疑心，于是去村长那里告密。她肯定天真地以为这样就能留住自己。忠五郎越想越觉得来气，一脸怒火。

"有人无耻至极，"觉明暂不挑明，继续说，"十几位流人因此或丧命或受苦。忠五郎，你可知邀我入伙也是罪过？"

忠五郎无言以对。他以为是自己的女人出卖了大家，心里对阿樟痛恨不已。

"军藏已醒。"觉明用下巴指了指军藏。

军藏艰难地睁开眼睛，用手摸了摸嘴巴说："好渴！快拿水来！"

"船上没水。"觉明回答说。

军藏坐起身，看着觉明："哟！和尚！厉害啊！能诵经，也能划桨？"

"我年长你十多岁，划桨行舟当然比你早。"

"莫非入寺为僧前曾是船夫？人不可貌相！我等皆受益了。可否给点水？咽喉干渴难耐。"

"只有酒。"觉明打开一张船板，从里面拿出酒盅，在军藏面前摇了摇。忠五郎不知觉明是什么时候准备了这些。酒盅里传出液体的晃动声。

"快拿来！"军藏举起一只手。

"恕难从命。船上的水，滴滴珍贵。给了你，定会一饮而尽。忠五郎与我将没水喝。"觉明说着收回酒盅。

"何必如此吝啬？和尚。拜托！一口即可。咽喉如火灼烧，饮酒后如此口干，尚属首次。"

"当真如此口干舌燥？"

"实难忍耐！"

"酒中有明日草煎汁。明日草本是益体之药，却会令喉咙干渴。"

"为何将其掺入酒中？"

"并无他意，只想为你增强精力。"

"何必多此一举？喉咙如灼烧难以忍耐，就当积德，快拿水来，一口也行。"

"当真想喝？"

"想！"

"喝！"觉明拿起酒盅来到军藏身旁。他扶着军藏的脖子，将酒盅对着他的嘴巴。

"多谢和尚！"军藏道谢后立刻抢过酒盅，大口豪饮，却马上张大嘴吐了出来。

"呸！好咸好苦！这是海水？"

"船上没淡水，海水也是水。"

觉明按住军藏的脖子，将酒盅压到他嘴边。海水从军藏的下巴一直流到胸口。

"和尚！你想干什么！"军藏大喊，觉明却依旧不松手，而且手臂越发使劲。

"忠五郎！"觉明从怀里掏出绳子扔给呆在一旁的忠五郎，大声喊道，"快用此绳绑住军藏！"

"和尚！究竟有何企图？可是癫狂迷失了心窍？"双手被觉明牢牢抓住的军藏在船上翻滚叫喊。

"并无企图。你且安分，勿急躁。"回到划桨位置的觉明淡淡地笑着说，"明日或可顺流至常陆之浜。"觉明抬头看着天空，初夏的阳光炫目生辉。

"上苍自会晒干你的咽喉。你若口渴，就再给你喝海水。我等身处海中央，唯独海水不缺。军藏，你必将难受痛苦而死。南无阿弥陀佛。贫僧送你堕入地狱。"觉明解释完，眯起眼睛，气定神闲。

忠五郎听着吓了一大跳。

"畜……畜生！你我无冤无仇，为何如此对我？"军藏咆哮道。

"当然有冤有仇！我此举是为了告慰因你而丧命之众流人在天之灵。"

"啊？"军藏惊得瞪大眼睛，面部抽搐，满脸恐怖。

"忠五郎，"觉明对呆若木鸡的忠五郎说，"此人正是出卖流人之告密者！"觉明手指着军藏，"这厮主谋逃岛，却不知是因为事关重大而心生怯意或是早有预谋，竟密报村官。谋反早早败露正是因为如此。策反之人主动告密，追兵根本不费吹灰之力。"

"和尚！你如何得知此事？"

"多亏我那可爱的手助。她在我们出逃前一夜将织就的黄八丈送至村长府上时，见这厮从村长屋中出来。我听闻此事后顿时醒悟，故趁天未明时前去这厮家中，不容他啰嗦拖延，将他诱至山中。因我也想救你，故邀你一并提前出逃。不出所料，未过多时，追兵已大肆围剿。"

忠五郎点点头，这才明白觉明的行为。

"这厮因与我一起，始终在我监视之下，故没机会逃向追兵，无奈只得同行上船。上船后无论是否成功出逃，皆对他有利，逃离囚岛自然是最好。我在酒中掺入明日草，此草是手助为增强我的精力而准备。手助实在情深义重。此等深情善女人，寻遍日本也再不可得。忠五郎，你是坏人！若不是你邀我出逃，我一定会与手助白头偕老。"

一旁的军藏痛苦呻吟，嘴巴张大，像只青蛙。

"想要水？只有海水。咽喉灼烧？天干日照，当然会这样了。"觉明笑着说。

"水！快给我淡水！"军藏嘶哑地叫喊着。

"再待片刻,会给你海水的。何必满面愁容?干渴就喝盐水。稍后为你松绑,你的手得自由后必抓破喉咙,痛上加苦,最终痛苦而死。听说牢里也有这种刑罚。"

"和尚!你怎可……"忠五郎惊得大叫。

"你可知山在何方?"觉明看了一眼茫茫大海。

渔船行驶在黑潮之上,如漂浮在河上,随波逐流。

左　腕

一

　　深川西念寺横的料理屋松叶屋里，一个月前来了个新的女招待，今年才十七岁，个子娇小，长着一张娃娃脸，很吃得起苦，干活很卖力。姑娘名叫阿秋，这家店里原有的十二三个年长女招待都对她宠爱有加。

　　就在雇用阿秋的同一天，松叶屋还招了个将近六十的老人做杂役，主要负责打扫院子、收拾客人的鞋子、烧水、劈柴、跑腿等。杂役名叫卯助，满脸皱纹，身形消瘦，话虽不多，但很勤快。动作迟缓只是因为年龄偏大，并不影响工作效率。

　　阿秋和卯助之所以同时被招进松叶屋，因为二人是父女。之前，卯助与女儿一直住在相川町庄兵卫店的后巷大杂院里，做挑担捏糖人儿的小买卖——在芦苇茎的顶上沾上糖汁，从茎口吹气进去，让糖汁膨胀开，然后用手指捏出小鸟等形状后卖给小孩子。卯助长得不太讨喜，而且老人的手指总给人有些脏的感觉，特别是要吃进嘴里的东西，做父母的很在意，所以卯助的生意很是清淡。但即使如此，卯助还是靠着这一文钱一文钱进账的小买卖，和女儿二人艰苦度日。

阿秋在父亲挑担出门做小买卖后，会去给人看看孩子赚点儿小钱，然后做碗菜粥，等父亲回来。有时也会跟父亲一起出去卖糖人儿。

把这父女俩介绍给松叶屋的，是一个年轻的厨子，名叫银次。银次的叔母住在相川町，去玩的时候偶然知道了卯助父女俩的事。

"卯助大爷，你不适合从商。"有一天，银次对卯助说，"你以有污垢的手指反复捏糖，又以留胡子、有异味的嘴巴吹气入糖，父母见状，一定会拿走孩童手中钱币，不许他们买糖。"

"所言极是。"卯助张开自己满是褶皱的手指看了又看，"确实如此，我有同感，所以生意一直不好。"

"卯助大爷，我并非有意效仿幡随院长兵卫[①]，只是可怜阿秋受苦。我在松叶屋做事，已拜托老板娘雇用你与阿秋二人。"

"多谢好意！"卯助抬起深凹的双眼，"我老了，阿

---

① 相传为日本侠客元祖。

秋尚年幼,恐店家不收。"

"卯助大爷,此言差矣。阿秋已非你所以为之孩童,现正如花蕾待放。她容貌美丽,无可挑剔,且为人淳朴,品性端正。"

卯助看了看银次,银次着急地解释道:"我这样说,并无其他心思。唯愿卯助与阿秋姑娘能轻松做事。"

"多谢关照。"卯助点点头,"万事拜托。我老了,挑担肩痛,毫无精神气。凡事有劳多多担待。"

厨子银次回答说"好"。他把阿秋介绍给松叶屋的老板娘,老板娘一眼就看中阿秋,店里正好需要年轻的女招待。又见其父卯助老实本分,就一并雇下。

这就是父女俩被松叶屋雇用的缘由。对松叶屋而言,能雇到卖力干活的人也很受益。阿秋吃住都在店里,卯助则在关店后的夜间回相川町的大杂院。

松叶屋的人本来劝卯助和女儿一起吃住在店里,毕竟一个人住不方便。卯助却说这样更自在,坚持每天回去,还说每天睡前一个人热壶小酒喝喝,可以自得其乐。料理屋早上开工的时间比较晚,但卯助每天早八点就准时到店。女招待们一边揉眼睛一边打开窗户的时候,卯助已经从里到外打扫完毕,开始在院子里除草。店里的人对他说,年纪大了,不用这么早来。卯助却笑着说，自己习惯早起，想不早都不行。

卯助笑起来眼睛就会眯成细线，看上去脾气很好；但一个人坐在角落的时候，脸上看起来却棱角分明，目光犀利。

"卯助大爷昔日做什么营生？看模样，绝非卖糖之人。"厨房里四五个伙计聚在一起的时候，有人这么问卯助。因为已过晚十点，客人点的菜都已经上齐，厨房里闲着没事干的男人们经常会聚在一起闲聊。

"来江户前，在老家是一般百姓，各种营生皆为无聊劳作，没有引以为豪之事。"卯助乐呵呵地回答。

就算有人问他："老家在哪？"

他也只回答："很远。"

"家有妙龄闺女，幸福羡煞旁人。然而就年龄而言，你作为阿秋父亲岁数偏大，莫非曾有娇妻却不幸早逝？"

对这种问题，卯助总是笑而不答，自顾抽着烟斗。阿秋说娘亲在她十岁的时候就死了。如此算来，阿秋出生的时候，卯助已经四十岁。

有人传"阿秋或为续弦所生"，也有人说"卯助昔日或为放荡之徒"。

然而如果只看现在的卯助，身上没有半点儿放荡的影子。每天睡前喝的小酒都是四文钱一合的便宜货，就算松叶屋的人主动给他喝上等的好酒，他也滴酒不沾。厨房里的男人多贪玩，一过夜里十一点，洗完厨具就会拿出骰子围坐成一圈。每到这种时候，卯助的眼神中不会有任何兴趣。

"卯助大爷，何不也来玩几把？"有人邀请卯助一起玩，但卯助每次都摇摇头，自顾默默地整理打扫。

有人夸卯助"自律克己"，事实也确实如此。从挑担卖一文钱的糖人儿到被松叶屋收留做杂役，卯助对此感激不尽，自然分外卖力，从他干活的认真劲儿就能看出来。

阿秋来到松叶屋后，脱胎换骨似的，一下子漂亮了许多。连松叶屋的老板娘也夸道："阿秋甚是可人，甚至青楼之中也难寻此等娇容。"特别是新来乍到、什么都还不熟悉、忙得满头汗时的阿秋，显得特别惹人怜爱。

父女俩关系很好。阿秋总是想着老父亲，父亲深夜回去的时候，阿秋每次都会送到半路，然后一路小跑地回到店里。

"若二人并非父女，而是情人，我肯定吃味难受。"松叶屋的一个年轻人这么说。

二

有人注意到卯助的左腕肘下一直缠着一条白布，特别是卷起袖子干活的时候，可以明显看到白布在他的肘下缠成一圈。

一开始别人以为是卯助受了伤，问了他，他却说不是。卯助本来就是个沉默寡言的男人，没再多作说明。但每次见他都缠着那条白布，大家觉得那条白布应该已经缠了很久。

"卯助大爷，左腕为何如此？"有个男人好奇地问。

"年少时烧伤至今未愈。"卯助笑着回答，脸上却有一缕寂寞的阴影，"皮肤烧毁，疤痕难看，所以隐藏。"

问的人点头表示理解。用布遮住丑陋的烧伤伤口，也算情有可原，而且符合卯助自律克己的一贯作风。

因为是厨子银次介绍卯助父女来松叶屋工作的，所以在店里，银次对卯助总是很是照顾。

"卯助大爷，不必如此勤快。年事已高，别太拼。"

"多谢阿银。想当初，肩挑重担，走遍大街小巷，却收入微薄，日日带卖剩的糖回家。相较过往窘迫生活，今日劳作可谓轻松百倍。我有今日，多亏阿银！"卯助向银次道谢。

"若能乐在其中，我也深感欣慰。阿秋愈发俏丽，老板娘说她深受诸多客人喜爱。父女俩各有所乐，也不枉我一番介绍。松叶屋乃正经店家，绝无好色之客，阿秋在此必定安全。我也会暗中相助，绝不让阿秋吃半点儿亏。卯助大爷大可放心。"银次铿然说道。

卯助笑着拜托银次多多关照。女招待之间都在传银次看上了阿秋。

正如银次所说，松叶屋是做正经买卖的料理屋，大部分客人是来自木场[①]的商人，一般都会给女招待小费，而且光是小费就数额不菲。阿秋把客人给的小费都交给了卯助。卯助则把阿秋的小费和自己的报酬全都存了起来，说留着以后给阿秋置备嫁妆用。每天睡前的廉价小酒是卯助唯一的奢侈品。

卯助是万事都深谋远虑的性格。比如去澡堂，他每次都是把店里的事情全部做完才去。其他男人一到夜里十一点，就算没下班，只要手头空下，就会跑去附近的澡堂。只有卯助，无论别人怎么劝，他都不会同行，坚持一个人留下，非要等放工后再去。就算别人说现在闲着等于下班，他也总是拒绝。他总说没到放工时间就觉

---

① 位于东京都江东区。

得不自在。而等他下班后在回家路上顺路去澡堂时,已经是半夜零点。

有人劝他,"此时已是浑浊臭澡堂,不如早去时的水干净"。

"早已习惯。"卯助柔和地眯起双眼。年纪大的人往往比较固执,大家也都不再强求。就算是已经被人泡了一天的混堂,只要老人家不嫌弃,外人也不能说什么。

春日里的某一天,卯助在松叶屋后门正提着水桶把水洒在满是灰尘的路上,一个三十多岁、披着外套的男人走了过来。

男人盯着卯助的脸:"你是松叶屋的人?"

卯助点头说"是"。

"何时来到此店?"

"五十日前。"

"原来如此。我多日没来,难怪完全不认识你。"男人说着,走进松叶屋。

卯助看着男人的背影,眼神里有些阴霾,因为直觉告诉他,这个男人的职业不同于一般。

"阿银,"卯助从后院绕到厨房问银次,"方才入店的是什么人?"

银次放下手里的菜刀,朝里面看了一眼:"是捕吏麻吉。"银次告诉卯助,"住在门前町稻荷横丁,人称稻荷麻吉。人如其名,狡诈如狐,令人生厌。"银次很不喜欢麻吉,低声说起他的不是,"因受命于朝廷,终日狐假虎威,众人皆畏惧他。唉,这个男人依仗官势,专欺弱小,常乘人之危坑蒙拐骗,可恶至极。出入本店不仅白吃白喝,每回离开,必顺手白拿。"

卯助喃喃自语:"衙门官吏多是这类人。"

"可恶!这厮多日未曾露面,不知今日前来作甚?"银次再一次朝店内张望。

大约过了两个时辰,卯助正在地上劈柴,麻吉经过他身边,突然站住。"很有力气!"卯助听到麻吉的声音从自己头顶上方传来。

卯助低着头"嗯"了一声。

"报上名来!"

"小的名叫卯助。"

"卯助?人虽老朽,名字不错。"麻吉微醉,步履有些蹒跚。这时,他的眼神被卯助的左腕吸引,问道:"为何左腕缠白布?"

卯助悄悄地将左腕挽起的袖子放下:"烧伤留下的。疤痕丑陋,不堪入目。"

"烧伤?想必丑恶难看。可是灶前柴火溅伤?"

"不是。年少时留下的旧伤，不堪入目，故以布遮。"

"年少时？"麻吉的眼中泛起冷笑，"因年少旧伤丑陋不堪而将其藏起？实在用心良苦。本官最喜欢看旧伤，什么时候让我看看？"麻吉冷笑着离开。

卯助目送着他的背影，眼神犀利。

三

不久之后，大家就明白稻荷麻吉为何时隔多日又来到松叶屋。

木场的老板们每个月会有两次来松叶屋的内间包厢开互助会。互助会只是装样子，其实晚上喝了酒之后就会开局赌钱。虽然只有五六个人，但都是大老板，所以金额巨大。最初只是作为互助会之后的余兴消遣，最近却变成以赌博为主了。虽然松叶屋对外严格保密，但还是被麻吉发现了蛛丝马迹。

赌钱本来就是违法行径，一般而言，为官的麻吉要么禁止，要么睁一只眼闭一只眼，但麻吉选择客客气气地来到松叶屋，要求也加入。但他看中的不只是台面上的那些赌金小钱，而是想仗着自己手握衙印，抓住老板们的弱点，要挟对方交保护费。若老板同意给钱，则会有"官方"看场，可以安心开赌。

此后，麻吉不断地出入松叶屋，如愿坐进每个月开赌两次的内场包厢。这阵子的麻吉满面春风，很是得意，没有赌局的日子也会来。松叶屋自然不敢怠慢，每次都拿出好酒好菜招待。麻吉每次来松叶屋都会喝醉。

这种情况整整持续了三个月。女招待之间都在传稻荷麻吉看上了阿秋，才会没事总往松叶屋跑。还有人说看见麻吉在走廊里纠缠阿秋。

"臭麻吉！本性暴露。"银次暗地里叹气，"那厮竟敢对阿秋下手，简直无可救药。我在松叶屋一日，就不让他碰阿秋一根手指。"银次挥着菜刀恨恨地说。但其实他也只敢背地里说，真的当面遇见麻吉时，立刻怯懦了。

"银次！"麻吉叫道。

"麻吉大人！"银次赶紧取下颈间毛巾，点头哈腰。

"你生得明眸秀眉，可真漂亮。"

"大人过奖。"

"听说你迷上了阿秋？"

"大人说笑。"

"不必害羞。听闻是你介绍这对父女进店干活的？"

"正是小的。"

"有心了。若不招进店，如何下手？"

"小的未敢这样想。"

"将卖糖人的老父一并招入松叶屋,实乃高招。银次,你可知阿秋老父是什么来历?"

"普通卖糖人吧。"

"若人人像你这般单纯,天下就安泰无忧了。罢了,你尽可讨好那老头。"稻荷的麻吉嘲笑着,转身离开。

松叶屋的用人们大多隐约猜到麻吉在干什么勾当。然而,麻吉根本不把这些人放在眼里,他知道大家都很讨厌他,但又拿他没办法。

只有卯助让他的眼神有所不同。每次看到卯助,他的眼里总暗藏着一种无法正视对方的畏惧神色。每次遇到卯助,麻吉都觉得卯助已经看穿自己的一切;只有在卯助面前,麻吉才会显得处于弱势,而这也更激发了麻吉对卯助的憎恨。麻吉从卯助背后看他的时候,总是瞪着蛇一般的冷眼。

这一天,太阳高照时,卯助去近处跑腿。回来的时候,麻吉从他后面大步追上。

"卯助大爷!"麻吉一把搭上了卯助的肩膀。

"麻吉大人!"卯助微微弯腰。

"别来无恙,很有精神嘛!"麻吉说。

卯助听得出这话里毫无真情实感。

"岁数大了,身体早已不如从前。"

"依然老当益壮!比起以前挑担卖糖人,如今可是快活许多?"麻吉越说越挑衅。

"快活多了。"

"听闻是银次介绍?世间自有热心人。你是否有意招他为婿?"

"不是。银次心善,我们只是厚颜接受好意。店内众人也亲切友善。"

"你可是嫌他们亲切,而不与大家一同泡澡?"

听完这句话,卯助稍作沉默。麻吉则似乎有意打破砂锅问到底,一直盯着卯助。

"果真?"

"禀大人,确有此事。"卯助回答,"只怪自己任性,晚归后只喜欢去常去的澡堂,方可安心入浴。仅此而已。"

"你常去的澡堂可是梅汤?"

"嗯。"卯助顺着麻吉的问话,暧昧地作出回答。

"罢了。你老家哪里?"

"……"

"无需担心,本官绝无歹意,只为有备无患。若以官方问话,就拉你进班房了。"麻吉说最后几个字的时候特别用力。

"小的生于越后。"卯助喃喃地回答。

"越后？距此地甚远。左腕烧伤也是在越后？"

"嗯。"卯助低声回复。

"实属灾难。你从不在人前解布露出伤口，足见严重程度。然，本官为当差之人，对伤口早已见多不怪，且当增长见识，可否解布让本官一看究竟？"

"请大人恕罪，"卯助眼神犀利，言辞坚决，"唯独此事，恕难从命。此伤太丑，小女都未曾见。"

"原来如此。"麻吉说着，满脸冷笑，"令媛未曾见？确实无理由为难你，强行让你解布。今日到此为止。"说完，麻吉盯着卯助又说，"然，本官想看的一定要看到。你且记牢。"

四

稻荷麻吉正在小房间喝酒，突然用力把酒盅往桌上一放："太无趣！"他从傍晚就开始喝酒，今晚比平时赖着更长时间不走。这时的麻吉已经喝红了眼。

"大人稍安勿躁。"坐在他面前一个年长的女招待名叫阿光，正拿起酒瓶。

"索然无味，如何不躁！"麻吉扭动肩膀，浑身不舒服似的发着脾气。

"小女子自方才起一直为大人斟酒夹菜，大人还无趣？"阿光抬起头，讨好地看着麻吉的红脸。

"哪里有趣？有你这老婆娘斟酒，岂能尽兴而醉？我早就饿了，却无佳肴伺候，着实无趣难耐。"

"大人息怒，小女子这就去叫大家同来伺候。阿秋也会过来。"阿光早已看透麻吉的心思。

"阿秋现在何处？"

"二楼包厢内。今夜有日本桥贵客到访，大家都在那厢伺候。"阿光一不小心说漏了嘴。

"贵客？！"麻吉揉了揉眼，"人家是贵客，本官算什么？"

"大人息怒！大人乃小店头等贵客。不知大人今夜为何如此焦躁？"阿光赶紧为麻吉倒酒。麻吉却一把抢过酒盅扔到一边。

"啊！"

"你们个个口是心非。本想来此买酒寻欢，竟被如此小看！莫非你们以为本官没钱喝酒？当本官是乞丐？莫非不知本官有的是本事花天酒地？"

"大人息怒！"阿光退到一边，吓得呼吸急促。

"闭嘴！本官腰缠万贯，养遍全江户所有马匹绰绰有余。今夜决意散财！快叫所有女招待前来伺候！一个不许跑，全都叫来！"麻吉摇摇晃晃地站起身。

"大人！"

"真碍事！"麻吉一脚踢开纸门，来到走廊上，眼神因醉酒而显得有些呆滞。

突然，他一把抱住一旁正端着膳食准备送餐的女招待，女招待吓得手里的盘子全都叮当落地，身体缩成一团。

"无妨！记在本官账上！快进此厢服侍！"

麻吉用力一抓，女招待发出悲鸣，倒在地上。

"来人！"麻吉叉腿堵在走廊上大声叫喊，"快叫来所有女人！今夜酒水全记在本官账上！其他客人吃的喝的，全都由本官付账。来人！一个不许跑，全都叫来！"

二楼客房里的欢声笑语戛然而止，连账房和厨房里都有人探出脑袋一看究竟。

"阿秋在哪儿？阿秋！快叫阿秋来伺候！"麻吉大声叫喊。

"畜生！"银次在厨房里咬牙切齿，却没有冲出去的勇气。账房里的男人也大惊失色。老板娘在后屋急得团团转。

突然，有个人慢慢来到麻吉身后，步伐稳健，重重地将手搭在麻吉肩头。

"大人。"

麻吉回过头:"什么人?"定睛一看,"卯助?"

"是小的,"卯助低下头,"大人醉了,好生休息。"

"大胆!"麻吉吼叫道,"竟敢对本官发号施令?"

"大人误会。小的是为大人好。"

"为本官好?"麻吉眼中闪过一道光,"何出此言?本官乃当差之人,饱读圣贤书,岂容你来指教?"

"大人请随小的来。"卯助说完,不由分说地拉着麻吉朝外走,用力之大,让人感觉麻吉的身体快要在走廊里飞起来。

"你想干什么!"

"很快就知道了。"

喝醉的麻吉毫无招架之力,被卯助一路连拉带拽。所有人都看呆了。

两人消失在松叶屋的后门。正当大家担心会怎样时,只见卯助一人回来了。

"大人已独自回家。"满脸皱纹的卯助笑着说。没人知道卯助究竟用了什么方法摆平了发酒疯的麻吉。

第二天晚上。

像往常一样,由阿秋送到半路,卯助回大杂院自己的家。因为已是暖春,夜里不再寒冷。卯助脖子里挂着毛巾，迎着夜里的凉风步行回家。走到半路，他转了个弯，通过岗楼之下，来到稍远些的熊井町龟汤澡堂。当时的澡堂一般会开到夜里两点。

因为临近关门时间，澡堂里已经没剩下几个客人。卯助白天流了很多汗，泡了个澡，感觉非常舒服。澡堂的当班在烛光旁打盹儿。在澡堂湿气的包围中，蜡烛在放置衣服的房间里放出昏暗的光亮。

卯助从泡澡池里出来，擦干身体，正打算穿衣服。突然，有人一把抓住他的左腕。

昏暗的烛光下，稻荷麻吉的脸出现在卯助眼前。

"麻吉大人！"

"卯助，昨夜有劳了。"麻吉牢牢抓住卯助的手臂。

"大人言重。"

"今日特来道谢。你曾说只去梅汤，但此地为龟汤。莫非你年老糊涂，梅龟不分？本官猜到或有此事，特地来此一看。你的伎俩，本官已大致了解。你戒备心重，故意口说梅汤，却来龟汤。本官早已将你看透，在此恭候多时。"麻吉一口气说完。

"大人多虑，小的只是信步至此。"卯助说着，想要抽回被麻吉抓住的手，但麻吉就是紧抓不放。

"昨夜大醉无力，你趁机将本官放倒。但今夜必无机可乘。本官若动真格，岂容你放肆。乖乖露出左腕！"麻吉说着，强行将卯助的左腕拉到烛光下。没有白布缠绕的湿漉漉肘下赫然显出一块四方虎口形刺青。

"不出所料！"麻吉确认后露出胜利者的姿态，"果然是无宿恶党。所谓伤丑不能见人，根本是一派胡言，实乃不敢见人，因此不与人共浴。人皆以为你克己自律。若众人见此刺青，你的假面必被揭开。"

"大人！"卯助叫了一声，突然默不作声。

"休想再骗人。看形状，此刺青乃官府烙印。不必熟读四书五经，一看就明白。常年小赌小骗，或为小贼，或为勒索，必曾入狱吃过牢饭。看你这模样，想必没胆强抢。"

"大人！小的确曾为非作歹，恳请大人放过。"卯助低下发色斑白的脑袋。

"放过？"麻吉满脸嘲笑的神情，"如何放过？"

"确如大人所言，小的年少时轻狂妄为，沉迷赌博，故受此刺青。然如今早已改邪归正，也老了，但求安分守己，不再为此所累。且小女从未见这可恨刺青。恳请大人海涵！"

"说得轻巧！"麻吉不屑地说，突然，他好像想到什么似的，刚才一直紧抓卯助的手有些松动，"诚然，你年事已高，与你一般见识，反倒显得本官小气。话说令嫒甚是可人，有如此可人的女儿，自然另当别论。"

稻荷麻吉面目狰狞地笑着松开了卯助的手。

五

三天后的雨夜。

突然有人敲门，卯助睁开眼问："什么人？"

"银次！松叶屋银次！"

卯助觉得屋外人的声音非常慌张，于是赶紧打开门，只见银次浑身湿透，上气不接下气。

"如此深夜，出了什么事？"

"大事不好！有寇贼闯入松叶屋。"

"寇贼？"

"多人闯入木场老板所在里屋包厢。"

卯助和银次都大致知道每月两次那些大老板在里屋包厢里干的勾当，寇贼肯定是为了劫财才闯进去的。

"众人没能逃脱？"卯助一边更衣一边问。

"客人和女招待及用人都被捆绑。我有机会解开绳子，悄然逃至此处。最担心店中女子，不知有何遭遇。阿秋也在其中。我很担心，才决定先到此处，再去衙门。另外，稻荷麻吉也在被绑之列。"

"狐贼麻吉？"卯助说着，眼里好像射出一道光，"纵使捕头即刻出发，恐来不及。寇贼约有几人？"

"至少五六人，个个熟门熟路，手持尖刀，叫人不敢与之相抗。"银次为自己的胆小怕事寻找借口。

"走！"卯助关上门，手里拿着木棒，直奔松叶屋。卯助一路跑得泥水四溅，回头对身后的银次提醒道："此行太过危险，你先回家等待。"

雨一直下。

卯助悄悄从松叶屋的后门进入店内，看到与账房相连的储藏室地上倒着好几个人。一个蒙面男人正站在门口望风，一看到卯助，立刻举起匕首："来者何人！"

卯助身手矫健地飞扑过去，用木棒一棍打落闪光的匕首，同时狠狠地击中蒙面男人的小腿。蒙面男人应声摔倒在地，发出悲鸣。

这时又传来一阵脚步声，有人从里屋走出来。卯助见势，一棒打中黑影头部，只见对方抱头蹲下。

包厢里明亮如白昼，上百支蜡烛一起在烛台上燃烧。两个人正在地上捡着钱币和小颗金块。另有五六个人正在墙角怕得缩成一团，其中就有面色苍白的稻荷麻吉。

几个男人头上蒙面，衣角束起，露出满是腿毛的小腿，一副标准夜盗的模样。手里拿着的白刃、长刀也属于强盗必备的行头。其中一人蹲在地上，正在将所有钱财装进包袱。

卯助进来之前，三个强盗已经意识到刚才的声响有些异样。其中一人正朝屋外看去，一看到卯助慢慢进屋，马上拔刀朝卯助挥去。

卯助弯腰作鞠躬状，却一瞬间出棒，一击即将对方手中的刀打落在地，接着又一棒朝蒙面人脸部正面击去。

之前正在打包钱财的男人吃惊地赶紧起身，三人一起持刀扑向卯助。

"老东西！拿命来！"其中一人大喊。

目露凶光的三人朝卯助步步紧逼。

"磨磨蹭蹭，算何好汉！"卯助大声呵斥道，"你们这些小贼手持玩具也敢抢夺钱财？今日且看老夫叫你们不取分文，乖乖走人。众女招待早晚勤擦地板，却被你们的满脚泥巴弄脏，实在可恨可憎。且当儿戏一场，若想保住性命，即刻滚蛋！"

一旁的一个人突然朝卯助挥刀，被卯助一棒打趴。

"混账！莫非老夫所言全当戏言？奉劝你们莫擅自妄为。屋外大雨，积水成潭，信不信老夫将你们的脸按入泥潭！"卯助扬了扬手里的棍棒。

寇贼们一个个心生胆怯，开始朝后退去。突然，其中一人揉了揉眼，定睛一看，跪地大叫："蜈蚣兄？！"

卯助也脸色大变："报上名来！"

寇贼扔掉手里的刀，扯掉蒙在脸上的布，只见他额头上刻着字，脸上长满胡子："我是上州熊五郎。"

卯助盯着这名寇贼看了又看："真是阿熊！没想到竟在此相见。"

"蜈蚣兄见笑。"熊五郎挠了挠脑袋，"没想到蜈蚣兄竟然在此。大哥大人有大量。喂！快收起刀具。"熊五郎对同伙喊道，"这位大哥是蜈蚣卯助，叱咤风云的大人物。五十人未曾打赢他。你们速来道歉！"

"阿熊，好汉不提当年勇。"卯助笑着说，"现今只是普通老头，往事早已与我无关。今日你见到的，已不是当年勇夫。"

"原来如此，蜈蚣兄年事已高，方才小弟未能认出。"

"来年就六十了。现为料理屋杂役，小女也在此劳作，本打算安享清福。"

"小弟早知蜈蚣兄家有一女。如今已长大成人？当年嫂嫂也是倾国倾城，令媛必如嫂嫂般容貌姣好。"

"小女正被你们捆绑，倒在储藏室。"

"啊！得罪了！"熊五郎赶紧派一人赶往储藏室。

卯助看了一眼缩在墙角的稻荷麻吉。

"喂！稻荷麻吉！"

麻吉战战兢兢地看着卯助。

"你已听闻始末。腕上刺青已无关紧要，本想勉强掩藏，不料被你威胁。狐贼稻荷麻吉！你且听好。有劳你半夜澡堂等待，但阿秋的事到此为止。老夫年事已高，气势绝不如当年，然你所作所为却令老夫如梦方醒。阿熊，你可知为何？"

"为何？"

"你自然不知。阿熊，且看这厮，为官之人，却以官帽欺压弱小。"

熊五郎瞪着麻吉，单脚稍稍向后半步，作好攻击的准备姿势。

"这店里皆是好人，但今后老夫已无法在此做事。"

"小弟对不住蜈蚣兄。大哥早已洗心革面，今日却被我等连累。"

"不。只怪老夫自己藏匿旧事，活得苟且。纵使身负旧疤，也该挺胸做人。老夫实在是输给了自己。明日起，当重新挑担，卖一文钱糖人给孩童。孩童至善，眼中只看见糖人。"

屋外的雨声渐渐变强，猛烈地敲打着屋檐。

惧内之棺

一

因为是休息日，户村兵马睡了个懒觉，起来后吃了口饭——算不上早饭也算不上午饭——然后来到庭院。秋日温柔的阳光停留在浅红色的叶面上，梧桐的果实落在墙边的一角。

因为昨夜喝了酒，他到现在还有些头重。兵马刚穿上院子里的拖鞋就听到妻子说有人来找他。

"来者何人？"

"香月府家丁。"

"弥右卫门？"兵马歪着脑袋，心里觉得纳闷，猜不出家丁为何而来。他走出玄关，看到一个脸熟的香月府家丁等在那里。

"本应邀至屋内，但想必你有急事，请恕失礼，在此相问。"兵马双手抱臂，开门见山地问正在向他寒暄致意的家丁。

"昨夜老爷说来贵府叙旧，但至今未归。夫人派小的前来确认,老爷是否酒醉失态、给贵府添了麻烦。"

兵马应了一声,没有立刻答复。因为香月弥右卫门根本没来。虽说"彻夜未归"有些少见,但兵马心里已经猜到大半,只不过对跑腿的家丁没法说实话。

"贵府老爷昨夜确实来到寒舍。我俩多日未见,把酒言欢。夜深他要回去,我却擅自留人。"兵马开始"编故事","兴之所至,喝过黎明方休。我方才刚起身,仍感头重脚轻。香月大人不胜酒力,尚未起床,可否让他再多睡片刻?有劳这样禀报夫人。"

家丁道谢后回去复命。

回到里屋,妻子问香月府的家丁前来何事。兵马回答说没什么事——他对妻子也没法道出实情。

"即刻出门?"

"饭田家,去去就回。"兵马报出友人名字出了门。

秋天的空中布满柔和的阳光,屋顶上飘浮着卷积云。兵马并没有去朋友家,而是下山去了市井之中。他猜香月就在那里。

香月弥右卫门是个公认的忠厚老实的男人。一方面因为他是入赘女婿,另一方面也是其天性使然。然而,这样一个男人居然彻夜未归,实在让兵马有些意外,也难怪弥右卫门的妻子会派人来家里打听。不过,弥右卫门并没有去兵马家，他昨晚离家的时候肯定撒了谎。谎称去兵马家，是因为他有一个秘密，只有兵马知晓。

兵马转了个弯，来到一间花圃，只见空地上摆满了待出售的植物，花圃里面有间小屋。远远看去，小屋就像躲藏在植物丛里一样。这里正是香月弥右卫门金屋藏娇之地。

弥右卫门在这个家里藏的"娇"名叫美代。一年半前开始，弥右卫门常常来这里与情人相会。不仅妻子被蒙在鼓里，其他人也都不知道。美代原本是两国桥附近的青楼女子。一般人都不会相信年过四十、为人忠厚老实的弥右卫门会做出这种事。而把美代介绍给弥右卫门的正是兵马。

兵马是情场老手。两年前，他约弥右卫门去两国桥附近玩。弥右卫门与美代就此结缘。弥右卫门对美代一见钟情，美代也并非完全无意。兵马看出两人间爱的苗头，于是在一旁煽风点火。弥右卫门的妻子是大户人家的千金小姐，弥右卫门是上门女婿，妻子对他一直是高高在上的姿态，弥右卫门在妻子面前总是唯唯诺诺。大家所看到的弥右卫门的"忠厚老实"，大半就是因此。

兵马很讨厌弥右卫门的妻子都环。虽然每次见面的时候，都环都表现得仪态端庄，却总是摆出一副冷脸，对兵马也总是颐指气使的俯视姿态,眉宇间总有一副盛气凌人的模样。从某种意义上来说,兵马是故意为了让都环不痛快而唆使弥右卫门金屋藏娇的。

弥右卫门与美代变得如胶似漆之后,弥右卫门来找兵马商量,说想给美代一个家。当时的弥右卫门就像个年轻小伙似的,热血沸腾。其实也难怪,毕竟在此之前,这个男人的日子毫无乐趣可言,每天都在妻子的威严之下苟且度日。那些被压抑的热血因美代的出现而变得沸腾起来。

出主意租下仁兵卫的花圃和小屋的也是兵马,因为他看中仁兵卫是个讲义气的人,绝不会对外说三道四。事实上,仁兵卫也确实守口如瓶,弥右卫门和美代的秘密才得以保守了一年半之久。

有一天,来家里为植被做修剪的仁兵卫看到走到院子里的兵马,低声说:"香月大人甚是可怜。"

兵马问为什么。

"爱人相见却无法留宿。因惧内,只得回家。"

兵马笑着说这是理所当然。

"小的虽为外人,却觉于心不忍。美代姑娘为人亲切,识大体,重情义,对香月大人尽心尽力。香月大人唯有在小屋时可谓幸福自在。但每回归家时,两人必泪眼婆娑。美代姑娘回回满脸悲容，相送大人至门口。世俗伦理必定不容这份情，但小的诚望二人长相厮守，至少可以不为香月夫人所知。小的必竭力隐瞒。"

兵马心里也知道美代的好。清新脱俗，全然不似青楼女子。弥右卫门那个总是高高在上、颐指气使的妻子与她相比，简直一个天一个地。兵马很清楚，从未被女人温柔以待的弥右卫门为何会对美代情深意浓。

被那个拥有三百石旗本身价的妻子束缚得毫无自由的弥右卫门，每次偷情之后必须回家。对此，兵马也和仁兵卫一样，觉得他很可怜。

然而这一次弥右卫门居然彻夜未归，这是以前从没发生过的事。兵马有些担心，不知道究竟出了什么事，于是他立刻来到花圃小屋。

兵马推开熟悉的花圃的木门。

二

兵马推开木门，以前每次看到兵马就停下手里的活儿、从花丛盆景里笑着出来相迎的仁兵卫，今天却没有出现。

兵马站在小屋门口闻到烧香的味道。这时的他还没意识到为何会有这种味道。

兵马问:"屋里有人吗?"出来一个人,并不是美代,而是仁兵卫的老婆。她一见到兵马,甚至没了以往的谄媚笑脸,而是大叫一声:"大人!"接着就像卷腰带一样马上躲回屋里。那模样让兵马觉得事有蹊跷。

屋子很小,一眼就能看全整个房间。兵马看到香月弥右卫门在被褥里好像睡得很沉,美代则弯腰蹲在一旁。紧接着,兵马倒吸一口冷气,他发现弥右卫门脸色苍白,眼睛紧闭,像是被固定住了似的,一动不动。香在他枕边飘着青烟。

兵马惊得一动不动,怀疑自己看错了。他盯着弥右卫门的脸看了很久,一言不发。

"大人!"美代突然抬头看着兵马,大哭起来,"今晨突然这样。"

兵马这才意识到弥右卫门是真的死了,吓得完全不知所措。他做梦都没想到居然会发生这种事情。

"何……何时?这……"他想问怎么会这样,却有些语无伦次。

兵马双脚无力,瘫软地坐在弥右卫门枕边,凝视着弥右卫门的遗容。因为是突然离世,所以没有狰狞之类的扭曲表情。如果不是脸色发白,看起来就像是个睡得很香的活人。

"昨夜大人正欲归去,突然说头晕目眩,故留他躺下休息。"美代哭着说,"今朝曾一度起身,却突然倒地呻吟,之后便再无动静。大婶曾帮忙唤来良庵大夫,但为时已晚。"

"大夫如何说?"

"大夫说是中风,诊脉后摇头无奈。"

坐在美代身后的仁兵卫老婆向前凑近兵马:"大人来得正是时候。仁兵卫昨日前往行德亲戚家,我们两个女子正犯愁,不知该如何是好。"

兵马立刻明白了仁兵卫老婆的意思。

就事实而言——弥右卫门突然去世,而且是死在自己喜欢的女人家里,这应该算是如了他的愿。但兵马真想问问他本人身后事该怎么处理,该怎么对他那个目中无人的妻子报告此事。

兵马感到非常为难。弥右卫门死得太不是地方——居然死在金屋藏娇的屋子里,这让兵马完全无法如实告诉弥右卫门的妻子。而且兵马也算弥右卫门做"坏事"的同伙,如果被追究起来,他也绝对没好果子吃。但又不能不告诉遗孀而擅自处理掉尸体。

兵马觉得为难的不止是如何处理尸体。香月弥右卫门的头衔是小纳户役三百石，身份是武士，他有一个十五岁的女儿，却没有儿子。如果向上禀报"突然病死"，那么香月家就会断了香火。

对传宗接代之事感到敏感的不只是兵马一人，当时的武士都有这种观念。如果没有男丁继承香火，那整个家族就会失去身份与生活来源。弥右卫门的三百石算起来相当于武士里的中产阶级。

兵马担心自己的朋友从此后继无人，对他的妻子却没有半点同情。而且他相信，香月家因此败落肯定不是弥右卫门的本意。兵马觉得，虽然那妻子总是欺压弥右卫门，但弥右卫门应该很疼爱女儿，因孩子而发愁的事也比常人更多一倍。

在这个时代，一般而言，如果一家之主死了，且家里没有男丁，则对外会先宣称生病，然后安排女儿相亲，招上门女婿。之后再向组头[①]报告死亡，如此即可由女婿继承家业和俸禄。

然而，这是通常的做法。弥右卫门这事儿麻烦的地方在于，得先告诉他妻子。这对兵马来说比登天还难。弥右卫门的妻子平时就已经是凶神恶煞，一想到告诉她

---

① 组为武士编队的单位。组头即为一组之首。

这件事的来龙去脉后她发怒的可怕模样，兵马就觉得不寒而栗。不仅如此，当务之急还得先处理尸体，不能就这样默不作声地从这间小屋把尸体运去埋葬。

兵马完全不知该如何是好。

"若当家的在，兴许还能与大人商量。但他外出，实在无奈，唯有抱歉。"仁兵卫的老婆说。

"若仁兵卫大叔在……"美代也叹息。

兵马也这么想。仁兵卫为人深思熟虑，五十岁，靠自己的本事吃饭，是个见过世面的男人。如此可靠之人却碰巧不在，兵马只怪自己运气不好。

"只好由我前往香月府报信了。"兵马决定先鼓起勇气想办法善后，再好好吊唁友人，"香月府必派人前来带走遗骸，届时切莫慌乱。"兵马知道肯定会出大事，他自己也怕得不得了，但关键时刻还是没忘提醒美代。

"美代明白。"美代用衣袖掩面而泣。

"弥右卫门死于美代姑娘身旁，也可谓有幸。平日他常言美代有多好，想必可安心成佛，返回香月府。"

听完兵马的话，美代哭得更厉害。仁兵卫的老婆也放声大哭。

兵马内心忧郁纠结。他走到屋外，闻到桂花香气。

三

兵马没敢抬头，更没敢看着对方，把来龙去脉交代完，一直低头不语。

弥右卫门的妻子都环没有马上发话，沉默的气氛让兵马觉得非常难受。他鼓起勇气坦白了一切，现在轮到他听候对方发落。暴风雨来临前的宁静让兵马觉得如重石压身，情难以堪。他低着头，作好准备，接受女人发疯似的怒骂。

"大人所言已然明了。"都环终于开口，不出兵马所料，都环的语气非常强硬，连声音都变得像男人一样，"但弥右卫门之遗骸，不可接回本府。"声音好似鸣鞭。

兵马吃惊地抬起头来，正好与狠狠地盯着他的都环的眼神对个正着。只见都环青筋暴起，眼角上扬，怒形于色。兵马赶紧又低下头来。

"若在那卑贱之女身旁寿终的是户村大人，户村夫人可会前去领尸？同理亦然。"都环的话说得很平静，声音中透着一丝凄凉。

兵马一言不发，确实无言以对。都环的类比充满了对兵马的敌意，她已经把兵马视作可恨丈夫的共犯。

兵马在都环面前缩紧身子。

"弥右卫门欺人太甚。行苟且之事居然长达一年半，实在令人佩服！现如今，他已非夫非父，形同陌路，畜生不如。决不可将尸体接入香月府内。"这番话彰显了这个女人的本性及千金大小姐的权威。对于丈夫的死，她既没吃惊，也没悲叹，脸色虽然看着苍白，却不是因为嫉妒，而是因为自己的男人跟下贱女人在一起的事实让她备感侮辱。而现在，她的怒气全都出在兵马身上。

"夫人言之有理。"兵马轻声说道，"但弥右卫门当真不可回贵府？"

"当然不可！一切任由户村大人处置。"都环下命令似的说道，她所说的"任由处置"的对象其实还包括自己丈夫金屋藏娇的女人。兵马从这话里听出了些许都环身为女人的嫉妒心。

被数落得灰头土脸的兵马听到这里，觉得还有一线希望。方才还觉得对方可怕至极，如磐石岿然难撼，但此刻这种畏惧突然不可思议地烟消云散了。

"谨遵夫人所言。"兵马说，"但若是如此，请恕在下多言，香月家的家业何以为继？弥右卫门似乎尚未确立后嗣。"听到这里，都环没有立刻回答。不可思议的是，她的脸上突然露出狼狈的神色。之前一直充满愤怒的僵硬表情眼看就要崩溃。她一时间找不到回应兵马的话。这一次的沉默与刚才的沉默性质截然不同，很明显，不知所措让一向盛气凌人的她一时语塞。

经兵马这么一提醒，都环这才意识到事关重大。之前她只想到对丈夫的憎恨，现在却没有任何余地去恨了。兵马的话让她发现，如果此刻一味赌气，安宁的生活可能就此失去。于是，她高傲的脸上开始出现犹豫的神色。

"若无后嗣……"兵马再逼进一步，"香月家恐就此败落。"

都环的脸色越来越苍白，开始咬牙切齿。现在不是憎恶或意气用事的时候。她放在膝盖上的双手正在颤抖，额头上的青筋也越来越明显。

兵马平时就看这女人不顺眼，现在看到这个高傲的女人被逼到无路可退，心里觉得有些窃喜。

"后嗣自当立刻计议。"都环好不容易说出一句话，但因为她的思绪还很混乱，所以言语间已然完全没了刚才的魄力。

"夫人所言可是为令媛招婿之事？"兵马问。

"正是，亲戚中早有候选。"都环说话的时候眼神颇为笃定。

"原来如此，那自然好。可先称弥右卫门染病，觅得佳婿后再报身亡，由翁婿为后嗣。惯例如此，必得组头默许。但……"兵马再将一军,"姑且不论家业由何人继承。若弥右卫门的遗体不在府中,岂不令人生疑?若组头得知丧事未在府上而在他处进行,恐降罪于夫人。我是弥右卫门的朋友,设身处地为香月家着想,建议夫人顾全大局。"

都环一言不发,冷冰冰的漂亮脸蛋上此刻已经满布恐慌,脸上的汗水闪着光。很明显,她正在拼命守住完全败北前的最后尊严。就她的本意而言,肯定不想接回那个不成体统的丈夫的遗体,但如此一来,就会失去三百石的俸禄。她正受到气度与算计的夹击,在矛盾之中苦闷难择。

"别无他法。"都环脸色苍白,终于认输,"即刻接回弥右卫门尸首。为了香月家,全当视而不见。为了家业,忍此大辱。"其实这是这个女人唯一的选择,但她的"投降"显得非常不情愿。

"只得如此。"兵马内心高奏凯歌,"现在动身?"

"户村大人。"都环突然大声叫道,目露凶光地盯着兵马,"有劳大人去办。大人与弥右卫门交情颇深,想必愿意为香月家代劳。"都环的言下之意是——你俩一丘之貉,要收尸就该你去。都环说这话的时候完全是命令的语气,眼神犀利,露骨地表现出厌恶的表情。

"事先声明，必于别处入殓。弥右卫门若在天有灵，或也希望如此。"这是都环拼尽全力的讽刺，她脸上的表情似乎在说——丈夫的尸体，自己连一根手指都不想碰，"不想再看见他的脸"。

四

两个时辰之后，户村兵马汗流浃背地回到花圃小屋，一路上还在不停地考虑入殓等事宜。因为满脑子都在想入殓的事，进门前完全没注意到，这时门口已经没了烧香的味道，进屋后才发现情况有些不对劲儿。

"啊！"兵马不由得大叫一声，再次怀疑自己看错。

香月弥右卫门正在被褥上——好好地坐着！

兵马呆若木鸡，双腿不得动弹。异常的冲击在他的头脑里刮起旋风。他揉了揉眼，盯着眼前这个人看，甚至忘了眨眼。

"这……"兵马根本说不出话来，依然站着不动。

"实在抱歉！"弥右卫门开口说，"害兵马兄担心。"

这确实是平日里弥右卫门说话的声音，而且他此刻还微微低头，这也是他活着的实证。

"没……没死？"兵马大叫，就像被妖魔附身，根本不能动弹。

"抱歉,劳师动众。"弥右卫门再次开口,没什么精神,声音很轻,但肯定不是死人,"我是死而复生。"弥右卫门吸了一口气,垂下肩膀,叹着气。

兵马依然半信半疑,视觉与理性无法取得一致。他继续盯着弥右卫门。

"户村大人。"开口的是美代,就在弥右卫门的被褥边上有气无力地坐着,"大人离开后没过多久,香月大人重现呼吸。先是呼出一口气,之后动了手指。"

"当真没死?"兵马再问一次。

"其实是死过一回。"弥右卫门说,"已请大夫来过,说是死而复生。多亏运气尚佳,之前突然眼黑晕厥,之后却如梦方醒,现在也像在梦中。"

兵马心想——自己才像是在做梦。他好不容易才恢复平静。

"死而复生?"兵马嘟哝道,紧接着却为另一件事感到惊恐,"本当祝贺,但现已大事不好。"

弥右卫门听到这里,浑身僵直,呆若木鸡地看着兵马,原本混沌迷茫的眼中好似突然放出强光,这是一种恐惧的光。"听闻兵马兄方才前去香月府,想必木已成舟。若方才多留片刻……"这个死而复生的人脸色苍白,嘴唇发抖，懊恼地说道。

"是我错了？方才见屋内点香，怎料你死而复生？"

"良庵大夫诊断有误。大夫说大人中风，已无气息。"美代在一旁哭着说。

"混账庸医！竟敢胡言！事已至此，无可挽回。兵马兄方才前去，夫人怎么说？"像个活死人般的弥右卫门战战兢兢地问。

"夫人说别无他法。"

"我与美代的事也告诉她了？"

"无可奈何，只得告知。我以为你已死，故前去府上求夫人接回尸体，为此只得全盘托出。"

弥右卫门脸色苍白，一个劲儿地摇头说："我家夫人如……如何回复？"

"意料之中，怒如烈火。我也成了她的敌人。夫人说，欺骗她的人不是人，故难接你的遗体入府，命我随意处置。"

美代大哭起来。弥右卫门怕得缩成一团瑟瑟发抖。

"但我循循善诱，弥右卫门死后，仍有家业继承问题。故夫人决定为令嫒急觅佳婿，姑且同意接回遗体。"

兵马才说了这些，弥右卫门就已经吓得快要倒下，幸好美代在他身后扶住，弥右卫门好不容易用尽力气挤出一句话："兵马兄，现在如何是好？"奇迹般死而复生的这个男人，此刻却抱头痛哭。

兵马也不知该如何是好。现在的情况非常棘手，绝不可等闲视之。是他跑去香月家告诉夫人说弥右卫门已经死了，而且因为形势所迫，连弥右卫门金屋藏娇的事情也全都说了出来，他甚至还告诉夫人，是自己做的介绍人，两人已经秘密交往一年半。因为当时他觉得反正弥右卫门已死，干脆言无不尽。

现在的情形已经不可收拾。畏惧妻子的弥右卫门怕得方寸大乱，兵马也完全没了方向。无可挽回！不可弥补！那个高高在上的女人在他们发愁的这工夫，肯定已经着手招婿事宜，说不定已经通知亲戚们弥右卫门的死讯。很快，周围的所有人都会知道。不仅弥右卫门想大声疾呼"如何是好"，报告死讯的兵马也开始坐立不安，后悔、愤怒、难抑的冲动从身体深处一涌而出。

兵马觉得浑身发热，汗水从毛孔里喷涌而出。若现在道出实情，被笑话的是他自己。而且万一被组头知道，自己和弥右卫门或许都不得好死。一想到可能出现的最坏结果，兵马觉得自己脑门充血。

五

"户村大人！"小屋内突然出现一个低沉的声音。不知何时，花圃的仁兵卫出现在兵马身后，双膝跪地。

"仁兵卫！"兵马的眼中终于看到希望。现在只能靠这个男人，兵马真想好好拍拍他的肩膀。

"实在棘手。"几乎从未显露过愁容的仁兵卫此刻也皱着眉头，一脸为难，"方才若是小的在场，或许未必至此。若小的早些归来，户村大人也不必亲身前往香月府。只怪贱内，愚昧无知，请来庸医。事已至此，恐难收拾。"

"仁兵卫，"兵马说，"可有计策？"

"若是平常，死而复生理应大肆庆祝。但香月大人之事，实在有隐情，不容懈怠。"

问题就在这儿。就算现在跑去对香月夫人说弥右卫门又活了过来，这事儿也肯定没完。之前想尽一切办法保密的金屋藏娇，现在已经从头到尾被那个强势的妻子知悉。弥右卫门的妻子已经恨到连遗体都不愿领回去。

弥右卫门也不可能现在厚着脸皮回家说自己死而复生，平日里就被妻子欺压到不行，根本不可能有勇气这么做。事实上，兵马眼前坐着的弥右卫门已经沮丧到好像丢了魂。

"小的实在智慧有限。本想建议二位一起出逃,但仔细想来,此举只能是百姓所为,武家之人难为。"仁兵卫嘟哝道。

虽说就目前而言,弥右卫门放弃武士身份带着美代出逃,从此隐姓埋名,是最好的选择,事实上却没有可行性。如果没有弥右卫门的尸体就不能入殓,没有入殓就没法申报死亡,不上报死亡也就无法得到组头的认可,不得到组头认可就不可能由其女婿继承俸禄。如果被组头知道一家之主擅自逃亡,那等于害了整个香月家。

弥右卫门对那个家和妻子完全没有任何留恋,但十五岁的女儿实在可爱得让他放不下。他本来就很爱这个女儿,不希望孩子因为自己而流落街头。

还有另一个问题——这间花圃小屋内的几个人正在发愁的时候,香月夫人肯定已经迅速开始招婿流程。亲友间都会知道弥右卫门这种不名誉的死法。如果消息传至组头,降罪下来,肯定没人担当得起。而且,户村兵马一定逃不掉干系。兵马之所以感到恐怖,正在于此。

香月弥右卫门仿佛身陷二重、三重的枷锁,根本动弹不得。仁兵卫也是双手抱臂,一脸愁容。美代在弥右卫门身边哭个不停。兵马则焦虑得满头大汗。

整间小屋里只有令人窒息的沉默。

"死！"弥右卫门突然开口说。

一开始大家都没明白他想说什么，于是弥右卫门又说了一遍："事到如今，别无他法，只能一死了之。"

另外三人听到这句话，都吃惊地看着弥右卫门。

"死而复生是我的罪过，给众人平添麻烦。身为武士，自当切腹谢罪。"

被逼得走投无路的弥右卫门眼中闪着光，似乎已经下定决心，他的脸比之前更为苍白，好似幽灵鬼魂。

死而复生反倒成了坏事，这话其实没错。但当弥右卫门亲口说出要再死一次的时候，兵马还是吓了一大跳。仁兵卫也是一脸错愕。

"死而复生，纯属意外。事到如今，已无法返回香月府。兵马兄也知都环脾性。我若回去，必受尽羞辱。与其活着受辱，不如一死了之。"弥右卫门喘着气说，从他的言语间足见对妻子的惧怕。这也难怪，二十年来，一直在家被妻子欺压的日日夜夜已经让他形成了一种强迫观念。以前的兵马经常取笑弥右卫门惧内，但现在的窘境让他完全笑不出来。

"当真要死？"兵马不由得脱口而出。

一旦决定要死，之后的事情就会变得简单多了。毕竟弥右卫门自己也说了，除了死，已经没有别的办法。他的性格一直以来就是如此小心保守，而"与其活着受辱，不如一死了之"的主张也算是一种武士精神。

事到如今，连仁兵卫也无计可施，众人只能听从弥右卫门的决定。可怜的美代紧挨着弥右卫门苦苦相求。

"兵马兄，你与组头交情颇深，后嗣之事，全权拜托了。"弥右卫门说。

毕竟这不是普通的死亡，就怕传到为官者的耳朵里，遭受追责，所以弥右卫门希望兵马能从中疏通，拜托官方不予追究。兵马不断点头，表示愿意尽力。

"时辰已到，无人相助断头①，恐增加痛苦。"弥右卫门摸着自己的腹部说。

弥右卫门说，不能按一般切腹流程找人为他断头，因为按常理，上报死亡的时候，尸体需放入棺桶。若没有头，肯定不成体统。还需要给他换件衣服，得从棺桶上方看下去不会被发现是切腹才行。这样才能瞒天过海。

弥右卫门说着这些安排的时候，兵马自认没有勇气亲眼看着他死。其一，弥右卫门的切腹并非出于守护武士的名誉；其二，对弥右卫门的死，兵马自认要负很大

---

① 日本武士切腹流程，先由切腹者自行切腹，后有协助者斩其头颅。

的责任。从某种意义上来说,是他杀死了弥右卫门。一想到无人为他断头,弥右卫门将会痛苦而死,兵马觉得自己无论如何都没法在场直视,于是他突然提出一个逃开的借口。

"弥右卫门,我即刻前往组头处,先作准备。"

弥右卫门其实看出了兵马的心思,落寞地笑了笑:"多谢兵马兄。无人相助断头,也可迅速了断,无需担心,不会寂寞。只可惜就此与美代死别。另,仁兵卫稍后也可回避。"

美代哭得撕心裂肺。

兵马逃也似的来到屋外。

阳光开始斜射,秋日的天,晴空万里。路上的男男女女都面色如常,个个有说有笑。这些人恐怕做梦都不会想到,就在这个瞬间,世界上有个人正准备赴死。

兵马来到一条马路上,突然看到一处人头攒动,还有不少人正朝人群拥去。兵马也朝人群看去。

虽然离得较远,但兵马还是看到一个男人被绑着坐在没有鞍的马上,有人牵着马朝前走,前面还有个人举着块牌子。兵马一看就明白马上坐着的是个死刑犯。

这里也有一个人不久之后就要迎接死亡——兵马停下脚步,凝神目送押解死刑犯的一行人。

六

香月弥右卫门的遗体被收入棺桶，盖上盖子。这天夜里，被轿子抬至位于四顾的香月府邸。兵马一路同行。

就在兵马前去找组头的工夫，仁兵卫将弥右卫门入了棺。

"香月大人，可歌可泣。"仁兵卫对后来回到小屋的兵马说。

兵马从棺桶上面朝下看了一眼，正好看到向下垂着的死人脑袋。之前的乱发已经梳理整齐，兵马猜这多半是美代的所为。从上看下去，垂着的头颅只能看到鼻尖部分，头皮已经变色。

"呜呼，哀哉！"兵马看了一眼棺桶，然后盖上盖子，双手合十。仁兵卫向兵马详细讲述了他友人的最后模样。然而，无论最后的时刻多么壮烈，这个被逼得走投无路的男人都已经死了，是一个被对妻子的恐惧感逼死的可怜男人。

这一次，弥右卫门没能死而复生，彻底变成了一具尸体，在暮色下回到香月府。因为府中已经作好准备，所以一切进展得很快。对于都环夫人而言，丈夫在棺桶里回来是理所当然的事。

因为还不能对外公开，所以只有两三个近亲来到香月府内。灵柩前的装饰也很寒碜。表面看来是为了低调，不声张，但在兵马看来，这种简陋也体现了妻子的一种怒气。

事实上，正如都环之前对兵马所言，丈夫的遗容，她连看都没看一眼，而且一滴眼泪都没流。高高在上、冷酷无情的都环只是脸色发白，狠狠地瞪着让自己蒙羞的丈夫的棺桶，似乎在暗示：让他的尸首暂时回到府中已经是对他莫大的宽恕。

不过都环还是同意让十五岁的女儿看父亲最后一眼。但这个女儿不知是顾忌母亲的感受还是害怕看到死人，只是惶恐地瞥了一眼棺盖的缝隙，就怕得赶紧退回母亲身边。

僧人开始时诵经，终于到了要给棺盖钉钉子的时刻。按规矩，这件事该由近亲来做。

"户村大人。"都环用下巴示意兵马，意思是她嫌碰棺材盖会脏了她的手，所以让兵马去做。那张冷漠的娇容之上尽显冷酷薄情，一点都不像是给与自己结婚二十多年的丈夫办丧事的表情。那表情足以让人相信——要是现在没有外人，她肯定会朝棺桶中的丈夫吐口水。

兵马起身朝棺桶走去，与香月家另一个年长的亲戚一起为棺盖钉钉子。兵马在盖棺之前又朝棺桶内瞥了一眼。站在棺桶旁的人手里拿着蜡烛，但烛光没法照亮内侧，兵马只能依稀看到弥右卫门的头部。或许是因为光线太暗，死人的头发看上去乌黑浓密。

"愿君成佛。"兵马用石头为棺盖钉钉子。

一起为棺盖钉钉子的香月家的亲戚生气地钉着钉子，他气恼弥右卫门没出息，死在下贱女人的身旁，不能光明磊落地操办丧事。在兵马看来，这人简直是在用石头砸棺盖。

十天后，花圃的仁兵卫来到兵马府邸修剪花木。

听到剪刀的声音，兵马来到庭院中。

"仁兵卫？"

听到叫唤，仁兵卫从树上下来。

"户村大人，今日天气甚好。"仁兵卫的眼睛眯成细线，笑着寒暄问候。

"前阵子多亏有你帮忙。"兵马道谢。

"大人言重。只怪小的没本事……"仁兵卫弯腰摆手。

"美代姑娘最近可好？"兵马问道。

"已从小屋搬出。"仁兵卫从腰中取出烟袋开始抽烟。

"搬出？弥右卫门一死，美代姑娘甚是可怜。莫非又赴两国桥重操旧业？"

"不。"仁兵卫话到嘴边却突然打住，默默地吸烟。

"此话怎讲？"兵马追问。

"小的不知美代姑娘身在何处。"仁兵卫扭过头去。

"仁兵卫！"兵马突然严肃地问道，"弥右卫门身在何处？"

仁兵卫脸色大变，瞬间露出一丝狼狈的表情，但马上又恢复镇定："户村大人何出此言？香月大人已然成佛，前往极乐世界。"

"同为极乐世界，恐方向有所不同。"兵马微微一笑，"仁兵卫，莫再隐瞒。棺中尸首并非弥右卫门。"

仁兵卫没有回答，侧脸对着兵马，显出粗厚的鼻梁。

"起初，我于心不忍，未能细看弥右卫门的脸，只于棺上匆匆一瞥。香月府中再次见那人头，方才发现死者头发高高梳起。但弥右卫门发量稀少，绝非那般浓密。一度以为是我眼花，事后思量，越发确信了。怎么？仁兵卫，我说的对吗？"

仁兵卫没有肯定也没有否定，继续抽烟。

"当日我出了花圃小屋，前往组头处，来回或有四个时辰。回来时'弥右卫门'已然入棺。你曾详述他最后切腹模样。看似万事操办妥当，但其中有诈。仁兵卫，如实招来，棺中可是他人尸首？"

"唉……"仁兵卫在石头上敲了敲烟管，蹲下身子。

"梳理结发的可是美代？"兵马继续说，"棺中之人头发密且长，想必是死牢罪人。你于处理尸首之贱民处购得该尸。我说的可有谬误？"

"小的不知。"仁兵卫继续假装不知道。

"不知也无妨，我且自行推断。我当日出了花圃小屋，曾于路上见赴死罪人，故有此联想。我亦曾思量，或可以此替换弥右卫门。不料你竟如此胆大敢为，付诸实施，我是由衷感慨——仁兵卫！此举妙哉！"兵马直直地看着仁兵卫。

仁兵卫慢慢站起身："大人在说什么？小的全然不知。"然后鞠躬告辞，朝修剪了一半的花木的方向走去，留给兵马一个矮胖的背影。

后来，每次仁兵卫来兵马家里修剪花木，兵马都会问他："仁兵卫，弥右卫门现在与美代一同生活吗？"

但每次仁兵卫都会装糊涂："大人在说什么？"粗厚的鼻梁似乎是他顽固的象征。